松本清張 傑作之五

MATSUMOTO SEICHO

邱振瑞 譯

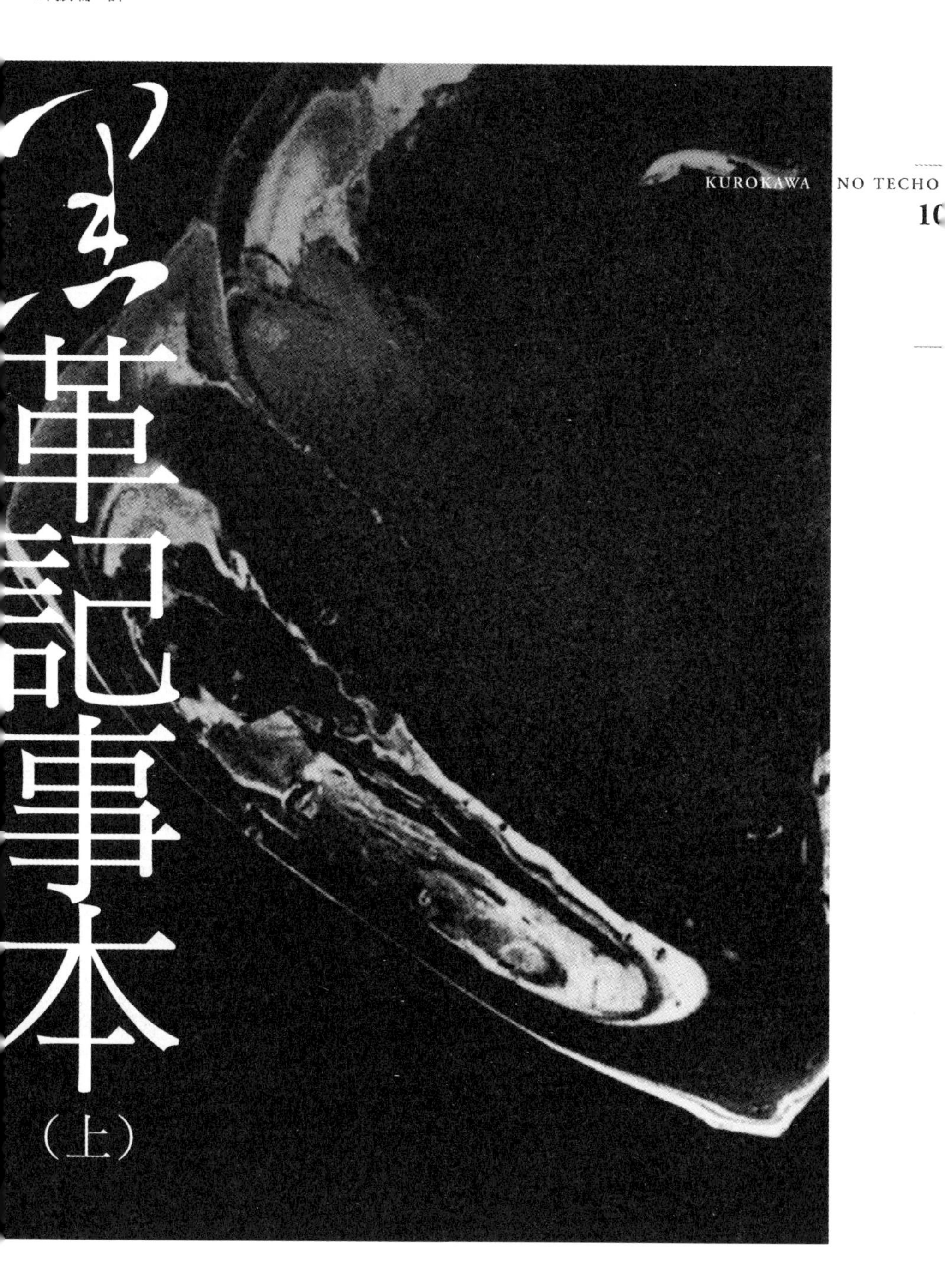

日本推理大師經典

松本清張

黑革記事本（上）

CONTENTS

目錄

出版緣起

日本推理大師，永不墜落的熠熠星團

編輯部

一九二三年，被譽為「日本推理之父」的江戶川亂步推出〈二分銅幣〉之後，日本現代推理小說正式宣告成立。若包含亂步之前的黎明期，此一文類經過了將近百年的漫長演化，至今已發展出其獨步全球的特殊風格與特色，使日本成為最有實力的推理小說生產國之一，甚至在同類型漫畫、電影與電腦遊戲的推波助瀾之下，日本著名暢銷作家如桐野夏生、宮部美幸等也已躋進亞洲、歐美市場，在國際文壇上展露光芒，聲譽扶搖直上。

我們不禁要問，在新一代推理作家於日本本國以及台灣甚或全球取得絕大成功的背後，有哪些強大力量的支持、經過哪些營養素的吸取與轉化，能夠在競爭激烈的國際舞台上掙得一席之地？在這些作家之前，曾有哪些重要的作家精耕此一文類、獨領當時風騷，無論在形式的創新或銷售實績上都睥睨群雄、立下典範、影響至鉅？而他們的努力對此一文類長期發展的貢獻為何？此外，日本推理小說的體系是如何建立的？為何這番歷史傳承得以一代又一代地開發出一批批忠心耿耿的讀者，並因此吸引無數優秀的創作者傾注心血，人才輩出？

為嘗試回答這個問題，獨步文化在經過縝密的籌備和規劃之後，於二〇〇六年年初推出全新書系「日本推理大師經典」系列，以曾經開創流派、對於後輩作家擁有莫大影響力的作家為中心，由本格推理大師、名偵探金田一耕助及由利麟太郎的創作者橫溝正史，以及社會派創始者、日本文壇巨匠松本清張領軍，帶領讀者重新閱讀並認識在日本推理史上留下重要足跡的作家，如森村誠一、阿刀田高、逢坂剛等不同創作風格的重量級巨星。

日本推理百年歷史，從本格派到社會派，到新本格、新新本格的宣言及開創，眾星雲集，但跨越世代、擁有不朽魅力的巨匠們，永遠宛如夜空中璀璨耀眼的星團熠熠發亮，炫目不墜。

獨步文化編輯部期待能透過「日本推理大師經典」系列的出版，讓所有熱愛或即將親近日本推理小說的讀者，親炙大師風采，不僅對於日本推理小說的歷史淵源有全盤而深入的理解，更能從經典中讀出門道、讀出無窮無盡的趣味。

推薦序／

歷久彌新的「清張傳奇」

——閱讀松本清張

／楊照

松本清張是個傳奇，無法複製的文學史，甚至是人類文化史傳奇。

出生於一九〇九年的松本清張，遲至一九五三年以〈某「小倉日記」傳〉獲頒芥川賞（一九五二年度下半期），正式在日本文壇嶄露頭角，已經是四十出頭的中年人了。

之後，松本清張才遷居東京。在此之前，他大半生四十幾年寓居在北九州的小倉市，說他是個日本戰後文化的邊緣人，是個東京人眼中的南方鄉巴佬，絕不為過。

然而，這樣一個邊緣人、鄉巴佬，一到東京卻立即躍居中心。一九五七年的《點與線》、《眼之壁》，一九五八年《零的焦點》，一九五九年《波之塔》、《霧之旗》、《小說帝銀事件》，一九六〇年《球形荒野》、《砂之器》，一連串傑作相繼發表，同時跨入非小說事件調查的艱難領域，寫作《日本的黑霧》，每一本書幾乎都像重錘一般，打在日本社會集體心靈上。

遷居東京五年內，松本清張已經崛起成為日本最暢銷的小說作者。松本清張也成了全日本報刊雜誌最積極拉攏的連載作家。爭取松本清張作品連載，不再只是一種促銷報刊的手段，而是維持報刊地位的激烈鬥爭了。「什麼？竟然沒有清張的小說？」被這樣評論的報刊，當然就快速喪失讀者的支持和尊敬了。

「非要有清張不可！」逼得松本清張長時期每天平均寫作九千字才能應付各方索要，他後來的住所特別把一樓完全空出來當招待室，供各報刊編輯們等稿休息，他則在樓上埋首疾書，寫完了再將稿件用藤籃吊下來，讓編輯帶回去排印。多少東京編輯經常進出松本清張住宅，很難見到清張本人，不過卻有機會也有充分時間可以跟同行寒喧、聊天。

差不多四十年的寫作生涯，松本清張完成了將近八百部作品。這樣的數量，本身就是難以超越的；不過更不可能超越的，是松本清張作品的「分量」。

日本文壇早有「清張革命」之說。「清張革命」最早指的是松本清張徹底改造了日本推理小說，讓推理小說這個原本浮誇、通俗、帶有濃厚遊戲性質之文類，一轉而變得渾厚、嚴肅。「清張革命」確立了「社會派」在推理小說界數十年不搖的正統地位，更預示了後來推理小說許多次文類的開拓空間。

然而清張革命的影響並不限於推理小說的範圍，甚至不限於文學的領域。更深沉的意涵，表現在一種新的「戰後心態」的開展，一種日本新正義觀的放膽摸索。

松本清張只有小學畢業的最低基本學歷，而且家中貧困，小倉時代也不曾幹過什麼收入豐厚、地位穩定的工作。一九二九年他二十歲時，還曾被小倉的警察逮捕，用竹刀痛打拷問。一九三三年，「特高」監視中的松本清張，又被刻意徵召進行軍事訓練，大大影響了他在《朝日新聞》的工作。這些經驗，註定使得松本清張看到、感受到日本社會很不一樣的一面，也讓松本清張一輩子對於國家體制充滿不信任的敵意。

一九五〇年代後期以降，松本清張雄踞日本暢銷作家冠軍寶座二十多年，不過「暢銷」卻不見得等於「受歡迎」，松本清張從來不是日本「最受歡迎」的作家。

他沒有得到「文化勳章」，他也沒有得到「國民榮譽賞」。不管是日本政府或民間，在考慮重點選擇外譯日本戰後作家作品時，幾乎都主動跳過松本清張。川端康成、三島由紀夫、安部公房，乃至後來的村上春樹，都有大量英譯作品，相對地，最多日本人閱讀的松本清張，卻一直走不出日本。

這中間牽涉的不只是通俗文學與純文學的隔閡而已。更重要的，日本人普遍不願意外人透過松本清張的筆，來看日本、了解日本。

如果要選一部作品代表松本清張的整體風格，我一定選《日本的黑霧》。這麼說吧，松本清張寫作的出發原點，就是認定日本上空罩滿了種種黑霧，他的責任，就是努力撥開黑霧，逼日本人看到、看清自己真正醜惡的一面。

日本人多麼重視「面子」，又多麼會妝點表面的秩序與美。即使遭遇二次大戰戰敗那樣的大挫敗，倖存的日本人都不想也不敢認真檢討，看看自己的國家到底出了什麼問題。

日本政治思想家丸山真男，戰後甘冒大不諱直言檢討「天皇制」，檢討日本政治文化中的戰爭責任，是難得的「良心之鐘」。從一個角度看，松本清張和丸山真男其實扮演的是同樣的角色，松本清張的「良心之鐘」不是要喚醒日本人，而是要叫日本人承認自己本來就是清醒的，不能再假裝沒看見、沒聽見，不能再假裝對於周遭發生的事沒感覺。

推理小說是松本清張的工具，他能寫出那麼多精采的推理小說，因為他不靠巧思。他的推理是為了探究犯罪的動機，鋪陳犯罪動機又是為了彰顯社會正義。「清張革命」真正革掉的，是日本文化的「表層意識」，是日本社會習慣性的「忽略壓抑」。透過一部部小說，松本清張不允許日本人繼續將不愉快的記憶、難堪的狀況、痛苦的責任，全都堆到集體潛意識的黑暗角落裡去。

「清張革命」號召日本人過「整全生活」，別偷偷摸摸地一邊冠冕堂皇，一邊暗夜飲泣。松本清張小說裡的犯罪，幾乎都來自於人的表裡不一、虛偽錯亂，想要推卸應該承擔的責任，想要冒充自己其實並不具備的高貴人格，是松本清張眼中最大、最可怕的罪惡。

罪惡來自於掩藏、掩飾，來自於織造黑幕。可是人有推理的能力、有推理的好奇心，比對、檢驗、追問、查證，這些手段讓黑幕不能老是得逞。日本人抱持著曖昧的心情，閱讀松本清張，因為他們知道松本清張不打算娛樂他們，松本清張追求的，是「正義的折磨」，在折磨中強迫讀者認知自己的正義概念，進而服膺正義原則。

一個沒有推理習慣，缺乏推理能力的社會，必然招引來許多謊言，更多黑霧。今天在台灣讀松本清張有何意義？意義大了！借人家「清張革命」來培養我們自己的推理傳統，更希望借人家「清張革命」的歷史視野，來透視、來驅趕籠罩著台灣人的眾多謊言與更多黑霧。

（本文作者為作家、評論家）

譯序

揭開黑幕中的詭笑

邱振瑞

在二次大戰後的日本大眾文學系譜中，山本周五郎、松本清張、司馬遼太郎和吉川英治等大作家，可說是響亮的金字招牌，同時也是長銷書的代名詞。尤其松本清張的推理小說風行之廣，歷時之久，作品經常被改拍成電影或電視連續劇，更是出版界值得觀察的現象。

為什麼松本清張的推理小說如此吸引讀者的閱讀？為什麼他的作品非常適合改拍成電影？這在在顯示出松本清張的文學魅力何等強大，並經得起時間的考驗！

松本清張辭世已經十幾年，日本的社會結構也出現重大改變。比如，泡沫經濟瓦解，公司企業大量裁員，以網路為犯罪手法的案件層出不窮，許多犯罪的現象和動機都變得不可理解，青少年的犯罪情況更趨嚴重惡化。儘管如此，松本清張的作品依然在這變動快速的社會中受到廣泛的閱讀。

細究起來，這有其諸多原因。表面看來，很大程度是因為松本清張的名作《砂之器》改拍成電影後造成轟動效應，後來相關名作又紛紛被改拍搬上大銀幕，在這股勢頭的推波助瀾之下，使得讀者群更為擴大。然而，最重要的因素還是其作品中的深刻性與趣味性。根據統計，日本推理小說的最大讀者群是上班族、學校老師、醫師和學生，教育水準非常高，因此即便是推理小說也得更具文學性和知識性。

最近，閱讀推理小說的女性有增多的現象，她們捨棄陳腔爛調的浪漫愛情小說，改讀充滿知識與趣味的推理小說，已反映閱讀習慣的改變。松本清張曾謙稱自己的作品可能不會受到女性讀者的青睞，但是事實剛好相反，他的讀者從十五歲的少女到七十出頭的老婦都有，他堪稱是把推理小說的趣味性拓展給更多女性讀者的開拓者。

為此松本清張曾精闢分析過純文學和大眾文學的興衰變化，還指出正宗派（本格派）推理小說之所以走向沒落的原因。在日本文壇中，向來以純文學為尊，菁英份子間普遍存在著輕視大眾文學的氛圍，但做為大眾文學的推理小說果真毫無價值？內容如此庸俗不堪嗎？在松本清張看來，純文學之所以失去大量讀者，主要在於它缺乏豐富的故事性和趣味性，要不就陳義過高，文體晦澀，喪失日常性與庶民性，嚴重者流於自我陶醉，空有藝術成就之名，卻少有讀者溫暖的掌聲，這包括盛行於五〇年代的中間小說（指介於純文學與大眾文學之間的小說），後來也都遇到瓶頸無能施為。

正宗派推理小說的發展後來也面臨類似的困境，它為了突顯精心設下的巧局，便要不斷地製造殺人，這樣發展下去，情節就愈來愈脫離現實生活，愈難博得讀者的感動，其局限性便更為明顯。加上小說中辦案的偵探個個神機妙算，要不就像超人般神勇，缺乏生活的現實感，這也是它逐漸失去讀者的原因之一。

松本清張主張的社會派推理小說在二次大戰後受到讀者歡迎，除了他總是站在弱者的立場，對社會制度的不公和歧視予以批判之外，部分原因也在於日本戰後民主主義的確立和社會條件的成熟。當今，在追捕罪犯上，無不講究科學辦案和具體事證，以這些做為審判的基準。換句話說，缺乏嚴密邏輯式的推理小說已不合時宜，逐漸遭到時代所淘汰，偵探和兇嫌都站在平等的立場，連犯罪嫌疑者的人權都受到應有的保障。松本清張的小說人物以平凡人居多，讓讀者輕易地就能走入他們的世界。

正如前述，不管社會怎麼變化，有些事情是不會改變的。如比，人性的慾望，政府或企業的貪污腐化，黑金操弄政局和社會結構等重大弊端，至今依然不斷地上演著。松本清張的作品令人百讀不厭，在於他用生動的筆觸寫出現代社會的陰暗面以及名利場中設局坑害的可怕。

從這個角度來看，作家基於對社會批判的象徵，松本清張許多小說常以黑色命名。比如，有《黑色畫集》、《黑色樹海》、《日本的黑霧》、《黑色奔流》、《黑色樣式》、《黑色迴廊》、《黑色畫集》等等。在他的小說裡，黑色具有高度的象徵意義，《黑革記事本》這部小說同樣具備這方面的特色與深意。這部作品是松本清張的晚期作品，在風格上不似《砂之器》和《零的焦點》那樣充滿濃厚的推理色彩，比較像紀實社會小說，不過情節的安排非常精彩，不看到最後一頁無法知道結局。

《黑革記事本》描寫女主角原口元子本是一名平凡的銀行女職員，因為職務之便，得知許多存款戶為了逃稅，分別用假人頭或無記名的方式偷存鉅額黑錢。元子看準存款戶怕被查稅的心理，便藉機從中盜領七千五百萬圓出來，想從此脫離前途暗淡和枯燥無味的銀行工作。元子以此資本在銀座開了小酒店，經營還算步上軌道，後來在有心人士的慫恿下，野心更為熾烈，也正因為如此而步上身敗名裂的陷阱。

元子起初以「黑革記事本」上的秘密資料威脅對方撈取生意資本，爾後當她費盡心力終於拿到更進一步的秘密資料，準備以此炮製勒索對方，拿這筆鉅款買下規模更豪華的酒店時，想不到……

松本正是透過清張翔實而又精彩的筆力勾勒那個利慾薰心或爾虞我詐的世界，他在這部小說中極有技巧地幫助弱勢者逐步地揭開隱藏在日本社會深層的重重黑幕，並帶領讀者看清黑幕中的陣陣詭笑。讀者在揭露社會矛盾的同時，又見證到人性的卑俗與無奈，這就是閱讀者最大的收獲！

導讀／清張推理小說的魅力／

權田萬治

松本清張於一九五八年，由光文社出版了長篇推理小說《點與線》以及《眼之壁》，為戰後的日本推理小說領域帶來了一股新氣象。

一九五一年，松本清張以短篇〈西鄉紙幣〉出道，五三年以短篇〈某《小倉日記》傳〉獲得頒予優秀純文學的芥川賞。在這之後，清張主要發表歷史小說及時代小說，但約從五四年起，也開始執筆帶有推理小說風味的短篇，並在五七年以〈顏〉這篇短篇獲得了日本偵探作家俱樂部獎。

不過，真正帶給日本推理文壇全新衝擊的，是清張的兩部長篇：《點與線》以及《眼之壁》。由於作品中展現了日本推理小說前所未見的嶄新特徵，故被稱為「社會派推理小說」。

日本戰前的社會，處於絕對天皇制的支配下，幾乎沒有言論自由可言，也不允許任何對政治權力的批評。身處如此封閉的社會，推理小說也不得不沾染上特殊的性質。松本清張之後的戰後推理作品，稱為推理小說，但戰前的作品，則稱做偵探小說，有其獨特的性質。

日本的偵探小說，有許多帶有怪奇的幻想趣味，以陰暗、封閉的作品世界為主流。江戶川亂步、夢野久作、小栗虫太郎、橫溝正史等人的戰前作品，皆濃厚地充滿了這種陰影，成為一種獨特的魅力。

戰後，在美軍的占領下，日本逐漸民主化，人民也開始獲得批判政府的言論自由。松本清張的社會派推理小說，就是在這種時代背景下誕生的新傾向推理小說。

松本清張的推理小說，為何會被稱為「社會派推理小說」呢？

理由在於——作品題材的犯罪本身以及犯罪動機當中，充滿了豐富的社會性。

《點與線》中，以一月下旬的某個寒冷早晨，面臨九州博多灣的香椎海岸上，發現一對男女殉情屍體揭開序幕。男方是當時因貪瀆案而名噪一時的某公家機關副課長佐山。女方則是東京赤坂的料理店「小雪」的女侍阿時——本名山本秀子。由於料理店的常客機具商安田辰郎，和阿時的同事目擊到兩人親密地一同從東京車站搭車，該案差點被當成與貪瀆相關的殉情案處理。

另一方面，《眼之壁》則是從雇有五千名員工的昭和電器製作所，在苦於籌款的發薪日前夕遭到惡毒的騙子——也就是詐騙集團騙取了一張支票開始，以追查真相的人物慘遭殺害為契機，描寫出支票詐騙師與右翼暴力團、政治家之間的勾結等政治、經濟的黑暗面。

這兩部作品所描寫的官僚瀆職、支票詐騙等金融犯罪，與右翼團體及政治家之間不為人知的關係，是戰前的日本偵探小說完全不曾觸及、極為現代的題材，犯罪的動機也瀰漫著新穎的社會性。

此外，長篇《零的焦點》（五九年）當中，描寫活在戰後混亂期間，不得不隱瞞的戰爭慘痛傷痕，以及長篇《砂之器》（六一年）裡所提到的，現在依然存在的疾病歧視問題等，清張所描寫的犯罪動機，現在仍舊嶄新。

江戶川亂步在「偵探小說所描寫的異常犯罪動機」這篇評論中，將動機分為以下四大類：

一、感情的犯罪（愛情、怨恨、復仇、優越感、自卑感、逃避、利他）

二、利慾的犯罪（物慾、遺產問題、自保、保密）

三、異常心理的犯罪（殺人狂、變態心理、為了犯罪而犯罪、娛樂性的犯罪）

四、信念的犯罪（基於思想、政治、宗教等信念的犯罪、出於迷信的犯罪）

現今的犯罪動機追根究柢，也包含在這四種類當中。不過戰前的犯罪小說，完全不曾描寫瀆職等與權力相關的犯罪，或牽扯到企業及暴力組織的犯罪。因此，大多都是三角戀愛、復仇，抑或遺產繼承的物慾等司空見慣的動機，要不然就是虐待狂或被虐狂之類的變態性慾等個人動機。

戰前的偵探小說反映出絕對天皇制這種封閉的社會，有許多獵奇而幻想的作品。戰前也有貪瀆案，但是在嚴厲的言論統制下，想在偵探小說中描寫它，是絕對不可能的。而作家的興趣，也幾乎都耽溺於個人妖異的夢想世界中。

戰後民主化的日本社會的新現實，渴望新的推理小說。而松本清張的推理小說，正回應了時代的要求。清張曾經在〈推理小說的魅力〉這篇文章裡如此主張：

「我認為，主張動機，直接與人性描寫相關連。因為犯罪動機是人類置身於極限狀態時的心理所產生出來的。另外，過往的動機都是放在個人的關係——像是金錢糾紛、愛慾糾葛上面，但這些也都極度類型，毫無獨創性，令人不滿。我主張在動機上附加社會性，如此一來，推理小說的範圍將更寬廣亦更有深度，有時也能在作品中提出問題，不是嗎？」

就像這樣，松本清張敏銳地意識並描寫現代社會的扭曲所產生出來的新型犯罪，並由此出發，嘗試深入剖析充滿社會性的犯罪動機。

如前所述，清張在接觸推理小說之前，曾經寫過歷史小說、時代小說，也獲得頒予優秀純文學的芥川賞。換句話說，他完全習得了描寫人性的作家最為重要的資質。正因為如此，清張推理小說的魅力之一，便是充滿現實感地描寫出作品中登場的多彩人物這一點。

例如〈監視〉等短篇，就是他巧妙地發揮這種才能的例子。嫁給年長自己二十歲以上的小氣丈夫做繼室，過著平凡而毫無夢想的日常生活的定子，與目前是在逃嫌犯的昔日戀人再見，瞬間燃盡生命之火。透過監視中的刑警視線描繪出定子之姿的這篇作品，鮮明地刻劃出薄命女子的悲哀。

清張推理小說中登場的人物，至少表面上都是再平凡不過的普通市民。

關於這一點，作者在前文提到的散文中如此敘述：

「著重於心理描寫，而非物理詭計。以日常生活為舞台，而非特異的環境。人物亦非性格特殊者，而是與我們相同的凡人。描寫也不是如冰塊按上背脊般令人毛骨悚然的恐怖，而要求任誰都能夠在日常生活中經驗到或預感得到的驚險。簡單來說，我想要把偵探小說從鬼屋當中帶到現實的外頭。」（推理小說的魅力）

如此這般，被稱為社會派推理小說的清張推理小說的特徵，便是以敏銳的批判目光，捕捉潛藏在現代平凡市民生活中的新型犯罪，以及充滿社會性的犯罪動機，將之描寫成現實感十足的推理小說。還有一點不能忘記的是，至少清張初期的作品群當中，是一貫地追求推理小說的解謎趣味的。

清張的社會派推理小說受到眾多讀者歡迎後，有許多舉著社會派旗幟，但只重現現實社會的案件，既無社會性也無謎團的粗糙作品接連問世，但是松本清張一次都未曾否定過推理小說獨特的解謎趣味。

證據就是，《點與線》中巧妙地採用了偽裝殉情及偽造不在場證明等，構成推理小說謎團中心的詭計。《眼之壁》中，也使用了處理屍體的詭計。而且，這些詭計採用了警方鑑識專家意見，確認實際上可行後，才寫入作品當中。例如，《眼之壁》的處理屍體詭計，就應用了實際發生在東京足立區日本皮革公司的青年技師殺人案中所使用的方法。

事實上，清張推理小說中，運用了許多獨創的詭計。

例如處理屍體的詭計，除了《眼之壁》、《砂之器》、《影之地帶》（六一年）等長篇之外，〈鷗外之婢〉、〈書法教授〉、〈眼之氣流〉等短篇當中亦被使用。

此外，不在場證明的詭計也為數不少。像《點與線》、《時間的習俗》（六二年）等長篇以及《危險的斜面》等中篇，皆採用了調查當局一步步拆穿嫌犯不動如山的偽造不在場證明，亦即所謂的破解不在場證明的形式。

松本清張的小說，經常被形容是倒敘法的世界。

所謂倒敘法，與最後指出意料之外的犯人，使讀者大吃一驚的古典推理小說相反，而是一開始就某種程度地暴露出嫌犯的肖像，描寫他完美犯罪的計畫與實行的過程，之後再由搜查當局揭露嫌犯完美犯罪計畫的手法。只要想想廣受歡迎的電視影集「神探可倫坡」（Columbo），應該就很容易明白了。

這類倒敘形式，於一九一二年由奧斯汀・傅里曼（Richard Austin Freeman）在短篇集《歌唱的白骨》（*The Singing Bone*）當中首次嘗試，其後有法蘭西斯・艾爾斯（Francis Iles）的《殺意》（*Malice Aforethought*）、傅利曼・威爾斯・克洛弗茲（Freeman Wills Crofts）的《12點30分從克羅頓出發》（*The 12:30 from Croydon*）等眾多作品。

清張的情況並非這種典型的倒敘小說，不過以長篇《黑色的福音》（六一年）為首的推理小說長短篇當中，大都或多或少成功地採用了倒敘的手法。破解不在場證明便是其中一例。這是因為清張透過解明犯罪動機，寫實地描寫人性這種優秀的作家資質，非常適合這種倒敘法之故。

如此，松本清張初期的長篇雖然是以解謎為目的的本格推理小說，但是其後的清張推理小說，朝著豐富多彩的方向開花結果。

英國的推理作家及評論家朱利安．西蒙斯（Julian Symons）在《血腥的謀殺》（*Bloody Murder*）（七二年）當中指出，現代推理小說正逐漸從古典的偵探小說轉型為犯罪小說。事實上，英美稱呼現代推理小說時，皆使用 mystery 或 crime fiction 等詞彙，幾乎看不到戰前使用的偵探小說（detective novel）這個字眼。推理作家也被稱為 mystery writer 或 crime writer。

西蒙斯根據這樣的狀況變化，主張現代的推理小說，正由個性獨特的名偵探所活躍的偵探小說，劇烈地轉型為冒險小說、犯罪小說、警察小說、間諜小說、冷硬派小說等廣泛的犯罪小說（crime novel）。

從清張推理小說的走向來看，也可以感覺到這種傾向顯現在一個作家身上。比起操作詭計的解謎，清張的作品更逐漸傾向重視冒險的方向。

以醫院為舞台，描寫完美犯罪的《壞傢伙們》（六一年），以及鮮活地描繪出政治黑幕的詭譎肖像的《獸道》（六四年）等，就是絕佳的例子。它們皆巧妙地刻劃出潛藏在現代社會的犯罪陰影，尤其《獸道》在眾多企業犯罪與瀆職案頻發的當時，活生生地勾勒出在背後發揮異樣力量的詭譎政治黑幕，特別值得矚目。

松本清張犯罪小說、冒險小說的特徵，在於自始至終貫徹反權力、批評社會的姿態。

松本清張於一九〇九年十二月二十一日，出生在福岡縣北九州市小倉北區。

由於家境貧困，自一般高等小學校（註）畢業之後，就必須立刻工作，到電機公司打雜或在印刷廠當學徒。清張一面工作，一面閱讀夏目漱石、森鷗外、芥川龍之介、菊池寬等人的文學作品，有一段時期也著手寫作小說習作。但是他在印刷廠工作的二九年，因為向文學同好借閱了左翼文學雜誌《戰旗》，遭到小倉警察署檢舉，被關進了拘留所十幾天。

其後，清張任職《朝日新聞》西部本社的廣告部之後，成為作家，但是青年時代的殘酷體驗，讓他學會了以批判的角度去審視權力的非人性以及金錢支配政治的現代體制。

清張對於推動現代社會的鉅款動向尤其敏感，描寫竊取無法曝光的非法選舉資金逃亡的長篇《不告訴》（七四年）、以及發現空頭帳戶祕密的女銀行員，利用這個情報做為武器，當上銀座高級俱樂部媽媽桑的長篇《黑革記事本》（八〇年）、或者是剖析運送非法政治獻金回扣，擔任財政界密使的俱樂部媽媽桑的生態的長篇《迷走地圖》（八三年）等，都是極佳的例子。這些作品以嚴格的意義來說，雖然不能稱為推理小說，卻可以說是帶有懸疑色彩，同時又描寫出現代社會黑暗面的現代小說。

松本清張對於現代政治動向的關心，在嘗試解明發生在美軍占領期間的不可思議事件的《日本的黑霧》（六一年）以及《昭和史發掘》等紀實作品中，完美地開花結果。

註──日本舊制學校，延續尋常小學教育（相當於現在小學的一至四年級）之學校。

清張的興趣更延伸到古代史研究上，出版了《遊古疑考》（七三年）、《古代探求》（七四年）、《日本史　謎團與關鍵　附創作筆記》（七六年）等眾多的專門研究書。同時，他更以這些古代史研究為基礎，發表了許多歷史推理小說。

另外，清張認為波斯人曾經遠渡重洋來到七世紀左右的日本，大膽地假設奈良縣的飛鳥時代(註)的酒船石等石造遺跡被製作的理由，執筆長篇《火之路》（七五年）。除了這些推理小說或推理小說風格的作品之外，清張亦寫作許多出色的歷史小說、時代小說、現代小說等，做為一個作家，守備範圍極為廣泛。

不過在這些作品裡，清張的推理小說還是位居中心。從小說到紀實文學、歷史研究，清張的寫作方法中，都蘊藏了依據事實，嘗試解開各種謎團這種推理小說的共同特質。

松本清張於一九九二年八月四日，以八十一歲之齡辭世。連載中的長篇《眾神的瘋狂》與《江戶綺談　甲州靈嶽黨》，遺憾地未竟以終。清張死後十年以上的現在，《砂之器》、《黑革記事本》等許多作品依然透過電影及電視上映，獲得廣大的支持。

曾經有一段時期，有人議論著：社會派的時代已經結束。但是，最近的幾樁重大社會事件，令人深覺松本清張銳利地揭示出來的問題，再次被攤在眼前。

受到鉅款支配的日本政治結構，絲毫未變。例如二〇〇五年末到〇六年之間，日本發生了一級建築士姉齒偽造大廈結構計算的案件，發現許多震度五級以上的地震便會崩塌的危險大廈，演變成重大的社會問題。

這件案子當中，為了節省建築飯店及大廈的成本，指導減少鋼材用料的顧問公司；聽從其方針，對建築士施壓力的土木工程店；及以低廉安全為宣傳，販售大廈的房地產公司；和為了不讓訂單流失，在結構計算上作假並申請確認的建築士姉齒，還有無法揪出造假申請中的錯誤的事務所與自治體的專家等等，裡頭存在著許多複雜的因素。簡而言之，這是一樁以追求利潤為最優先的企業所帶動的大規模結構犯罪。

松本清張也有兩部長篇《花冰》（六六年）與《雙重葉脈》（六七年），分別描寫與國有地拍賣相關的政治貪污，以及牽涉到大企業的偽裝破產的殺人案。我不得不說，這些作品中批判社會的視點，至今依然有效。

八〇年代開始，反映時代的清張懸疑小說，舞臺也開始國際化。

除了描寫被稱為泰國絲綢王的大富豪神祕失蹤的《熱絹》（八五年）；用美國總統訪日時與日本總理密談的證據照片為恐嚇素材，藉此獲得大筆現金的銀座俱樂部媽媽桑，刻劃出她最後步上的諷刺命運以及國際政治黑暗面的《聖獸配列》（八六年）、共濟會員與黑手黨糾葛難分的《迷霧會議》（八七年）等長篇皆是如此。雖然不能說全是成功之作，卻或多或少都是以海外為舞臺的大規模冒險小說。

如此這般，松本清張的世界真正是變化多端、包羅萬象。同時，清張推理小說本身也隨

註——日本六世紀後半至七世紀前半，以推古王朝為中心的時代。

著時代變遷，逐漸改變它的風貌。

從解謎的本格推理到犯罪小說、國際冒險小說，實在是著作豐富。

當然，其中也有一些失敗之作，不過就算說戰後日本的推理小說的源流是清張推理小說，也絕不為過。

這次台灣商周出版（自二〇〇六年起，改由獨步文化繼續出版）所推出的清張推理小說——《點與線》、《眼之壁》、《零的焦點》三書，每一本都是松本清張初期長篇的代表作，但短篇中也有不少有趣的作品。

高度評價松本清張的我，誠摯地希望能夠以此為契機，將松本清張千變萬化的世界廣為介紹給台灣讀者。

本文作者簡介：

權田萬治，一九三六年生於東京港區三田。東京外國語大學法文系畢業。一九九六年擔任專修大學文學部教授，二〇〇四年起擔任推理文學資料館館長。一九六〇年發表首篇推理小說評論《感傷的效用　雷蒙．錢德勒論》。一九七六年以《日本偵探作家論》獲得日本推理作家協會獎，二〇〇一年以和新保博久共同監修的《日本推理小說事典》獲得第一屆本格推理大獎。此外曾擔任如幻影城新人獎、推理作家協會獎、江戶川亂步獎等多項獎項評審委員，現為日本推理文學大獎的評審委員。

黑革記事本

上一

1

「燭檯俱樂部」位於從銀座的林蔭大道往土橋附近的小巷裡，這一帶的店家大都是酒吧間，「燭檯俱樂部」便是其中一間。這棟建築物裡，五層樓幾乎全被以俱樂部或酒吧為名的酒店佔滿。

媽媽桑岩井叡子身材高大，絲毫稱不上是美女，不過她直率的性格倒頗給人好感。她約莫三十四、五歲，鼻尖有點往上翹，反應非常機靈。雖說她經營酒店已經十年，但要在競爭激烈的銀座存活下來得需要卓越的經營手腕。目前，她旗下的小姐大概有三十名左右，半數以上都已換上新人，足見酒店業競爭的激烈程度。

十一月的某個晚上，三個畫家朋友連袂來到「燭檯俱樂部」。

有個臉蛋嬌小、身材纖細，穿著碎花和服的小姐，坐在他們對面的桌檯陪酒。從外表看去，那個小姐頂多三十二、三歲。

「那個小姐是新來的吧?」

「嗯，她叫做春江。」

千鶴子配合著A畫家的眼神說道：「才來了半個月。」

A畫家從裊裊的香菸霧氣中若無其事地觀察著，他注意到那個叫春江的小姐的動作有些矜持。儘管先前她也跟著店裡的小姐陪酒客打情罵俏，但總是僵直著上半身，臉上的微笑也是硬擠出來的。

由於畫家所坐的桌前剛好是店內的通道，能清楚看見春江來回走動時尚不熟練的身影與步態。看一眼就讓人覺得，她是初入這個行業，完全不曾在酒店工作過。因為她經過客人的面前總是低著頭。

在通道昏暗燈光的映照下，從側臉看去，她的額頭有點大，眼睛很小，臉頰瘦削留有陰影。由於她身材嬌小，姿勢端正，穿上碎花和服搭配得很好，但腰帶上方的胸部卻顯得有些平坦。她落坐後，經旁邊檯燈的照映下，臉上的陰影消失了，寬闊的額頭和凸出的顴骨泛著亮光。不過，無論怎麼看她都不是有魅力的女人。

或許客人也跟她不太熟，因此沒多注意春江，只顧著跟其他的小姐說笑。從這裡可以清楚看出，她跟其他小姐年齡有差距，而且還不熟悉這裡的環境。

可是，她非常認真地觀察客人和年輕小姐間互動的情狀。就是因為她這個舉動，引起了A畫家的注意。

媽媽桑叡子正四處與客人打招呼寒暄，來到這桌時她高大的身軀落坐在A畫家身旁。

「聽說那個叫春江的小姐是妳的朋友?」A畫家趁說話的空檔問道。

「是啊。」睜大眼的叡子對著春江輕輕點頭。

「是老朋友囉？」

「不，不是。」叡子搖搖頭，說道：「她是貨真價實的新手。」

「果真如此。」

「你一眼就看出來了嗎？」

「當然看得出來。那麼，她是妳的兒時同伴囉？」

A畫家的視線始終盯著春江。春江果真沒加入客人們的談笑，只是在旁微笑著。

「也不是啦。她是我高中同學。」叡子深怕旁邊的小姐聽到似地小聲說道。

「噢，這樣子啊，妳們現在還有聯絡？」

「倒也沒有時常聯絡。兩個月前，她突然來找我，拜託我讓她在這裡工作。」

「這麼說……，她是寡婦嗎？」A畫家的腦中旋即浮現死了丈夫，手抱幼兒的女人來。

「才不是呢。她還是單身。」

「噢。」

三十幾歲還單身，現在還想在酒店上班，莫非是被男人拋棄了？A畫家又悄悄地看著春江的臉龐。

「其實，她白天在一家正派的公司上班呢。她已經在那裡幹十五年了。她一畢業就進那家公司了。」

A畫家又猜錯了。

「咦?她在那裡工作那麼久，現在卻不得不在晚上兼差，難不成是……，我知道了，大概是為了照顧小情人吧?」

A畫家這麼一說，一旁喝酒的同伴和坐檯的小姐也跟著笑了。

「好像也不是這樣。」

「嗯?」

「其實，春江是想做這一行，才來這裡實習。」

「噢，原來是這樣子啊。」

老闆娘這麼一說，就與A畫家觀察到的狀況相吻合了——過度拘謹的動作和認真觀察坐檯小姐應對客人的模樣，這是沒有坐檯陪酒經驗的女人為了開設酒店而前來「實習」。A畫家又不由得看著春江。

「這麼說，她要辭掉幹了十五年的工作囉?」

「當然要辭。就算她再幹幾十年也無法升遷。」

「說得也是。跟男人比起來，女人在職場上的確受到不公平的對待。對了，她目前在哪裡上班?」

「這個我不能說。畢竟她還沒辭掉工作。總之，她在正派的公司上班就是。」
「噢。不過，從正派的公司跳槽到酒店業倒是少見哪。看來她有金主在支持囉。」
「不，沒有什麼金主啦。她說要靠自己的力量開店。」
「地點呢？」
A畫家心想，想必是在都市新開發的區域吧，可是媽媽桑卻回答：「就在銀座。」他著實大感意外。
「那要好大一筆資金呢。若真的沒金主在背後撐腰，她可存了不少錢哪。或者是從有錢的伯父那裡接收了大筆遺產之類的？」
「這個我不大清楚。話說回來，開店也要看規模。若是在大樓裡租個小地方，弄個吧檯式的小酒吧，也能坐個二十人左右。不請酒保也不雇小姐坐檯，不需多少資金就可開成。」
「難不成她這個外行人要親自調酒，招呼上門的客人嗎？」
「如果只是間小酒吧，客人點的飲料大都不會太難，就算是外行人也能有模有樣地調酒上桌。先前在我店裡待過的兩、三個小姐，離開後就是開那種小酒吧。」
一個體格高大壯碩、年約五十出頭的男人領頭，一夥三個人走了進來。經理看到客人上門，旋即為他們安排座位。這家酒店經常是高朋滿座。這幾個剛進門的客人坐在畫家的斜對面，剛好在春江的隔壁桌。先到的客人被擠到角落去了。

媽媽桑叡子見貴賓到來，趕緊站了起來，走到那個頭髮半白、略顯肥胖的紳士面前，笑容可掬地向他打招呼。四、五名原本在其他桌陪酒的小姐，在經理的示意下也默契良好地簇擁到那一桌前，「醫生、醫生」地嬌喊個不停。

也被稱為老師(註)的A畫家，低聲問身旁的千鶴子，對方是誰？

「他姓楢林，是一家婦產科醫院的院長。」千鶴子低著頭告訴A畫家。

「我以前沒看過他。他是最近來這裡捧場的嗎？」

「大概是這三個月走得比較勤。」

他的臉色紅潤，摘下眼鏡後，一邊用手巾擦著鼻翼，一邊吩咐經理給他一杯水，並告訴其他的小姐要喝什麼就喝什麼。

「他好像是個不錯的客人。」

「是啊，他出手很闊綽。」

難怪媽媽桑馬上起身向他招呼致意。

「醫生終究是高人一等哪。」

A畫家連繳稅用詞的「特別扣除額」這等字眼都說出口了。這句話既是諷刺也是斥罵對方。

「我們走吧。」

十點多了。幾個畫家準備就此回去。

千鶴子和敏枝來到電梯口送客，穿著碎花和服的春江就站在她們身後。或許是因為剛才提到她，媽媽桑才指示她來送客。

A畫家無法默不吭聲，往後走了兩、三步，一邊笑著，一邊問道：「我剛才聽媽媽桑提起妳的事。」

「我叫春江，以後請多指教。」

她極力露出親切的笑容，恭敬地欠身哈腰。由於距離很近，在明亮的燈光照耀下，可以清楚看出她並不漂亮。

她欠身致意的姿勢顯得僵硬。媽媽桑說，她白天在規律甚嚴的公司上班，乍看之下，她彷彿是市公所或鋼鐵公司的女職員。

約莫過了一個月。

A畫家有事外出，上午造訪住在千葉縣富津的版畫家朋友。他們一起共進午餐，聊了大約一個小時。A畫家要回去時，朋友說他剛好要到千葉市的銀行辦事，便開自己的車送他到

註—日文中醫生與老師同音。

千葉車站。

由於路上交通堵塞，駛入千葉市區時已經二點四十五分了。

「這下子糟了。我若送你到車站，到時候銀行就關門了。不好意思，你可不可以先跟我到銀行去？」

他是個版畫家，很早就名氣響亮，作品可以賣到很高的價錢，跟那些不被銀行理睬的普通畫家不同。

「沒關係，反正我不急著回去。」

版畫家把車子停在銀行旁邊的停車場。三層樓白色建築物的正面，雕刻著「東林銀行千葉分行」的字樣。

從正門走進去，隔著寬敞的顧客等候區，旁邊就是長排的櫃檯，約有二十名左右的行員正在辦公。牆上的大時鐘指著二點五十分。許多客戶坐在櫃檯前或有鮮花擺飾的大廳裡，趕在關門前進來的客戶也不在少數。版畫家去櫃檯辦事的空檔，A畫家則坐在椅子上，半打發時間似地打量著這家銀行。

這家銀行跟其他銀行一樣，分行經理坐在後方盡頭的大桌，以便清楚看到顧客的動態，而在經理斜前方的應該就是裏理的座位吧。負責現金收納的櫃檯窗口，清一色是年輕的女行員。這些女行員穿著米色的套裝制服，衣襟和袖口是胭脂色，腰間繫著黑色的細腰帶。她們的動作文靜中顯得俐落，慣性的工作節奏令人目不暇給。

當A畫家把目光投向櫃檯稍後方的桌子時，他不由得睜大了眼，因為一個側面向著這邊的女行員，跟一個月前他在「燭檯俱樂部」看到的春江長得十分相似。

那個女行員時而填寫資料時而蓋章，畫家驚訝地連看了好幾眼，無論從其側面的輪廓或是姿勢來看，簡直酷似坐檯陪酒的春江。倘若把她身上的米色制服，換成是藏青色布料染著白黃紅等色的碎花模樣和服，就像是春江坐在那裡了。

A畫家從大廳凝視著她。從寬廣的額頭、凸出的臉頰和瘦削的肩膀的動作來看，她應該就是「燭檯」的那個小姐。她看起來比在酒店裡看到時年紀大些，這大概是白天在銀行上班和晚上在酒店工作的差別吧。

她始終朝向前方專心工作著，完全沒有察覺A畫家的存在。他怔愣地看著，這時候，他突然想起媽媽桑叡子說過「春江白天在正派的公司上班」，那是指銀行的工作嗎？

話說回來，白天在銀行上班，晚上在銀座的酒店當陪酒小姐，可說是兩藝兼優。銀行的同事大概不知道她晚上在酒店陪酒的事吧。而且「春江」只是在「燭檯」使用的花名，絕不是本名。話雖如此，她到酒店陪酒並不是兼差性質，而是準備在近期開店。她從一個半月前開始到「燭檯」見習，或許會待到被銀行同事發現為止。一旦自行開店，她就無法兩者兼顧了，或許是因此她才打算辭去銀行的工作。

版畫家從櫃檯折回來了。A悄悄地用眼神示意那個酷似春江的女行員。

「那個女行員怎麼了?」兩人來到停車場，上車以後版畫家問道。

「我好像在哪裡看過她，她在這間銀行待很久了嗎?」

「你是說原口小姐啊。嗯，是待蠻久了，大概十五、六年了吧。是個資深的行員。她負責存款的業務，客戶好像都很信賴她。她資歷深又可信賴，做事認真有效率。每家銀行分行都有一、兩個這樣幹練的女行員……。原口小姐怎麼了?」

「沒事，我只是覺得面熟，隨口問問而已。她叫原口什麼來著?」

「我記得她叫原口元子。」

「春江」果真是她在「燭檯」所使用的花名。

「原口小姐結婚了嗎?」

「不，她還沒結婚。大概是因為工作太投入，錯過了適婚期吧。噢，你好像很在意她的事?」

「是有點在意……，你不要告訴她我問過這檔事喔。」

「你放心啦。」

版畫家直盯著A畫家的表情。

半個月後，版畫家從富津打電話給A畫家。

講完要事以後，接著他說：「對了，我今天去千葉的東林銀行辦事，之前你問我的那個原口元子，聽說兩個星期前辭職了。」

「噢，真的嗎？」A有點語帶驚訝地問道。

「怎麼，你之前就認識原口元子了嗎？」版畫家責問道。

「不，我不認識她。那時候，我是因為好像在哪裡看過她，才隨口問你。」

他猜想得沒錯，原口元子遲早都得辭掉銀行的工作。白天和晚上的工作終究無法兼顧。銀行方面到底是否知道她要開酒店的事？他對此興致盎然，於是試探性地問道：「她在銀行待了那麼久，辭去工作是為了結婚嗎？」

「我也是只有在銀行見過她。我向櫃檯的年輕小姐問了跟你同樣的問題，但對方也說不清楚。原口元子畢竟是她們的前輩，她們卻回答不清楚她是否因為結婚的關係而辭職，這很奇怪吧。」

元子離職是為了經營酒店，銀行方面大概不希望這件事成為顧客巷議街談的話題，所以櫃檯的女行員才回答說不知情。銀行業真是毫不通融的行業。

「由於負責我的存款作業的男行員在，所以我就直接問他了。」

「這樣子啊。」

「他也回答說，原口辭去工作或許是要準備結婚，但當事人沒公開表明，所以實際情形如何不甚清楚。離職申請書上只寫了她是因為家庭因素才辭職的。」

其實，A真想一語道出，原口離職是為了在銀座開酒店，但版畫家話在興頭上，他便按下不說。

「總之，原口元子的辭職其中好像有什麼隱情，而且不是什麼光榮的事。看得出銀行方面在刻意隱瞞什麼，否則櫃檯的女行員和男行員們不可能面帶難色支吾其詞。這只是我的推測，或許原口元子是被銀行解雇的也說不定。」

「被銀行解雇？」

難道是因為銀行高層知道原口元子為了開酒店，在「燭檯俱樂部」化名「春江」當陪酒女郎而硬逼她辭職的嗎？

果真這樣的話，就算是紀律嚴格的銀行，這樣做未免太過份。難道在酒店兼職陪酒也算污辱銀行的顏面嗎？

事實上，或許原口元子原本就打算辭掉工作，到「燭檯」鍛鍊技藝，因此已做好離職的準備，因為覺得在開店之前硬是待在銀行未免太不乾脆。但女人總是精打細算，或許她打算撐到最後也要在銀行再賺點薪水。

話說回來，因為到酒店兼差陪酒就被逼退，有點大題小作。這絕不是對待資深女行員的做法。

難道連工會也默認原口元子因為在酒店陪酒是違反堅實的銀行員的「良俗」，因此被開除的事實嗎？

「你又關心起那個女行員的事來了？」版畫家半調侃似地說道。

「我倒沒這個意思。」

如果A向版畫家表明，原口元子在當陪酒小姐，他肯定會感到驚訝，但最後他還是沒說出口。他決定稍做觀察再做打算。

「你要是對她的事那麼感興趣，等我下次跟銀行員問出她辭職的原因，一定會告訴你。」版畫家便笑著說道。

「也好，如果剛好有機會的話。」

A故意若無其事地答道，因為他擔心版畫家過度揣測。

2

約莫過了十天。

A參加美術出版社晚間的聚會，回程時在銀座閒逛。大約九點左右，他來到林蔭大道，正想朝離這裡很近的「燭檯俱樂部」走去。

若去「燭檯俱樂部」，便可見到花名春江的原口元子。或許可以打聽她被銀行辭退的原因，這比聽各種道聽途說來得直接，而且確實。反正她已經離開銀行，大可不必在意上司的想法暢所欲言吧。

可是，A猶豫了。即使叫來春江，她不見得願意說出原委，也可能什麼都不說，況且旁邊又有酒店同事在場。

不知往何處去的畫家頓時停下腳步。九點一過，這一帶人潮很多。他無所事事地看著商店燈光明亮的櫥窗。在街道的暗處，有個醉客被穿著艷麗的女人送到路旁。這條路上酒店林立。路邊攤不時飄出章魚燒的味道。

在那角落有間咖啡廳，臨街的兩面都是玻璃窗，從外面可以清楚看見亮晃晃的店裡的動靜。坐在桌前的男女客人宛如在新劇（註）的舞台上。

A曾聽一個對銀座知之甚詳的朋友說，這家咖啡廳成了拉攏酒店公關小姐的交涉場所。眼下，他就站在外面觀看「舞台」上的人物。果真有許多穿著華麗和服的小姐的身影，坐在她們面前的中年女子大概就是酒店媽媽桑吧。

看著看著，A突然盯住一個穿碎花和服的女人，同時停下腳步。

那個穿碎花和服的女人跟三個男人對視而坐。他們的頭臉湊得很近，好像在進行什麼密談。從側臉的特徵看去，那女人就是「春江」。她自始至終都聽著那三個男人的輪番談話。

那三個男人看似中年以上，一個頭髮半白、臉相端正；一個方形大臉、體型矮胖；另一個則是三十五、六歲左右，在他們之間年紀最輕，有點尖下巴。

倘若他們是要挖角春江，那個頭髮半白、年約五十出頭的紳士大概就是酒店的老闆，那個方形大臉的則是經理，而那個下巴微尖的年輕人或許就是居中穿線的掮客。

由於不能老站在同一個地方，於是A畫家繞到另一邊去。

他突然想起，前一次去「燭檯」的時候，春江跟媽媽桑叡子道歉，然後表情嚴肅地走了出去。那時候，剛好楢林婦產科醫院的院長帶著同為醫生的同伴前來喝酒……

當時目送春江離去的媽媽桑表情不悅地對他說，最近春江每隔兩天就在上班時間外出，

註──與能劇、狂言、歌舞伎等日本傳統戲劇相對，指明治末期受西歐傳入的舞台劇影響、以寫實主義為中心的新型態戲劇。

一個小時還不見回來。那時他曾隨口問說，春江該不會是去見她的幕後金主吧。

倒也不是。她的確是跟誰有約，但每次她都是表情嚴肅地走出去，彷彿去見敵人似的。看起來好像有什麼隱情——媽媽桑這句話，至今仍在他的耳中縈繞。

A又折回去了。他想再次站在玻璃窗前窺探他們的動靜。他禁不住好奇心的驅使。

燈光明亮的咖啡廳裡，在「燭檯」化名春江的原口元子和那三名男子仍舊坐在剛剛的位置。由於窗外的街道較店內暗，因此他們看不到這名窺探者。

這次，換元子說話了。但聲音似乎比先前壓得更低了，只看得見她的臉部和身影。那三名年齡各異的中年男子神情專注地聽著元子說話；一個托著下巴，一個低垂著頭，一個焦躁地抽著菸。

四個人的臉上都沒有笑容。看起來不像是為物色公關小姐在磋商。而且那三人也沒有從事酒店業那種八面玲瓏的氣質，反倒像是在緊急會商什麼事。

A認為原口元子開店在即，大概在商談進駐交屋、裝潢事宜，或商量採購洋酒的事吧。每當元子一說話，他們三人便不知所措，彷彿受到刁難的商人似的。

他們三人表情困惑，而且非常緊張，好像被逼得走投無路，毫無轉圜的餘地，三雙充血的眼睛緊緊地盯著元子。反倒是元子看起來充滿自信。

A畫家看不出什麼究竟，最後便離開了。

「我挪用的行款和詳細內容都寫在上面。」

原口元子看著數張釘起的橫式文字資料，對著隔著桌子的三名男子說道。類似簿記紙的資料上寫滿許多姓名和數字。

「在這之前，我已經說過好多次，我承認在東林銀行千葉分行工作期間利用職務之便，於過去三年間從二十三名定存客戶的戶頭中，擅自挪用並花掉了七千五百六十八萬圓。這是我主動向分行經理您提起的。」

元子看著那個方形大臉、身材矮胖的男子。他濃密的眉間佈滿苦惱的皺紋。他就是東林銀行千葉分行的經理藤岡彰。

「妳要在『花掉』的用詞上，多加個『盜領』。」

猛吸著菸、下顎微尖的男子把香菸捻熄說道。他是千葉分行的襄理村井亨。

「襄理。」元子把目光移向那男子說道：「我承認盜領的金額已被我全數花光了。」

「妳背叛了分行經理和我對妳的信任。妳不僅背叛了我們，還背叛前兩任和前任經理、以及前任襄理。我們被妳資深的經歷和對業務的嫻熟度所欺騙，把相關業務全權交由妳處理，還將重要的客戶印鑑交給妳。可是妳卻利用我們對妳的信任，甚至濫用妳相當於可代理分行經理權責、身為資深存款部行員的職權，三年來陸續盜領客戶的存款。而且妳在定存到期日之前，寄利息通知單給存戶，顯然是智慧型慣犯。」裏理壓低聲音說道。

「裏理，您這段話我都聽得耳朵長繭了。」

「那是因為妳已經麻木不仁了。」

「隨您怎麼說。可是，請您不要每次來都說同樣的話嘛。再說我已經離開銀行，另有其他工作。雖說我做的是諸位打從內心鄙視的歡場工作，但諸位三天兩頭找我出來，讓我很為難，媽媽桑也不高興。我們不必在這裡做無謂的爭執，快做決定吧。諸位是要向警方控告我盜領人頭帳戶的存款呢？要不就接受我開出的交換條件？諸位選擇哪一個？」

咖啡廳的燈光洋溢著羅曼蒂克的氣氛。除了他們四人之外，其他座位的男女客人，無不快樂地交談著，不時發出陣陣笑聲。從音響送出的優美樂聲剛好遮去他們四人的低聲交談。

「律師先生。」

原口元子的目光從說不出話的村井裏理的臉上，移向那個頭髮半白的紳士。他是東林銀行聘請的顧問律師。

「諸位要是拖拖拉拉不處理我的問題，這件事早晚都會傳進國稅局和警察的耳裡喔。我是無所謂啦，可是這樣一來，將給東林銀行帶來莫大的麻煩。因為他們將會沒收我手上這本黑革記事本，到時候，即使我不願意，也不得不供出實情哪。您身為東林銀行總行委聘的律師，請您告訴我最後的決論。」

或許是燈光的關係，元子的眼神熠熠生輝。

律師用手帕擦著額上的汗水，他是總行派來處理這件事的。分行經理的雙手在桌上交握，上半身傾向元子。

「我來回答最終的決定吧。」

他那方形大臉的面頰微微顫抖著。

「我同意妳的條件。」

「噢？」

原口元子驚訝地看著分行經理藤岡。坐在一旁的律師對分行經理的說辭並未表示異議，裏理則瞪著元子不吭一聲。

「那太感謝您了。」元子點頭。

「既然條件已經談妥，妳手上那本黑革記事本趕快交給我們吧？」

「您不必擔心。我會照約定把它交給您。」

「妳現在就帶在身上嗎？」

「是的。」

元子的指頭敲打著置於膝蓋上的泛舊手提包，一副裡面沒裝什麼東西的模樣。

村井裏理和律師不約而同地看著那只手提包。

「拿著那麼重要的東西四處亂跑，妳未免太大膽了吧？」裏理語帶嘲諷地說道。

但事實上，他這句話夾雜著些許擔憂。

「才不會呢。把它放在我公寓住處反倒讓我擔心。再說，我又沒有資格向銀行租保險箱存放。」

元子充分利用曾為銀行員的專業，故意嘲諷，接著微笑地說：「而且諸位動不動就找我出來，依談話的狀況來看，隨時都可能用到這本記事本呢。」

「好吧，算妳夠狠。不過，我們有點小小的要求。」

「什麼要求？」元子挑了挑眉。

「我們希望妳從盜領的七千五百六十八萬圓當中，把相當於三分之一的二千五百二十萬圓還給銀行。」

分行經理說得很小聲，但是直盯著元子。他彷彿睡眠不足似的眼角佈滿血絲。

「咦？不是無條件同意的嗎？」

「我們希望妳能歸還三分之一的金額。」

「您這麼說，事情就差遠了。我記得我是要求分毫都不需賠償的吧。」

元子的眼角泛著冷冷的笑意。

「律師先生，正如您所看到的，這件事我必須向總行報告才行。以我分行經理的職限來說，這筆錢的金額太大了，若要向總行報告，當事人至少得歸還三分之一的金額，否則很難善了。而且這樣才不致於使事情愈鬧愈大。」

「我可以理解經理和襄理的立場。」元子一度微微點頭，但旋即明確表明態度。「可是我已經沒錢可還。」

「一個女人到底是怎麼花掉七千五百六十八萬圓的？」村井襄理詰問道。

她微微一笑，看著尖下巴的襄理。「諸位一定是認為我把錢花在情人身上吧，因為在這之前盜用公款的女行員都是這樣花掉的。不過，我不多做辯解。諸位要怎麼想像都無所謂。」

「我們才不做無謂的想像，但妳還是照經理的意思去做比較好，怎樣？妳願不願合作啊？」

頭髮半白的總行顧問律師動了動瘦削的肩膀。

元子沉默不語。

襄理又點了一根菸，說道：「妳根本沒把所有的錢都花光吧？妳把三分之一的金額還給銀行，即便不到三分之一也沒關係，這樣至少對總行有個交待。我們向總行的稽查部遞出報告時，在措辭上也好酌量。」

「難道您要我在報告書上寫明我擅自盜領數十個人頭帳戶的存款嗎？」原口元子問道。

「這是俱在的事實，有什麼辦法呢？何況妳自己也承認了。」

裹理吐了口煙。

「這樣一來，豈不是要把我看過您桌旁那本記載人頭帳戶與實際存款者對照表的帳簿，以及我把它全謄寫在黑革記事本上一事，還有您疏於管理重要帳冊的事情全寫在報告上嗎？」

元子這一冷峻的威脅，讓裹理被菸嗆到，劇烈地咳嗽起來。

「那是因為我們信任妳對存款業務的嫻熟，才委以重任。不僅我這樣，剛才我也說過，前幾任的裹理都這樣做，我只是蕭規曹隨而已。」

「可是您常因為公務和私事忙碌，就把查核各人頭帳戶存款結算的差事丟給我。這還包括您在上班時間因私事外出，比如到外頭喝咖啡，或接到情人的電話去約會，或想打打麻將時便提早回去。每次您總是對我說，一切拜託妳了，然後就拍拍屁股走人。」

「好了，別說了。」律師居中調解似地對原口元子說道。「……總而言之，妳就依經理的要求吧？」

原口元子沒有正面答覆，而是打開膝上的手提包。三人原以為她會拿出那本黑革記事本，她卻從中取出一張影印的公文。

「律師先生，您要不要讀讀這張公文？」

律師從口袋裡掏出眼鏡盒，把老花眼鏡戴在鼻樑上。

「徹底遏止【人頭帳戶存款之歪風】

〈昭和47（註）．12．1　藏銀第4214號　致各財務局長〉

有關上述之要求事項，全國銀行協會聯合會已做出重點報告（如附件），全國相互銀行協會及全國信用金庫協會亦有相同報告，希各銀行確實公告並施以指導。

附件：徹底遏止【人頭帳戶存款之歪風】

〈昭和47．10．18昭和47全業第28號全銀協會會長發函　致各地銀行協會〉

有關上述之要求事項，昭和42年12月已做出自律措施〈42．12．5文昭和42全業第73號〉，44年6月已聯絡上述之自律協議〈44．6．30文昭和44全業第23號〉，但最近眾議院經濟委員會等屢次討論該案。

另，本日之聯合理事會再次對附件之措施做出決議，希各銀行徹底執行……」

「如果我把這本黑革記事本交給國稅局……」原口元子對著看著這紙公文的律師說道：

註—西元一九七二年。後文提及的各個昭和年代，加上一九二五即為西曆。

「不但會給那些以人頭帳戶存款的客戶帶來麻煩，到時候大藏省（註）銀行局將對東林銀行給予負面評價。正如您所知道的，大藏省早就想廢除以人頭帳戶與無記名存款來逃稅的陋習，但銀行協會卻深怕存款減少因此以自律為名抗拒，是吧。」

律師拿下老花眼鏡，把它放在眼鏡盒，對沉默不語的經理和襄理緩緩地說道：「我們輸了，經理。看來我們只好答應原口的要求了。」

經理的嘴角似乎僵住了，低頭思索片刻以後，才無奈地表示：「哎，好像沒什麼談判的空間，我們就無條件地接受她的要求吧。」

襄理把才抽了幾口的香菸捻熄。

「就這樣吧。諸位這樣三番兩次找我出來談判也不是辦法，我希望這件事今晚就做個了結。」元子立刻接著說。

「好吧。既然顧問律師都這麼說，我就答應妳的要求。這也是為我們銀行的信用著想。」

「對不起。」

「妳現在就把記事本交出來。」

「我瞭解了。」

原口元子把顧問律師還給她的那紙公文放進手提包，接著拿出黑革記事本，把它放在桌上。黑色的外皮已被觸摸得泛出亮光。

她打開記事本，當著他們三人的面前叭啦叭啦地翻著。每頁幾乎都寫滿了姓名，左半頁是人頭帳戶，右半頁是存戶的本名。

「妳抄寫得很詳細嘛。」襄理從旁瞄了一眼，不由得嘀咕道。

「那麼，妳就把它給我們吧。」

經理肥胖的手伸向黑革記事本，但元子卻緊緊地按住它。

「我一定會交出來的，可是在這之前，諸位必須寫張切結書給我。」

「切結書？」經理露出驚訝的表情。「什麼切結書？」

「就是保證今後不需我還款的切結書啊。」原口元子對著呆若木雞的三人說道。

「這本記事本是我護身的武器。我若這麼簡單就交出來，我豈不是變得毫無退路。諸位若事後反悔要我還錢，我根本沒有反擊的能力。所以我把它交出來的同時，諸位也要寫切結書保證。」

「我們哪能寫什麼切結書啊。這太荒謬了。我們既然說過不要妳還錢，就不會要求妳還錢啦。」襄理憤慨地說道。

「諸位不寫切結書，我就不交出記事本。」原口元子語氣平靜地說著，作勢要把記事本

註——相當於我國財政部。

放回手提包。

襄理原本衝動地想伸手去搶那本記事本，但看到旁邊尚有許多客人，只得按捺住激動的情緒。有趣的是，在明亮的燈光下啜飲咖啡、談天說笑的男女客人，並不知道這裡正上演這樣的場面。襄理又氣得臉紅了。

「好吧，我寫切結書給妳。」經理和顧問律師用眼神商討過後答應道。

「勞煩您了。」元子向經理點頭致意。

藤岡經理從口袋裡取出名片，然後把它翻到背面，拿著進口的高級鋼筆做勢要下筆，肥胖的身軀往前傾卻動也沒動，只眯著眼睛抬頭對著元子問道：「我要怎麼寫啊？」

經理詢問要求者的意思。

「這裡就有現成的法律專家呀。」

顧問律師面露苦笑，看著經理的手，說道：「切結書並沒有固定的書寫格式，簡單扼要寫明就好。」

「不過，重點可要寫清楚喔。」元子特別強調道。

「切結書——我們在此確實保證，永遠不向當事人索取還款。」

經理寫上年月日和自己的姓名，並在姓名底下捺印。

「因為妳不喜歡被寫上『償還盜領的存款』是吧？」

裹理瞥了一眼，一吐積壓的忿怒。元子並未理會裹理的挖苦話，只是仔細地看著從經理手中接過的名片後面的「切結書」措辭。

「不好意思，既然今天總行委聘的顧問律師亦在場，也請律師先生您連署一下。」元子拿著切結書，抬頭說道。

「要我簽名？」律師露出慌張的神色。

「喂，妳不要逼人太甚！」經理怒吼道。

「有了這張切結書，我就可放心了，因為我是一個弱女子。再說，這次談判有總行派來的顧問律師和分行經理您一同見證呢。」

元子表示，律師也有連帶的責任。

律師自認無從反駁，只得彎下頭髮半白的腦袋在經理的名字旁簽了名。

「這樣就行了。」元子著實確認，「感謝諸位的隆情盛意。」

恭敬地收下「切結書」以後，元子對他們說：「喏，請收下吧。」

然後把黑革記事本推到桌子中央。

經理搶奪似地拿起記事本，焦急地翻閱內頁。

裹理交互地看著記事本和元子的表情。

「原口，雖說妳把這記事本交給我們，但妳已事先預留了備份吧。妳該不會在背後捅我們一刀吧？」說完，他緊緊盯著元子的臉。

「襄理，請您放心。我已經拿了這張切結書，就不會在暗中使詐。」原口元子對村井襄理投以微笑。

「這樣一來，七千五百六十八萬圓豈不是就被妳輕易污走了嗎？我在銀行幹了那麼久，第一次見識到像妳這樣的女行員。人真是不可貌相啊！妳什麼時候開始變得這麼厚顏無恥的？」

「襄理，三年前我就有這樣的想法了。原本我打算一直待在銀行工作，可是我改變心意了。」

原口元子站了起來，向他們三人欠身致禮。

「我先告辭了。長久以來，承蒙諸位的關照，非常感謝。祝各位身體康健。」

不久之前，在某家大型的都市銀行中，發生某關西分行資深女行員盜領存款的事件，在新聞報端鬧得沸沸揚揚。

根據報載，戰爭結束後的昭和二十一年，名叫山田花子的女行員高中畢業便進入銀行工作，在A分行任職。昭和三十九年十月調至B分行，歷經存款科門及該股副股長，昭和四十八年十月升至該分行的代理經理，昭和五十一年三月轉調到C分行擔任代理經理。年僅四十八歲就成為該銀行於全國分行中少數的女姓代理經理之一。

昭和五十年三月，山田花子在B分店任職期間，趁機使用客戶的定期存摺和印鑑，擅自將B市的公司董事N名下高達一百二十萬圓的定存解約並盜領。除此之外，她任職B分行時，於昭和四十四年四月至五十一年三月期間，利用同樣的手法，擅自把N先生等四名客戶的定期或活期存款解約，多達三十餘次，盜領金額合計超過三千萬圓。

五十一年三月調至C分行以後，仍故技重施，八年間盜領金額高達六千萬圓。

由於山田花子所盜領的存款，均是客戶為了逃稅而以人頭帳戶存入的，因此都把存摺與印鑑交由身為存款科副股長、後來升職為代理經理的山田花子保管，定存到期時再用其印鑑更換存摺。然而，山田花子卻利用這個機會，擅自解約盜領，還陸續寄利息通知單給客戶。因此N先生等人直到被警方傳喚的時候，才知道他們的存款已被解約，而露出難以置信的表情，因為他們都按時收到銀行寄來的利息通知單。山田花子就是看準有錢人只管以人頭帳戶存錢逃稅，不問管理業務的漏洞而加以盜領的。

據該銀行指出，B分行共有七十五名行員，其中女行員佔三十五人，在全國九十四家分行之中屬於中等規模的編制。山田花子的資歷最深，性格開朗，待人接物態度親切，尤其對銀行的業務極為嫻熟幹練，同事和客戶都對她讚譽有加。

事實上，依銀行的內部規定，是不准代為保管客戶的存摺和印鑑的，因為只有提款和解約時才會用到印鑑，客戶沒有理由把這麼重要的東西交由銀行保管。不過，由於花子負責印鑑申請和更新存摺等諮詢業務，她便利用此職務誘騙客戶把印鑑交託出來。另一方面，也是因為她頗受客戶的信任，因此當她從A分行調到B分行、再由B分行轉調C分行時，那些忠實的客戶照樣跟去捧場。

分行裡每月都有例行的業務稽查，總行的稽查部也會每年來分行突擊檢查一次，但是八年來，他們都沒能查出山田花子盜領存款的事證。

發現這次弊端的契機，是銀行內部突擊檢查個人內務櫃。這樣的舉動涉及人權問題，表面上稽查員很少這樣執行，其實還是經常進行。這次，他們就是從花子的內務櫃中起出客戶的印鑑和存摺。

銀行方面旋即讓她請病假休息，從中展開調查。不過，即便查出事情的來龍去脈，最終也只能在銀行內部處理。因為不論是對外界或客戶，最重視信用的銀行，非常忌諱這類弊端鬧上法庭被媒體大肆報導。無論多大的金額，銀行內部都能極巧妙地把它處理掉，然後盡可能向盜領的行員追回侵占的存款。

山田花子的盜領行為未依照銀行所願私下解決，而引來警方調查和鬧上新聞版面，主要是因為遭到「內部檢舉」，也就是有銀行內部員工向警政單位或報社密告。

據說，山田花子把盜領來的錢拿去購置新屋，還買下麻將館當起經營者，帶著部下到酒吧四處買醉，一個晚上花掉數十萬圓也毫不手軟。她光是在高級的地段買地蓋「豪宅」，就花掉了盜領金額的三分之二。連性情耿直、領微薄薪水的丈夫都沒發現妻子的犯行。

其實，類似這種女行員盜領存款的事件並非少見。數年前，某家地區銀行就曾發生盜領事件，也是存款科資深女行員幹下的，其盜領金額高達九億圓而震驚社會。她也是擅自把人頭帳戶解約，開立支出傳票提領出來。那些錢都是暴發戶農家深怕稅務局查稅，以人頭帳戶或無記名的方式存入的。

另外，雖然不是那麼龐大的金額，還發生過某分行的女行員私自把客戶的人頭帳戶解約，盜領存款，期間長達六年。由於她每個月僅領出十萬或二十萬圓，銀行稽查時並未察覺。但在她調到其他分行以後，客戶要解約時才發現自己的存款已被領光。她也是資深幹練的女行員，平常在櫃檯服務的態度親切，頗得顧客信任，還負責存款業務的諮商。

一般而言，以人頭帳戶或無記名方式存款的客戶，大都害怕自己的存款曝光。山田花子盜領事件爆發以後，警方訊問受害者的時候，他們都面露為難之色，不願意跟警方配合。儘管當事者的受害金額各高達二百萬、三百萬圓，但他們無不故意支吾其詞迴避警方的調查。因為除此之外，他們還把許多資產以人頭帳戶和無記名方式分散存在其他銀行，他們若坦承，遭受波及的損失恐怕更大。當然，銀行方面會補償客戶被盜領的金額，他們並沒有什麼實際損失，受影響的是客戶對銀行產生的負面印象。

據實際辦理過人頭帳戶存款的行員和外勤人員表示，銀行內部都備有人頭帳戶與本名對照的簿冊。這些簿冊原本都是由分行經理直接管理，但實際上卻交由襄理等保管。

儘管這是極機密的資料，但行內人員未必會遵守這些規定。存款科的行員有業務之需時，照樣可以查閱那些簿冊。

原口元子手上那本黑革記事本就完全謄抄了簿冊上的所有資料。她在東林銀行千葉分行的存款科任職多年，職權相當於股長，而且襄理也把該業務全權交由她負責，她要抄錄這些資料簡直是易如反掌。

不過，原口元子是主動向分行經理「自白」她盜領了人頭帳戶裡的七千五百六十八萬圓。在這一點來說，跟其他同類型事件最後是被銀行調查出來的情形有點不同。

原口元子的「自白」是有相對擔保的。由於銀行最怕自身信用受損，總是極力防止警方介入調查，因此希望能在內部處理掉這些棘手問題。「黑革記事本」若被交給國稅局等單位，將給那些開設人頭帳戶的客戶帶來麻煩，銀行本身也會受到祭出「徹底遏止【人頭帳戶存款之歪風】」公告的大藏省銀行局的冷眼相待，而且對表面上答應配合上述政策的銀行協會過意不去——換句話說，這種銀行內部的盜領罪行，很可能讓大藏省銀行局藉此找到要求全面廢除、禁止無記名和人頭帳戶存款等陋習的著力點，到時候東林銀行將難辭其咎。

原口元子有辦法讓她盜領的七千五百六十八萬圓消帳，並為日後自保取得分行經理和總行顧問律師的連署簽名，依仗的就是「黑革記事本」這強而有力的武器！

3

A畫家在義大利待了一年左右。

這段期間，他到美術館和教堂遊歷觀摩古畫和雕刻，時興所至便留下來臨摹學習，還到各地旅行寫生。他的日本畫家朋友在羅馬和佛羅倫斯待了很長一段時間，所以他也在那裡停留。

他是二月返回日本的。回國一個星期後的晚上，他來到銀座，順便到「燭檯俱樂部」小酌。

他在電梯前遇到出來送客的小姐，她們對他投以微笑。時光荏苒匆匆已過一年，眼前的光景彷彿昨夜般沒有任何改變。

「喲，您回來了啊？」

媽媽桑叡子看到A畫家走進來，立刻幫他安排座位。酒店情景猶如昨夜的繼續，依舊是客人滿座，喧鬧和談笑聲不絕於耳。

「您什麼時候回來的？」

「一個星期前。」

「真高興看你平安回來。對了，謝謝你從佛羅倫斯和米蘭寄來的明信片。」

「我平常就懶得寫信，這一年只寄了兩次明信片。」

「不過，我很高興收到明信片。你一定很忙碌吧？」

「只是到處走走。」

「你的氣色不錯。好像是曬黑了。」

這時候，千鶴子也來了。

「您回來了。玩得還還愉快吧？」

「愉快，非常愉快。旅途上還跟義大利的小姐談起戀愛呢。」

「喲，不錯嘛。義大利的小姐都很熱情吧？不過，嘴上這麼說的男人最不可靠了。」

畫家在兌水威士忌送來以前，朝店內的桌檯環視了一下。

「你在找春江吧？」叡子看出其意，對A低聲說道。

「她在四個月前就走了。」

「噢？」

A的腦海中浮現出原口元子和三名男子在咖啡廳低聲談話的情景。那時他還不辭辛勞地站在窗外來回往裡面窺探，猜測元子可能是為了開店事宜正跟業者商量。

「春江自己開店了？」

「嗯。」叡子點點頭。

「在什麼地方？」

「就在附近。」

「規模很小吧？」

A想像著元子正站在酒吧林立的大樓地下室的角落，或是地點更差的狹窄的櫃檯後調酒的情景。

「不，比你想像的還要大呢。」

「真的？」

「她還請了五個小姐，其中有很不錯的。」

A露出驚訝的表情。「這麼說坪數很大囉？」

「聽說是在某棟大樓裡的三樓，有十三坪大。不過，電梯前的通路占去一部分，店內的實際坪數才十坪而已。」

「她是頂人家的舊店嗎？」

這種情形在銀座不算少見。

「才不是呢。是在新蓋的大樓裡，春江買下了該坪數的使用權呢。」

「噢，那要花好多錢呢。」畫家不由得大聲說道。

「這附近新建大樓的價格都很貴吧？一坪大概要少錢啊？」

「這個我也不太清楚。前陣子，七丁目一棟舊大樓的九樓有間十三坪的酒吧貼廣告要頂讓出去，權利金二千萬圓，房租二十萬圓。這是招貼廣告，所以價格灌水，開得較高。但春江那家店的地點要比它好上好幾倍，而且又是買在新大樓裡面，每坪至少要二百萬圓吧。」

「噢，那十三坪豈不是要二千六百萬圓？」

「而且裝潢費每坪大約是六十萬圓左右。」

「加上這些裝潢費用，合計少說要三千四百萬圓啊……」畫家突然發出喟嘆。

「喂，大畫家，你也買間店給我嘛。」千鶴子從旁探頭出來插嘴說道。

「以後再說吧。」

「人家是認真的嘛。」

「妳若等不及的話，去找其他的金主幫忙囉。」

「人家會等你的嘛。你若真有這個意思，再久我都會等下去。」

「等我的畫作每號有百萬圓的行情再說囉。不過，妳的真情相守，倒讓我很感動哩。」

「我會向神明祈禱的。」

畫家笑了笑，低聲向叡子問道：「春江該不是找到有錢的金主了？」

「我不是很清楚。」

畫家想不到居然有金主大方出錢給春江——或者說是原口元子——開店。

他心想，這金主決不是這間酒店的客人。元子原本就打算開店，才來「燭檯俱樂部」學習。她的計畫真快！如果她背後真有什麼金主，應該是她來這酒店之前就存在了。

「春江辭職的時候，沒找妳商量今後要開店的事嗎？」

「很少有小姐這麼坦白。尤其是春江更不會說。她來我店裡的時候，只說自己想開間小酒吧而已。她在這裡沒有半個朋友，而且做事非常神秘。」

「媽媽桑說的沒錯。我也不曾跟春江交心談過話。」千鶴子插嘴道。

畫家霎時為之好奇起來。這也可能是暌違一年自義大利歸來的心情使然。

「對了，媽媽桑，如果春江的店在附近，我們要不要去跟她祝賀一下？」

叡子面帶逗弄之色地打量著畫家。「好啊。反正我也沒去過，我可以陪你去看看。」

其實，叡子擔心店裡客人尚多走不開，但還是答應了。

「我知道妳店裡忙碌，不會耽擱妳太多時間。妳帶我去看看就行。」

「沒關係啦。」

叡子和畫家站了起來，千鶴子默默含笑地對他們說：「請慢走。」

A來到櫃檯收銀機前，在等候叡子到來之前，若無其事地巡視著酒客的臉。

叡子低聲對經理說要出去一下。他們兩人走進電梯之後，畫家問道：「今天晚上，好像沒看到楢林醫生來……」

「楢林醫生最近倒是很少來捧場。」叡子露出另有所思的眼神回答道。

「春江的店，叫什麼名字?」

「店名取得很好，叫做卡露內（CARNET），是法語『記事本』的意思。」

「『記事本』啊?很奇特的名字。」

二月中旬的戶外，連霓虹燈也染上寒意。

叡子朝客人以眼神做勢表示她要暫時外出一下，連大衣都沒穿，只圍上披肩，瑟縮著身子跟畫家走在酒店林立的路上。

他們先拐彎後，再拐進一條巷子，這一帶也不斷可看見酒店。從時間上來說，現在正是男人們三五成群到酒店之類的地方尋歡的時候。

叡子邊走邊抬頭搜尋招牌。

「我記得春江的店的確是在這一帶……」

畫家看到直型招牌便凝目細瞧。住商混雜的大樓上，到處掛著酒吧、餐館或壽司店的招牌，但果然還是以酒吧居多。

「媽媽桑，妳好。」

一個身材瘦削的男子經過，邊向叡子客氣問好邊往前走去。

「您好。」跟著回應的叡子，突然想到什麼似的，朝其穿著夾克的背後問道：「對了，醫生，請問這附近有沒有一家叫『卡露內』的酒店？」

「『卡露內』不是曾在妳店裡待過的春江開的店嗎？」

轉身看向叡子的是一個看似五十歲左右，面頰消瘦的男子。

「噢，您知道啊。」

「那是因為妳不常在這一帶走動的關係。」

「對不起。」

「往前直走三十公尺，右邊就是『卡露內』了。在一棟新蓋的大樓裡，從外牆上整排的直型招牌，就看得到它的店名。」

「謝謝您的指點。我之前來過，卻一時想不起來。」

「妳不覺得『卡露內』，聽起來很像那個黑幫老大的名字嗎？」

「您說卡彭（註）嗎，艾爾・卡彭。卡露內是法語記事本的意思。我知道您對德語很專精，但法語可能就……」

「我對法語一竅不通。噢，原來它是指記事本啊。把它當店名還真是特別哩。」

「的確是很特別啊。」

「媽媽桑，春江在這個黃金地段的新大樓裡開酒店真了不起啊。」

「是啊。」

對方原本還想詢問什麼，但可能因為顧忌A在場，之後便不吭一聲地疾步朝前走去了。

「他是誰？」

畫家對叡子稱為醫生的人很是在意。

「他姓牧野，是個獸醫。」叡子小聲答道。

從外表看來，他絲毫不像是獸醫。

「他因為太沉迷酒色，把獸醫的工作都荒廢了。聽說他父親那一代就是獸醫……，他原本在杉並區開設貓狗專門醫院，許多老街的有錢人家都是他的客戶。後來因為發生許多事情，醫院拱手讓人了，他現在好像在什麼地方開小型的動物診所。他把賺來的錢，統統拿來喝酒，就像現在這樣，每天晚上都來這附近尋歡買醉。」

叡子不想向A解釋得太多。不過「發生許多事情」這句話，卻隱藏著獸醫慘淡的生活波折。他肯定是把家產都花在女人身上了。

「啊，找到了。」

叡子停下腳步說道，畫家跟著抬頭一看，大樓外牆果真掛著用片假名標示著「卡露內」的霓虹燈招牌。

從整排的招牌看去，直到五樓大約有二十間酒店。

通往電梯的通道如大廳般明亮，銀色的電梯裡嶄新得令人目眩，跟舊式的「燭檯俱樂部」那種氣氛截然不同。

雖說叡子是第二次來這裡，但她仍驚訝地環視四周。

他們在三樓步出電梯。通道的左右都是掛著酒店名稱的門。左邊盡頭有扇暗紅褐色、感覺莊重的厚門，門上鑲嵌著「卡露內俱樂部」幾個金屬字體。

身材高大的叡子輕輕地推開門。酒店內明亮的燈光霎時映入站在叡子身後的A畫家眼簾，幾個小姐齊頭回望著他。

「哎呀，媽媽桑！」

元子認出推門微探的叡子，趕緊移步過來，拉開大門站在他們的跟前。

註——卡彭（Al Capone,1899～1947），義大利裔，一九二〇年代的美國黑道頭號人物，人稱芝加哥的地下市長。

「喲，老師您也來了……。歡迎大駕光臨，請進！」元子語氣興奮地說道。

剛才畫家聽叡子說，元子買了十三坪大的酒店，但電梯前的通道佔去部分空間，所以實際坪數只有十坪左右。酒店的門旁有間洗手間，緊鄰旁邊的是用來放置客人衣物和行李的棚架。櫃檯正面的酒瓶架後有間狹小的更衣室兼儲藏室，櫃檯旁進出的地方掛著一扇拉簾。扣掉這些空間，室內尚有五張四人座的桌子、櫃檯前有十個座位，比他想像得還要寬廣。簇新的天花板和牆壁無論做任何裝飾都非常耀眼，新添購的桌椅和坐墊泛著光澤。整體的裝潢設計採用茶褐色調，加上黑色調搭配烘托，給人沉穩靜謐的感覺。畫家坐在後方的桌子，一邊啜飲著威士忌，一邊若無其事地打量著這間叡子所說的光是買價和裝潢費就斥資三千萬圓的酒店。

元子在畫家和叡子的面前坐下，小姐也在一旁陪坐。其他位置中，有兩桌坐了七、八名男性上班族，旁邊有兩名小姐坐檯。櫃檯前坐著五名背對著畫家的男客在談笑，蓄著長髮的酒保不時跟他們聊天。在A看來，這酒店的生意還算不差。

A覺得元子跟一年前有很大的改變。簡單地說，她變得很有專業架勢。她寬廣的前額蓄起瀏海，梳著時髦的髮型。以前她總是把頭髮挽在腦後，臉頰十分消瘦，不過，現在已沒有清臞之感了，微尖的下巴變得圓潤許多。換句話說，她比以前更顯豐腴，早先穿著和服時細骨頂肩的模樣也不復見。

她在「燭檯俱樂部」的時候，總是穿著碎花染樣的和服，可是現在卻穿著淺黃色布料染有花草配飾花紋的和服，腰間繫著暗紅色蝴蝶模樣的黑色腰帶，把鮮綠色的腰間襯墊襯托得更加醒目。

一年不見的元子變化如此之大，A畫家不由得暗自吃驚。從元子那麼懂得化妝和挑選和服來看，她已經有酒店媽媽桑的威嚴與架勢了。簡直不能跟她在「燭檯俱樂部」時同日而語。她就是他在東林銀行千葉分行暗中觀察到的那名女行員原口元子嗎？雖說再怎麼改行，她那缺乏女性魅力的臉孔，經由化妝可以有如此變化？

在「燭檯俱樂部」的時候，A並不覺得他已經離開日本一年，可是在「卡露內」，卻著實覺得已經經過一年，甚至更久的時間了。

「妳取了個將『記事本』略加變換的店名，很特別呢。是不是有什麼特殊的原因？」A向元子恭喜後這樣問道。

在A看來，他之前在銀行看到的原口元子已不復存在，眼前的就是一位酒店的媽媽桑。

「倒沒有什麼原因啦。因為法語的『記事本』這個字感覺不錯，便憑感覺取了。」元子微笑地答道。她的眼眸深處透露著某種訊息，但畫家和叡子都看不出意思。

「噢，妳是憑感覺取的？」

「嗯，是啊。」

「是誰幫妳取名的？」啜飲著威士忌的叡子問道。

「不，媽媽桑，這店名是我取的。因為我先取名日語的記事本，後來才決定把它改成法語。那句法語是別人教我的。」

「有人說這店名像是黑幫老大的名字。」

「咦？」

元子臉上的微笑頓時消失了。由於這表情轉變得太快，畫家不由得盯著她。元子露出難以置信的眼神看著叡子。

「我來這裡之前，在半路上遇到獸醫先生，他把卡露內說成黑幫老大卡彭了。」自知說錯話的叡子趕緊緩頰笑著解釋。

「真是的。」元子做出撫胸的動作，看得出她的表情緩和了許多。「那個獸醫先生太過份了。」

那個時常在銀座流連酒店的獸醫好像是這兒眾所皆知的人物。

「春江……」A插嘴道：「我去義大利以前，湊巧在這附近的咖啡廳看到妳。那時候大概是晚間九點左右，妳跟三個男士正在談話。」

「我跟三個男士在談話？」

元子凝目看向遠方，露出無此印象的表情來。

「我好像沒這個印象耶。」

「其中一個頭髮已經半白，穿著很紳士的樣子。」

「嗯，我實在想不起來。」

畫家確實在咖啡廳的玻璃窗前來回走了兩次，雖說沒看到元子和那三名男子談完，但是元子不可能這麼快就忘記，他心想，或許是因為元子忙著「卡露內」的開店準備，一時忘了也說不定。

「我還以為這店名是那幾個男士幫妳取的呢。」

「才不是呢。」元子露出好像被人窺探似的表情，用微笑加以掩飾。「我已經說過，這店名是我自己取的。我取名『記事本』，是源自於一部電影的片名。」

元子回眸看著畫家和叡子。

「電影的片名？」

「法國不是有一部電影叫做《舞會的記事本》(註)嗎？」

「啊，有有。那是戰前的老電影。」畫家猛然想起似地不由得大聲說道。「那是戰前的一部名片。由著名的朱利安・利維葉（Julien Duvidier）導演，主演的女主角……，是瑪

註——舞會的記事本（Un Carnet de Bal,1937），法國電影，得到一九三七年威尼斯影展最佳外語片殊榮。

莉・貝爾（Marie Bell）！她在片中飾演一個漂亮的寡婦。她真是一個氣質高雅的女演員……。妳看過那部電影嗎？」

「怎麼可能。」她故做大笑狀。「那時候我還沒出生呢。」

「說得也是。我也是十五、六歲的時候看的。那時離上映之初隔了很久才重新上映，還是我哥哥帶我去看的呢。」

「十五、六歲就已經看得懂外國電影了？」一旁的陪酒小姐故做誇張地瞪大眼睛。

「當然看得懂。因為故事情節很簡單。故事內容是描寫那個寡婦有天無意間找到她青春時代參加社交界的舞會時所使用的記事本，那本記事本裡寫著幾個愛戀過她的男子的名字，她想念起那些故人，便逐一去尋訪。那是一部非常浪漫的電影。」

畫家想起往事，眉飛色舞地說著。

「那部電影的故事是別人告訴我的，我覺得既浪漫又精彩，印象非常好，所以就把店名取名為『記事本』了。」元子說明道。

「我們一起乾杯吧！」

畫家大聲說道：「為我青春時代的偶像朱利安・利維葉乾杯！也為記事本卡露內乾上一杯！」

元子舉杯相碰。其他客人以為發生什麼事情，紛紛轉頭看向他們這邊。

其實，元子為這家店取名的原因是「黑革記事本」，因為開店的所需資金全是這本「黑革記事本」所賜。

當然，無論是A或叡子都不知道，元子突然靈機一動把取店名的來由移花接木到電影的片名上。

此時酒保接起電話。

「波子，妳的電話。」

被叫到的陪酒小姐站了起來，彎著身子拿起酒保擱在櫃檯上的話筒接聽。她是一個穿著華麗的年輕女人。

「喲，是楢林醫生啊。」

波子雖說得很小聲，但那身影卻引起叡子的側目。

那名酒店小姐不經意說出「喲，是楢林醫生啊」那句話，元子也聽到了。元子的腦海中，突然把蒲原英一的名字和楢林謙治的名字連繫起來。與此同時，她還想起一個身材高大、年約三十歲的女人。那個女人的眼睛細長，顴骨突出，嘴巴很大。雖說她不算瘦，但屬於肌肉型的體格，胸部平坦。根據存款科的行員說，她動作非常敏捷，講話的方式一板一眼，每次來銀行的時候都沒有笑容，身上還散發著消毒水的味道。辦完事情後，從離開櫃檯、經過大理石的地板到推開大門而去，她都是大步邁去，從不回頭。從背影看起來，她有著男人般的臀部。這名女客戶大概是以兩個月一次或三個月一次的頻率出現在東林銀行千葉分行，是「蒲原英一」的代理人。

雖說元子把重要的「黑革記事本」交給了分行經理，其實她已事先影印了備份。她跟分行經理已約法三章，因此她決不會將這備份交給國稅局，只是充做「參考」留在手邊備存。

一年前，他們在咖啡廳談判時，村井襄理就說：「原口，雖說妳把這記事本交給我們，但妳已事先預留了備份吧。妳該不會在背後捅我們一刀吧？」

襄理這麼說，是深怕她拿這備份資料到處爆料。

「襄理，請您放心。我已經拿了這張切結書，就不會在暗中使詐。」

而元子也確實同意遵守這樣的「紳士協定」。

可是，看著這份「參考」備份，元子卻覺得意猶未盡。

當時她將記錄著定期存款的人頭帳戶本名的帳簿，偷偷地另抄寫在黑革記事本上。在眾多的欄格中，有一欄寫著「蒲原英一（人頭帳戶）＝楢林謙治（本名，職業醫生、楢林婦產科醫院院長）」，以及其東京都的住址。

不過，上面沒有寫明存款的金額。這筆錢存在「蒲原英一」的帳戶裡，一年半前，元子偷看該帳簿時，餘額有六千二百萬圓。

元子一點也動不到蒲原英一的定期存款，因為這項業務不是她承辦的。大約六年前，那個全身散發消毒水味道、身材高大的女子來到櫃檯，向另一名存款科的行員表示，她除了要以本人的名義存款之外，還想以人頭帳戶存款。雖然她把「蒲原英一」的存摺交由銀行保管，但並未交出印鑑，所以元子無法從中下手。

元子可暗中下手的人頭帳戶，僅限於那些對她信任有加、願意把自己的定期存摺和印鑑交由她全權保管的客戶。

以蒲原英一名義存入的定存，自六年前起便以兩年定期存款的方式持續了三次。也就是說，在這期間，一次也沒解約，到期便自動更新，利息採複利計算的方式自動轉入，屬於長期型儲蓄。

想必楢林謙治在其他銀行也有同樣的存款。依常理推斷，設籍在東京都內的人專程來到千葉的銀行存錢，那麼對方不但在都內的銀行有存款，在附近縣市的銀行肯定也有，因為分散存款是逃稅的最佳方法。

元子之所以這樣推測，是因為那個高個子、體格結實的三十出頭女人，每兩個月一次或三個月兩次來東林銀行千葉分行存款。這次數大概是她依序到其他銀行存款而定的頻率。她在幾家銀行有這樣的存款不得而知，但少說應該有五家以上，當然，那一定都是以人頭帳戶存入的；而蒲原英一這名字僅出現在東林銀行千葉分行吧。人對金錢的需求總是沒有限度，儘管醫生這職業已經享受了特別的減稅優待，但他們還是想盡辦法要逃稅。那個用此名義來辦理存款的女人，想必也是到其他銀行辦同樣的任務。而被派來代辦這類存款的人，必定是親信。當事人楢林謙治從來不曾來過存款科的櫃檯。

來銀行代辦存款的那個女人，並不是楢林醫生的妻子。元子曾私下問那位最初承辦該項業務的女行員，她說，那女人自稱是楢林謙治的義妹。元子這才知道她的來歷。後來，那個女行員轉調到其他縣市的分行了。

元子來「燭檯俱樂部」當臨時陪酒小姐時，曾看過楢林謙治本人。他身材矮胖，有點福態。一頭半白的頭髮讓他看起來更顯得穩重，戴著眼鏡的眼眸散發著溫和的目光。他紅潤的臉頰像是抹上胭脂，厚厚的雙唇總是閉著，每一笑開，眼角便推起皺紋，露出整齊潔白的牙齒。

他的開朗和文雅大方顯示出生活的優渥，是不折不扣的富豪性格。元子曾聽說，由於醫生平常都跟死氣沉沉的患者打交道，為了取得心理平衡，便常去尋歡作樂。

不過，不論是楢林謙治或他帶來的醫生朋友，在「燭檯俱樂部」喝酒的時候，從不曾對小姐上下其手。雖說在高級俱樂部藉機觸摸陪酒小姐的敏感部位的客人仍不在少數，但楢林總是保持君子風度，每次說起玩笑話時，自覺得好笑便高興地哈哈大笑，一派純真開朗的模樣。

元子在「燭檯俱樂部」的時候，只是跟其他小姐到楢林的桌旁服侍過而已。這家酒店並不是由客人指名哪位小姐做陪，因此每個小姐既非主角亦不是配角，但認識或知道這桌客人喜好的小姐便主動上前服務，以這桌為主。客人要回去的時候，便一起送到店外，其餘的小姐則屬於支援性質，元子就是其中的一員。可是她不論到哪桌坐陪，都顯得態度拘謹。楢林前來捧場時她也是如此。

元子原本就是為了當酒店經營者才來這家酒店實習，所以不需要像陪酒小姐那樣積極博取客人的歡心。再說等她自己開店的時候，她也不打算拉走這裡的客人。她整個腦袋只想著要如何成為經營者，把觀察客人的生態、陪酒小姐招呼客人的服務態度、她們的性格以及環境的配合等等，當做未來「營業」的參考。

像元子這種態度，自然不會得到陪酒小姐的好感，也交不到朋友。同事一開始就知道她是為了當酒店老闆才來的，不但沒有朋輩意識，甚至抱持更大的反感，始終跟她保持距離。當然，沒有小姐會私下跟她說「妳若開店，請雇用我」這種話。

元子已經習慣這種氣氛。她任職銀行的時候也是這樣，即便待了那麼多年，卻沒有半個知心的女同事。她初入銀行上班時，即受到前輩的冷落，被同事排斥。比如說，在員工餐廳吃飯時，幾乎沒有同事會主動坐在她的旁邊。下班後，大家都不邀她喝咖啡聊天，她每次都只能目送著同事成群結伴外出的身影。

元子看著同事因為結婚逐一辭職，不知不覺中自己成了最資深的女行員。另一方面，她之所以埋首工作，其實也是對男行員把她當成「滯銷品」所做的反擊。她面對男同事的冷眼，就是不輕易辭職。因此每次聽到結婚的同事離婚，或家庭失和的流言，便喜不自勝。

元子做事非常幹練，頗得上司的信任。即使缺少女性的嬌柔，由於她十分嚴肅從未鬧過流言，對銀行來說，這樣反而比較重要。

客戶也是這樣，他們信任元子的踏實與幹練。儘管有些客戶對年輕漂亮的櫃檯女行員情有所鍾，但老客戶還是對有實際業務經驗的元子比較放心。

然而，元子依舊無力改變銀行內的人際關係。男同事除了工作需要之外，不怎麼跟元子說話，新進員工也不渴望接受這個不受歡迎的前輩的指導。

年近三十的元子開始考慮到自己的將來，她想辭去銀行的工作做點生意。她試著從銀行往來客戶的行業中尋找適合自己的工作，但中意的行業都需要龐大資金。而且與銀行往來的中小企業幾乎都處於不景氣的狀況。這從中小企業的交易情況與銀行業務人員的談話中皆可充分得知。

事實上，元子打算著手開酒店並不是有什麼特殊理由，她只是覺得酒店業若經營得當可賺很多錢，以及想早點從銀行那種封閉而乏味的環境中掙脫出來，投身到截然不同的行業罷了。她認為，從刻板乏味的銀行業務，轉換到尋歡作樂的酒店業——即便銀行只願意低額貸款給酒店業——還是有價值的。就算自己在銀行內有限的人際關係無法改變，這個行業也有可能擴展更多的人脈。

於是，元子決定向銀行「擅自借用」開店所需的資金。她向來熟悉人頭帳戶存款的業務程序，從中挪走存款，既不會讓自己身敗名裂，也不必償還半毛「借款」。這個方法她輕而易舉就想到了，而且已經依照計畫神不知鬼不覺地進行了三年之久，如果不是她自己坦承，恐怕任何人也無法察覺。

這段期間，她享受著秘而不宣的喜悅和竊佔公款的快感。這是她對自己在銀行上班以來長期受到同事排擠冷落的心理報復。最後她還使出厲害的武器黑革記事本。正如預料的那樣，黑革記事本果真發揮了強大的作用。當她看到敵人露出驚慌的表情時更是快意暢然。不過，大概任誰也不知道她就是為了慶祝此計成功，才把自己的酒店取名為「記事本」。

「燭檯俱樂部」的媽媽桑和A畫家連袂來到元子的店裡露臉。元子心想，儘管媽媽桑推說只是帶剛回國的A畫家來送禮，但是其藉機察看她的後續狀況的動機卻是昭然若揭。

元子開店之初，叡子只來過一次。

叡子毫無顧忌地盯著元子，說道：「妳愈來愈有媽媽桑的架勢了，看起來很有威嚴哪。」

從叡子的表情看來，不只是說客套話而已，她眼神中還充滿訝異。她大概覺得，元子當初來到她酒店實習的時候還不大會打扮，不怎麼起眼，但現在卻變得如此耀眼！

元子在在顯露出充滿自信的模樣。

接著，叡子的視線轉向店內的擺設和陪酒小姐、酒保的應對進退，並打量著到店裡消費的客層，還若無其事地探查元子的幕後金主。

當初，元子來到「燭檯俱樂部」要求叡子讓她從旁實習如何當個經營者的時候，叡子問她目前在哪裡工作之後，隨口問道：「妳若在其他地方開店就另當別論，可是在銀座開店得有龐大的資金才行。難道妳有那麼多錢嗎？或者有什麼幕後金主？」

元子則回答：「不，我沒有幕後金主。」

當時叡子口氣模稜兩可地說：「咦？女人光靠自己的資金開酒店很辛苦哪。好不容易開了店，得妥善經營才行呢。」

現在，叡子似乎也在推測元子必有金主支援，正極力從元子的打扮、容貌與店內的模樣嗅出其中端倪。不過，誰也不知道元子的開店資金是怎麼來的。

正如叡子之前的忠告，「記事本俱樂部」開店以來始終虧損連連。光是買下大樓內的使用權，加上開店的準備費用，就花掉了五千多萬圓，目前只剩下二千萬圓左右。若照這樣虧損下去，經營將愈來愈困難。元子眼下正在尋思，得趁現在想出對策才行。

「我們該走了。」畫家起身說著，叡子也跟著站了起來。

「哎呀，不多坐一會兒嗎？」元子分別看著他們兩人的臉。

「不，媽媽桑店裡正忙，是我中途硬拉著她出來，她得回去店裡了。下次，再跟妳好好聊聊。」

畫家從口袋裡小心翼翼掏出一個紙包的禮物。「這是送給妳的開店禮物。」

「哎呀，你不必這麼厚禮啦。」

「元子，妳就收下吧。」叡子關說道。

「謝謝。媽媽桑，百忙之中，妳還專程來這裡看我，真是不好意思。」

「才不會呢。我現在剛好有空……。元子，妳來一下。」叡子把元子叫到酒店的角落，低聲問道：「穿著粉紅色連衣裙，坐在那桌陪酒的小姐是誰？」

元子也跟著看向那邊，小聲回答說：「妳是說波子嗎？」

「她叫波子？長得真是可愛宜人呢。」

「是啊，在店裡我最看好她。」

「妳是透過什麼門路找來的？」

「是她自己跑來要我雇用她的。她說她很希望在新開的酒店上班。」

「噢？之前她在哪家酒店上班？」

「她說之前在神戶的夜總會待過。」

「這麼說，她是關西人囉？」

「不是。她是東京人，在神戶待了一年，因為想念東京，才剛回來不久。」

「這個小姐姿色不錯……」

原本叡子想說「妳最好提防一下波子」，但剛好有客人進來，於是叡子只好大聲對元子說：「加油囉，卡露內的媽媽桑！」

叡子說著，直看著元子的背影。

叡子和畫家兩人再度並肩走在酒店林立的街上，朝「燭檯俱樂部」走去。穿過小巷的寒風把廣告傳單吹得到處飛舞。有張傳單剛好貼住叡子的下襬。叡子隨手撣去，那是一張紅色的小酒吧開店宣傳單。

「店裡的規模比我想像的還大哩。」畫家邊把圍巾拉到頸後邊說著，他說的正是剛才看到的原口元子所開的「卡露內」酒店。

「很大間吧？我第一次去的時候也非常驚訝。元子還沒辭掉我那裡的工作之前，只跟我說要開間小酒吧而已。想不到隔沒多久，就在新大樓裡開起那麼豪華的酒店來了呢。」叡子帶著有點被暗將一軍的表情說道。

「難道她在開這家店之前，沒找妳商量或者請妳傳授經營竅門嗎？」

「她只是說想開間小酒吧，希望我能傳授經驗。所以我就建議她，既然開的是小酒吧，得怎樣計算成本：比如，使用十年份國產威士忌的兌水威士忌和冰鎮威士忌該賣多少錢啦，兌水白蘭地一杯得賣多少啦，純白蘭地得賣什麼價錢才划算啦，小菜的份量啦，或是當有客人點複雜的雞尾酒的時候該如何婉拒說店內沒有酒保調酒請見諒等等。想不到我這麼費心傳授經驗和提出建言，聽到她開店的消息還前去祝賀，一看，竟是那種規模了？我還天真地以為她開的是小酒吧呢，我真是笨哪。」

「這麼說，元子背後有顧問撐腰囉？」

「大概有金主出錢吧，我不認為元子有那麼多資金。」

「元子當了媽媽桑，氣派都不一樣了。她在『燭檯俱樂部』的時候，看起來還不夠落落大方呢，但現在卻……」

「沒錯。我也很久沒去，一到店裡，看到元子的轉變也感到驚訝呢。」

「店裡的裝潢不差，色彩的搭配也很有質感。」A以畫家的審美觀點說。

「我也這樣覺得。」叡子也大方承認。

「假使元子有金主撐腰，這個人肯定很有智慧吧。」

「不，這點小事元子也辦得成。她在我店裡實習的時候，我就發現她是個聰明的女人。她應該有辦法把酒店經營下去吧？因為她以前在千葉的銀行待過。」

「千葉的銀行？」畫家盯著叡子的側臉。

叡子在元子晚間來「燭檯俱樂部」實習的時候，即知道她白天任職於銀行的事。所以一年多前，當畫家問起元子的來歷時，叡子便回答說元子在「正派的公司」上班。

叡子知道元子任職於東林銀行的千葉分行。因為元子請求叡子讓她來店裡實習之際，叡子即已看過元子的戶口謄本，當然也問了她上班的地點。

不過，畫家很想對叡子說，其實我也曾在千葉分行看過元子喔，卻說不出口。因為在這之前都沒跟叡子提起，事到如今更不便明說。他怕一旦說出，叡子肯定會詫異地責問為什麼不早跟她提起，恐怕還會調侃他，問他對元子如此關注，是不是隱瞞什麼秘密。

「她若在銀行待過，應該很會管帳吧。」畫家轉移話題。

「應該是吧。元子跟一般女孩子不同，或許是因為長期在銀行工作的關係，做事總是有條有理，態度冷靜。」

「這麼說，她是個精明的女人嘛。可是，因為待過銀行而擅於理財管帳，和經營酒店是兩回事吧？」

「你說的沒錯。經營酒店可不是簡單用電子計算機核算帳目就行。有些帳可是很難精打細算呢。」資深的酒店業者低聲笑了。

「媽媽桑，妳覺得『卡露內』目前的經營狀況如何？」

「在那些小姐當中，那個叫波子的小姐條件最好。臉蛋長得漂亮，又嬌媚。有些小姐即使長相再好，太過文靜的話也不行。元子的店裡有波子坐檯，真是意外的收穫呀，而且又那麼能幹。」

「可是，她看起來還有些稚氣呢。」

畫家的腦中浮現出波子的臉龐。叡子說得沒錯，在五個陪酒小姐之中，波子給人印象最深。

「娃娃臉才是厲害的武器呢。你別看她長得天真可愛的模樣，取悅男人的手腕可厲害呢。」

「媽媽桑，妳的經驗和眼力真是高超呀。」

「連這點本事都不會的話，就無法挑選和雇用酒店小姐……。對了，老師，上次來我店裡的楢林醫生啊……」

「那個婦產科的院長嗎？」

「我終於弄懂最近楢林醫師不來我店裡捧場的原因了。他把目標轉到『卡露內』的波子身上了。」

「噢，原來他琵琶別抱，轉移到『卡露內』去了？」

「剛才，酒保接到電話就直呼波子來聽。波子不是嗲聲嗲氣地跟楢林醫師撒嬌嗎？那時候我就明白是怎麼回事了。依那模樣來看，波子八成已經擄獲楢林院長的心了。」

「噢，她真有那麼高超的手腕？」

「楢林醫師喜歡波子那種類型的女孩子唷。」

對面走來一個身材瘦小的年輕男子，他看到叡子的時候，隨即恭敬地問候：「媽媽桑，晚安！」

「哎呀，是宮田啊？」叡子站在街燈下，朝略暗的臉龐看了看。

「是的。」年輕男子來到他們身旁，以眼神向畫家打招呼。

「最近很少看到你，你還好嗎？」

「嗯。其實，我因為胃潰瘍開刀住院了將近兩個月。」

「啊，我不知道你病得這麼嚴重。」叡子誇張地雙眉緊蹙。

「我原本就常鬧胃疼，但從不特別在意，加上喝酒也沒節制，最後搞得胃破洞引發穿孔性的腹膜炎。所以，才在醫院待那麼久呢。」

「你可不能這樣不愛惜自己的身體呀。」

「謝謝，以後我會多加注意。」

「現在已經痊癒了嗎？」

「嗯。我已經可以自由走動了。」

叡子低下頭，急忙打開手提包的鈕扣，從裡面掏出一張萬圓紙鈔，把它塞進宮田的手裡。「這是慰問金，你收下吧。」

「不行啦……」宮田舉手欲推還，但最後仍收下，比出雙手高舉在額前的動作。「媽媽桑，謝謝您！」

當叡子要跟年輕男子告別時，他突然想到什麼似的，後退了兩、三步，來到叡子的耳畔低聲說道：「請不要張揚出去，前天，國稅局派員到『琴惠俱樂部』查帳了。」

「咦？」叡子露出驚訝的眼神。

「聽說是強制搜查，所以被搜得很慘。他們到銀行調查『琴惠俱樂部』的存款，還到媽媽桑的住處翻箱倒篋，要找出藏錢的証據。」

「……」

「國稅局說，『琴惠』不只去年度逃稅而已，他們還要追溯到三、四年前，調查當時是否有逃稅之虞。」

叡子的面色凝重。

「我只是這樣聽說。媽媽桑，您也要多加注意。」

「我店裡不會有事的，宮田，因為我從來不做逃稅的事。」

「那是當然，我也這樣覺得。因為媽媽桑的帳目向來做得很好。」

年輕男子向叡子欠身致禮，邁步離開了。

「他姓宮田，之前是某家酒店的公關經理，現在是專門幫酒店挖掘公關小姐的掮客。」

畫家沒有問起，叡子卻主動向他解釋。

「噢？我聽說過，那就是所謂的酒店掮客嗎？」

畫家回頭一看，但他那細瘦的身影已經消失在霓虹燈閃爍的街道上了。

「是啊。銀座大概有三千家酒店，每家酒店的陪酒小姐每個月賺多少營業額、哪個小姐最紅，他們都有名單。一旦有緊急情況時，他們馬上可以跟同伴聯絡出動。」

「目前有多少酒店掮客？」

「大概不少於一千人吧。」

「不得了哪。」

「當然，這包括現任的酒店經理和資深的酒保在內。小宮那個年輕人性情很好，我蠻器重他的，說不定哪天還得需要他的幫忙呢。」

這就是叡子贈宮田一萬圓慰問金的緣由。

畫家心想，無論是去「卡露內」時遇到的那名獸醫，或者現在這名與他們擦身而過的酒店掮客，都讓他覺得銀座真是臥虎藏龍的地方！

「所以，像哪家酒店發生什麼事情，他們也都會通報妳嗎？」

「他們深諳酒店的內幕，因此消息特別靈通。剛才，他私下向我透露，『琴惠』那家酒店有漏稅之虞，目前正遭到國稅局的強制搜查。『琴惠』經營得太有聲有色，所以早就被稅務機關盯上了。國稅局真是太恐怕了！」

叡子露出畏懼的表情。

他們兩人來到「燭檯俱樂部」前面。

看到在自家小姐陪送之下走出電梯的老紳士時，叡子旋即撇下畫家，趨前來到老紳士身旁。

「哎呀，會長，您要回去了？」

叡子的聲音嬌柔響亮。

4

十一月中旬了。

約莫凌晨十二點多，原口元子只帶著店裡的小姐里子來到位於六本木的壽司店。這裡的店家開到凌晨三點左右，許多演藝人員常來這裡光顧。

平常，元子都會帶著兩、三名比較貼心的小姐來這裡吃消夜，但今天晚上只帶著里子來。十一點左右，叡子就附耳邀里子下班後一起吃壽司。

來到壽司店，里子內心非常緊張，因為老闆娘只邀她一人，不知道要談什麼事情。

看著里子接連吃了鮪魚中腹肉、烏賊、比目魚等握壽司之後，元子估量里子大概已經吃飽，便若無其事地問道：「妳不是有個妹妹嗎？」

「是啊，我有個妹妹。目前跟我一起住在公寓裡。」里子放下大茶杯答道。

「我聽說妳有個妹妹，好像跟妳差五歲吧？」

元子早就聽里子提過妹妹的事。

「是的，媽媽桑。」

「妳妹妹現在在哪裡上班？」

「不，她沒出去工作。」

「不會是身體不好吧？」

「她身體可比我強壯呢。雖說我們都是在信州（註一）的鄉下長大，但我妹妹就像鄉下人般特別健朗。」

「她不喜歡上班嗎？」

「她在學習日本畫，目前在加藤老師的畫室學藝。加藤老師是日本美術展覽會的評審委員中林老師的高徒。」

「噢，她想當畫家嗎？」

「她是這麼說啦。每天都在公寓裡學畫畫。當我像這樣晚歸回家，她都會幫我準備消夜，也幫忙做早餐、打掃和洗衣服。算是幫了我不少忙，但我就像在養我妹妹一樣。」

「這樣子啊。」

元子又跟綁著頭巾的壽司師傅點了干貝握壽司，並鼓勵里子多吃一些。里子點了份海膽握壽司。

「學日本畫很花錢吧？」嚥下干貝握壽司後，元子又問道。

「是啊，日本畫的材料費比西洋畫的還貴呢。岩畫具（註二）價格昂貴，絲綢也不便宜。學費更是一筆大開銷呢。」

「這些費用都由妳出嗎？」

「有什麼辦法呢。」里子一臉苦笑。

「她的畫作賣得出去嗎？」

註一——日本長野縣的古稱。

註二——以天然礦石製成的顏料，因此價格高昂。

「差得遠呢，她還不到那個功力。」

「是嗎。看來在她結婚之前，妳還得多擔待呢。」

「她說目前沒有結婚的打算，我正傷腦筋呢。」

皮膚略黑的里子即使化了妝仍看不出有變白多少。她們姊妹都在信州的山村長大，而妹妹又更像鄉下人般健朗，因此她可能比里子的膚色還黑，身體更健壯吧。

「對了。」元子靠近里子的臉龐。「不知道妳妹妹短期間有沒有工作的意願？」

里子看了元子一眼，露出拒絕的眼神。

「不是在我們店裡上班啦。妳妹妹討厭酒店的工作吧？」元子搶先說道。

「嗯，她的確不喜歡酒店的工作。」

「才不是酒店的工作呢，而是道地的差事。只是有點特別。」

「雖然還不知道您說的是什麼工作，但我妹妹說，她正專心學習日本畫，什麼事也不想做。我正為這件事傷透腦筋呢。」

「又不是長期工作，頂多一個月或兩個月，算是臨時的差事。雖說這段期間會暫時中斷學習，可是收入很高，多少可以賺點作畫的材料費。」

「那是什麼樣的差事？」

里子替妹妹關注起來了。這樣做不僅是為了妹妹，也可以暫時減輕自己的負擔。

元子默默地喝著茶。壽司師傅探身看到元子的茶剩不到半杯，馬上斥喝年輕的服務生趕緊添茶。

壽司店裡人聲雜沓。這附近大都是夜遊族駐足的地方，此時櫃檯和桌子已經坐滿打扮時髦的年輕男女。他們要不是在附近電視台上班，就是下班後的酒女攜帶男伴來此吃消夜，整間壽司店充塞著高聲談笑的喧囂。

沉思著啜飲熱茶的元子，突然想到什麼似的，從手提包裡拿出一張小紙片，小心翼翼地把它遞給了里子。

那是從報紙剪下來的。里子把它半握在手裡迅速地瞥了一眼。四個粗大的字體，下面還有幾行細字。

「誠徵女傭。供膳宿、限齡三十五歲以上，薪優面談，週休一天，本人經營醫院，家中無幼兒。意者請洽楢林謙治——青山綠町二之一四五七」

這是一則徵人啟事。

里子看到這則「誠徵女傭」的啟事，露出驚訝的神情。起初她感到有點意外，稍後則有些沮喪。因為她把元子所說的工作地點想像成在公司上班。

「我不是要她真的去做女傭。其實是有點緣故的。」元子在里子來不及拒絕之前搶先說道。

「您是說不是真的去當女傭？」

「妳仔細看看登廣告的是誰。」里子依指示看著這則廣告，突然抬起頭來。「媽媽桑，楢林謙治不就是來過我們店裡的那位楢林醫師嗎？」

「沒錯。徵人啟事還寫明他是醫院的經營者，而且住址也吻合，不可能是同名同姓。」

「……」里子忖度不出元子的本意。

「事出突然想必妳也感到驚訝，這算是我無理的請求。妳就幫我向妳妹妹拜託看看。」

里子咕嚕吞了一下口水。因為元子突然厲聲粗氣起來，眼角微微上揚著。

就在里子無從回應的時候，元子藉周遭噪音的掩護下繼續說道：「事情是這樣的，透過我居中介紹，有個朋友跟楢林醫師發生金錢糾紛。所以，我想請人調查楢林醫師的財務關係，或者探聽他的家庭狀況。要不這樣我很難安心哪。問題是，這種事又不能隨便拜託他人，況且我也不希望勞動到徵信社或私家偵探公司，我不願意看到有人拿楢林醫師的隱私做文章。所以，跟妳妹妹拜託一下，只需兩個月就好，如果她覺得兩個月太長，一個月也行，請她去楢林家當臨時的女傭，替我打探內情。」

依元子的話意聽來，楢林醫師透過元子想要鉅額融資，元子便把他介紹給某金融業者，但對元子來說，不知道楢林的背景來歷，終究是掛意不下。

「楢林醫師跟波子是不是有特別的親蜜關係？」里子稍做猶豫之後問道。

「嗯。我問了波子，她居然恬不知恥地說，一個月前，楢林醫師在赤坂幫她買了一棟豪華的公寓呢。她的交際手腕真厲害哪。」

有關這個傳言，里子在店裡也略有聽聞。

「楢林醫師為波子大肆砸錢。照這樣來看，他肯定還幫波子買了珠寶或大批昂貴的服飾。」

「剛才聽妳說，妳妹妹身體很健朗嘛。那麼，她當個一個月或兩個月的女傭應該不成問題吧？」元子逼問道。

聽說楢林醫師的確有亂花錢的習慣，可能對居中幫忙的金融業者造成困擾，因此元子感到不安和責任深重——里子從元子的話來推估有這樣的意思。

「嗯。」里子無可奈何地點點頭。

「供膳宿的女傭月薪大概可拿十萬圓，另外，每個月我還會給妳妹妹三十萬圓。」

「咦？」里子表情驚訝地盯著元子。

「這錢不是我出的。算是對方補助的調查費。」元子再次強調那名金融業者的存在。

「這樣加起來，合計每個月有四十萬圓，應該夠支付學畫的材料費吧。」

「簡直太多了，媽媽桑。這樣我便可以減少負擔。」

「這則徵人啟事需要本人面洽，為了確認應徵者的身份，或許還需要戶口謄本，妳的本名叫做桑原幸子吧？」

「是的。」

「那麼，對方就不會知道她的姊姊在『卡露內』上班的事。妳妹妹跟妳長得很像嗎？」

「不，一點也不像。我妹妹長得像家父。平常，我就很少坐楢林醫師的檯，而且最近店裡又多了幾位小姐。」

夏天過後，「卡露內」又增募了幾名女公關，目前店裡共有七名小姐。

「可是，媽媽桑，我妹妹若只做了兩個月的女傭就辭職，會不會對楢林醫師不好意思？」

里子似乎決心說服妹妹當女傭了。

「這也是情非得已。到時候就說要結婚，楢林醫師就不會勉強挽留。如果妳妹妹嫌兩個月太久，只待一個月也行。」

里子對元子通情達理的說法招架不住，只是低頭嘟囔著：「我總覺得這樣對楢林醫師過意不去。」

「妳不要顧慮那麼多嘛。」

「是嗎。」

「不過，請妳妹妹多觀察楢林醫師的家裡狀況，再通報我。只需一個月的時間，大概就能瞭解情況了。」

「楢林醫師的住家就在醫院裡面嗎？」

「因為那是家私人醫院，院長的住家不是在醫院的後面就是在旁邊吧。有些醫院的走廊跟住家是相通的。」

「我再請教一件事，女傭要負責醫院護士的伙食嗎？」

「那倒不用。我想醫院應該有請專職的廚娘做飯。一般來說，醫院要提供住院病患伙食，通常是由廚娘負責烹調，除此之外，廚娘還得料理醫生的午餐和在醫院膳宿的護士的三餐。女傭只需負責楢林醫生的家事，從徵人啟事中寫明家中無幼兒這點來看就可證明。」

「說的也是。」里子再次將視線看向徵人啟事的文字。

「我曾聽波子說，楢林醫師家裡只剩太太和念高二的女兒三個人，他的長子已經結婚搬到外面了。如果他們家裡只有三個人，妳妹妹當女傭應該也不致於太忙。」

「是啊。」里子沉思了一下，抬眼看著元子的臉龐。

「我可以再請教一個問題嗎？」

「沒關係，妳問吧。」

「當醫生的應該很會賺錢吧。而且課稅又少，報紙上經常這樣報導。可是，楢林醫師的醫院有可能發生財務困難嗎？」

「那是因人而異。有些醫生很會賺錢，卻花錢如流水，到頭來還是口袋空空。」

「楢林醫師在波子的身上砸下那麼多錢嗎？」

「我也不大清楚，所以才請妳妹妹到他家裡調查實情。畢竟這關係到金錢問題。」

「說的也是，楢林醫師每次到我們店裡消費出手都很闊綽。」

「妳也見識過吧？對我們店裡來說，他是難得的貴客，可是從另一方面來看，他的闊綽反到令人擔心呢。」

「是啊。」

「妳妹妹叫什麼名字？」

「她叫做和江。」

「那麼，這件事就麻煩妳拜託和江了。請她委屈一陣子。」

「嗯，我會轉告她。」

「如果和江答應的話，請她明天就去楢林醫師家應徵，否則若讓別人捷足先登，事情就難辦了。」

「我妹妹若同意了，我會催促她的。」

元子見事情已經談妥，神情安然地看著手錶。那是一只款式豪華鑲有金邊的手錶，綠色的字盤鑲著四顆閃閃發光的碎鑽。

「哎呀，已經凌晨一點半了。和江還沒睡在等妳嗎？」

「她大概還沒睡吧。」

「真是辛苦呢。」元子對著面前的壽司師傅吩咐道：「師傅，幫我裝盒兩人份的高級壽司。」

然後，對著里子投以微笑。「這件事可能沒這麼快就談定，到時候或許妳肚子又餓了，這個給妳跟和江兩人當消夜。」

里子看到元子的細眼洋溢著關切之情。

她們二人走出壽司店。即使在深夜，這附近仍是燈光燦爛，給人才剛天黑不久的錯覺。不過，街上的行人的確寥落許多，晚秋的夜寒不禁令人瑟縮著脖頸。

「里子，我送妳到家門口。」元子攔下計程車回頭說道。

「媽媽桑，不好意思啦……」里子小聲喊道。

「沒關係，只是多繞了點路而已。快坐上車吧。」

元子先送里子坐上車，自己坐在她的旁邊。

「請問到哪裡？」中年的計程車駕駛頭也不回地問道。

「請開到市谷。」

里子毫不客氣地說道。膝上放著那盒高級壽司。

元子不在車內談重要的事情，而是拿里子的故鄉信州當話題。里子回答說，信濃的山區已經降霜了，再過一個月就會下雪。

凌晨兩點的街道上車流顯然減少了許多，沿路上計程車闖了幾個紅燈，到達市谷時不過二十分鐘。車子拐進護城河畔的對面，朝陡峭的坡路直奔而上。半路上有間規模較大的印刷廠，除了那裡有炫目的燈光之外，其外的坡路都像是靜謐無聲、暗淡的巷弄。

「請停車。」里子告訴司機，然後羞怯地對元子說道：「就是這間公寓。」

元子朝外面探了探，黑暗中矗立著一棟三層樓建築的樓房。每戶窗戶都已熄燈。

「噢。這裡離新宿和銀座也不遠，地點蠻不錯的嘛。」元子稱讚里子的住處有地利之便。

「可是這公寓已經很老舊，房間又小。」

「說著說著，我好像有點口渴了，妳要不要請我喝杯茶呀？」

里子面對元子的突然要求有點措手不及。

但是她又沒有拒絕的理由，於是惴惴不安地說道：「我的住處很髒亂呢。」

「我只叨擾五分鐘就好。司機，請你在這裡等我五、六分鐘。待會兒，再載我到駒場那邊。」

司機慨然應允了。

她們走下計程車，或許是聽到關門聲，二樓右邊的窗戶隨即亮了起來。

「那裡是我的房間。我妹妹打開窗簾了。」

里子帶著元子走上焊接在樓房旁邊的鐵製階梯，傳出冷冷的跫音。她們來到水泥地的走廊上。

里子輕敲著面前的小門。一打開房門，背著昏黃燈光，眼前站著一個女人。

「和江，客人來了。是我的媽媽桑。」

「哎呀。」和江喊道。

「打擾了。」站在里子背後的元子笑聲說著，來到和江的面前招呼道。

「這麼晚還上門叨擾，真是不好意思。我只待一下子就走。」

二房一廳的格局。推門而入即是做為進出門口的土間（註）。左側有個鞋櫃，上面擺著一只細頸花瓶。走進客廳，中間有張鋪著粉紅色方格花紋桌布的餐桌、兩把簡陋的椅子，底下鋪著廉價的紅色地毯，沒蓋及的部分已露出泛舊發黑的地板。

客廳前面有間類似榻榻米的房間，旁邊有道拉門，另一邊的房門則掛著藍色的門簾。依此看來，他們用印有花紋的壁紙和圖樣搭配得宜的窗簾來掩飾房間的狹窄與破舊。

註——入口處，較室內低。

地板的角落上鋪著數張報紙，上面沾染著紅黃藍等色料。看樣子是里子的妹妹在舊報紙上練習作畫，因為旁邊還堆著圓形顏料盒。

和江比里子的個子還高，體格健碩，臉上的皮膚粗糙，除了眉眼之外，一點也不像姊姊。至此，元子略感安心了。

妹妹和江為姊姊平日頗受照顧向元子致謝，措辭十分豪爽乾脆。接著，她快步到狹窄的廚房燒煮開水泡茶。還當場把那盒壽司打開邀元子一起分享。她的動作比姊姊機敏得多。儘管還很年輕，但看得出是個性情剛強的女人。她的膚色黝黑，容貌普通。這些特徵都讓元子覺得安心不少。

元子跟和江閒談，比如，聽說和江在學日本畫，希望哪天能欣賞和江的習作等等。和江則說自己的作品還不到公開亮相的程度，只有提到這個話題時和江的語氣才略顯羞澀。雖說姊姊的僱主突然造訪讓她有點不知所措，但她的態度還算落落大方。

元子之所以把話題扯到日本畫的學習，主要是想藉機暗示這門學費所費不貲，等她回家以後，里子可順勢跟她談起暫時到楢林醫師家當女傭的事。

五分鐘匆匆已過，但元子對里子姊妹的生活環境大致有了瞭解。

這公寓裡的房間，跟兩年前自己的住處沒有兩樣。她在銀行任職期間在市川市區賃居的公寓就是如此寒酸！

雖說當時的生活單調、無趣、物質貧乏，但元子卻開始懷念起那種平凡而踏實的日子來了。可是，那種生活已經一去不復返了。

隔天，元子來到店裡，里子隨即跑過來報告：「我妹妹答應那件事了。她說，今天就去楢林醫師家面試，或許現在已經回家了。」

「噢，太好了。」

「我妹妹說，媽媽桑妳很了不起。」

「咦？她居然誇讚我這樣的女人啊。」

元子有些意外。因為里子不是拍馬逢迎的人，和江這麼說肯定是出於肺腑之言。但是，元子不明白和江到底欣賞她哪些特點。

「我妹妹說，她很喜歡媽媽桑。」

「謝謝！這麼說和江已經答應我無理的請求囉？妳代我向她致謝一下。」

「我妹妹是個怪人呢。」里子調皮地笑了笑。

元子以前不止沒有男性緣，也始終不受同性的喜愛。銀行裡的女行員們大都對她不理不睬，她在外面也交不到女性朋友。和江果真這麼說的話，大概是因為她闖蕩「事業的」幹勁，獲得同是個性剛強的和江的共鳴吧。但是，誰都不知道實際的情況。

翌日傍晚，元子來到店裡，里子疾步來到她身旁，低聲說道：「媽媽桑，我有急事要跟您說，可是在這裡講話不方便……」

元子帶著里子來到附近的咖啡廳，他們在角落的位置坐下來，里子小聲說道：「媽媽桑，昨天下午四點左右，和江到青山的楢林醫師家應徵女傭，卻被拒絕了。」

「咦？」

「聽說有人看到徵人啟事馬上前往應徵，比我妹妹早一步被錄取了。」

「是和江去得太遲了？」

元子大失所望，不由得嘆了口氣。前天，元子就催促里子轉告和江早點去面試，但還是因為慢了一步，被別人捷足先登了。

「嗯，所以我把我妹妹訓了一頓呢……。媽媽桑，我妹妹非當女傭不可嗎？」深感難辭其咎的里子盯著神情沮喪的元子說道。

「妳的意思是？」

「楢林醫師告訴我妹妹說，因為她來得太遲，他已經找到女傭的人選了，但問她有沒有意思當實習護士？」

「實習護士？」

「是的。楢林醫師說，他的醫院正缺護士，如果和江想當護士的話就錄用她。雖然已經超過年齡，但他可以勉強接受。不過，薪水很少，供膳宿，每個月實拿四萬圓。雖說要考上護士執照得費一番工夫，但將來若能當個獨當一面的護士，不但可拿高薪，一輩子都不怕找不到工作。一來這也是為自己打算，她若肯吃苦忍耐，也算幫他們醫院個大忙。」

里子探問元子的意思。

元子的心中又燃起一絲希望，而且比以前更強烈了。

「那就請她當實習護士。」元子抓住里子的手說道。

「是嗎？」

聽元子這麼說，里子似乎也安心不少。

「里子，之前我答應每個月讓和江拿到四十萬圓，我會依約履行的。就算和江只做了兩個月的實習護士就不幹，也比照先前的條件。所以要請和江多幫忙了。」

元子想像著，和江若當實習護士，就會在楢林婦產科工作，若因為雜事需要，還可自由進出院長的住處，這樣反倒容易取得她想知道的內幕。

元子心想，這真是個千載難逢的機會啊！

一星期後。酒店快要打烊之際，元子把波子喚來了。

「波子，我還沒參觀過妳在赤坂的豪宅呢，待會兒下班回家，我順便到妳家坐坐請我喝杯茶吧?」元子微笑說道。

「是啊。我正想哪天招待媽媽桑來呢。」波子不疾不徐地答道。

「哎呀,妳倒不用特別招待我啦。我只是想去參觀妳家而已。」

「嗯。」

「今天晚上不方便嗎?」元子對著心有所思的波子問道。

「嗯……」波子面有難色。

看來波子似乎是有所不便。

楢林為波子買下那棟公寓一事是波子告訴元子的,而眼下波子卻拒絕元子到家中小坐,顯然是因為楢林今晚要來過夜。而現在的時間,他已經待在公寓裡了。依這種情況來看,以後楢林會經常去波子的公寓過夜吧。

「那麼,明天傍晚五點左右方便嗎?我只參觀五分鐘就好,我們再一起來店裡吧。」

「嗯,好啊。我等候您的光臨。」

波子馬上應允了。從她的口氣聽來,只要楢林不在公寓的時候,隨時造訪都沒關係。

自從搭上楢林醫生以後,波子的服裝打扮突然比以前高貴亮麗許多。雖說在自家酒店的小姐面前,她還不算太過招搖,但依元子推測,她家裡應該還有更多價值不菲的東西。

波子是毛遂自薦的。當初,波子神采奕奕地對元子說,在新開的酒店上班比較有幹勁。

她有著可愛的圓臉和水汪汪的大眼。

元子一眼就看中了波子。依經驗來看，像波子這種等級的小姐不可能來她的酒店上班，這其中必定有什麼隱情，但是元子不想失去這樣的機會，也沒多問。連波子要求先預借一百萬圓也答應了。

元子心想，看來波子已經徹底俘虜楢林謙治了。她的手腕真是厲害！當然，她去神戶以前在東京也待過三、四間酒店，而離開東京去神戶肯定是因為有什麼糾紛未解。元子認為，波子並不會在「卡露內」待太久。

元子依照約定的時間，翌日下午五點，帶著禮物來到位於赤坂的六層樓高級公寓造訪波子。這棟大樓建於高地上，半年前剛落成還很新，外面貼著咖啡色的磚牆，據說是相當於倫敦或阿姆斯特丹的高級住宅那樣的。

大樓的一樓是格調氣派的餐廳、咖啡廳和花店。波子搭著電梯來到五樓，踩著綠色的地毯，在走廊處往左走去，猶如置身在高級的飯店裡，四周充滿著舒服的暖氣。

元子朝五一三號房旁的對講機按鈕一按，隨即傳來斥責不耐的回話聲：「是誰呀？」

「是我。」元子略顯無趣地朝圓窗型的對講機回應。

「哎呀，對不起！請您稍等一下。」

波子馬上語氣畏縮地拉開沉重而黑亮的大門。

「哎呀，媽媽桑！歡迎！讓您久等了。請進！」

波子朗聲地招呼著，臉上露出天真的笑容。

「哇，好漂亮的房間。」元子走到裡面打量了一番，不由得發出讚嘆。

波子低下頭默默笑著，略顯得意地接受訪客的讚美。

波子知道元子此次是為探查她的現況而來，因此早就穿好設計新穎的居家服。她帶著元子參觀，裡面共有四間寬敞的房間，一間西式的會客室、一間廚房兼餐廳，另外一間是四坪大的日式客房，最後一間臥室則謝絕參觀。貼著磁磚的浴室和廁所都很漂亮，而且寬敞舒適。

此外，整體的色彩搭配得非常和諧，設計師巧手裝飾的照明燈具與亮度把這房間營造出充滿綺麗的氛圍，宛如建築雜誌中的插畫。元子被眼前的奢華光景壓得半晌說不出話來。里子姊妹居住的老舊寒傖的公寓，跟波子的豪宅比較起來，簡直是天差地別！

過年後的一月中旬，元子收到里子的妹妹和江寄來的信。和江到位於青山町的楢林婦產科當實習護士已經五十天了。

和江這樣寫著：

「我因為口才不好，所以就用書信表達。話雖如此，我也不擅寫信，請您多加判讀。其實，過年期間我有三天的假期，回到姊姊的住處休息，但身體實在非常疲憊。正因為在體力不濟的情況下寫信，筆跡格外潦草。

我不知道媽媽桑您想瞭解楢林婦產科醫院的什麼事情，但您交待我說出在醫院裡的所見所聞，所以我就據實說出我看到的一切。

這家醫院共有一百三十張病床，除了楢林醫師之外，另有四名年輕醫生、三名藥劑師、四名職員、十四名護士與四名助產士，在私人開設的婦產科醫院之中屬於中等規模。護理長叫做中岡市子，大約四十歲左右，聽說她在這家醫院工作已經二十年了。

從住家到醫院通勤上班的護士有五人，護理長也是其中一人，其他的護士則住在醫院後面的護士宿舍。我也是在那宿舍過夜。由於醫院正鬧護士荒，所以連我這種二十四歲的超齡者也被錄用當實習護士。除了我之外，醫院裡沒有其他的實習護士。對院長來說，比起找女傭到家裡幫忙，醫院更需要人手。

一般來說，實習護士在這醫院工作滿半年後，每天下午必須到大學的附屬醫院或公立醫院，接受二至三小時的醫學教育，為將來報考護理人員的特考做準備。當然，在這之前，我早已辭去工作，沒有這個必要。不過，請您放心，我不會輕易露出聲色，絕對會扮好實習護士的角色。

雖說醫院裡有許多前輩護士，其實她們都比我年輕。想到被比自己年紀小的同性使喚、訓斥，有時候真叫人生氣，可是想到醫院給的月薪四萬圓，加上媽媽桑您給的，總計四十萬圓，我只好吞忍下來。

我做的都是些雜事。比如，早上七點半起，一個小時內，必須把玄關、櫃檯、診療室、手術室以及三樓病房的走廊打掃乾淨。事實上，還有五名年輕的護士，但偏偏就是要使喚我這個實習護士。

在當實習護士期間，最辛苦的是處理住院病患的排泄物。由於這家醫院採全天候照料病患，原則上沒有看護工，所以實習護士得全部包辦。想到這裡，我只好在心裡叨念著『為了四十萬、四十萬』，而強要自己忍耐。

最近，我還要負責把三餐的飯菜送到十間病房。大部分的病房是四人房，但也有兩人房和三人房，我被吩咐負責供送三十份的餐點。雖說只是把三名廚娘烹煮的飯菜從廚房端到病房，但這工作相當勞累，不輸給在溫泉旅館幫團體住宿的房客送菜的女侍。更難應付的是，有些身體狀況較好的患者，對醫院的餐點總是頗有微詞。比如說著，每次都是這麼難吃，醫院光是靠病患的餐費就賺翻了，而露出不屑的表情或不加理睬。由於她們大都是女患者，所以出言更加尖酸。雖然院方以控制卡路里為由辯稱，但煮得這麼難吃，住院病患當然要發牢騷。醫院在餐點方面特別粗簡，難怪患者要懷疑院方居中揩油。

不只患者抱怨醫院提供的飯菜難吃，護士宿舍的『飼料』也好不到哪裡。這些都是廚娘烹煮的。她說，院長指示要節省經費，東西難吃只好將就點。

原本，我以為護士們只要團結就可以跟院長談判改善事宜，可是不到二十名的護士和助產士，彼此間卻嚴重對立嫉妒，猶如一盤散沙。比如有壞心眼的資深護士、被眾人排擠的『孤芳自賞者』、自認是小圈圈的大姊頭的人、拍馬逢迎者、挑撥離間的人、樂看彼此陣營反目而交誼決裂的好事者、反覆無常的人、厚顏無恥的人、還有手腳不乾淨的扒手——女人們好鬥陰私的習性在這宿舍裡展露無遺。

而君臨這些護士之上的是護理長中岡市子。就連小圈圈的大姊頭也敵不過中岡護理長，有時候還得討護理長的歡心。我想這大概就是資深前輩的威嚴吧。護理長說的就是聖旨。

中岡市子每天從住家到醫院上班。她大約四十歲，還沒結婚。聽說她十八歲那年，高中畢業就來到楢林醫院當實習護士，至今還是小姑獨處。二十年來，她把青春獻給楢林醫院，今後仍將奉獻下去。

中岡市子長得很高，很乾瘦。她的眼睛細長，但眼角有點往上吊，下巴瘦削，輪廓很深，想必年輕的時候是個美女，但現在臉龐多了些陰影……」

元子讀著和江的來信，在心中自言自語著，那張臉我當然認得。她果真是來東林銀行千葉分行櫃台存款的那個女人，那個用假名「蒲原英一」來存款的女人；而「蒲原英一」就是楢林謙治。代替楢林前來存款的女人是中岡市子，這是她的本名。存款股的行員說，來存款的女人自稱是「楢林的義妹」，至於他們有什麼關係卻不得而知。

中岡市子長得高個乾瘦，但動作卻非常俐落敏捷，說話的方式很穩重，不跟行員聊談閒扯。她總是來去匆匆，一走進銀行便快步地來到櫃檯，辦完事情以後，又頭也不回地邁步離去。

原來中岡市子不是楢林謙治的義妹，竟然是楢林婦產科的護理長！她為什麼在銀行的時候要自稱是楢林的「義妹」呢?辦理人頭帳戶存款時，代辦者即使不是本人的親屬，銀行方面也會受理啊……

「我這樣寫的不得要領，您不介意吧?」

答應當實習護士後每月有四十萬圓可拿的女人，如此在信中向元子請示。元子在心中說著，妳做得很好，和江。

「院長的體格矮胖，有著五十歲男人常見的充容神態。他的肚子微凸，走路的時候總是挺著胸脯步態緩慢。他的頭髮已經半白，但梳理得一絲不亂，銀光熠熠，臉色紅潤微微泛著油光。他的個性開朗，說句玩笑話便逗得護士們哈哈大笑。

即使對醫院提供給患者的餐點有諸多抱怨，那些需進行困難手術的婦科病患或分娩前後的產婦，對院長十分信任。由於院長的醫術非常高明，因此醫院的生意興隆，中午前就擠滿外來的患者，他們都是為申請住院，大清早就來等候掛號的。

院長每次在走廊看到我的時候，都笑臉滿面地對我說我很適合做護士，剛開始難免有點辛苦，等慢慢適應之後就會輕鬆些，叫我多加油。就連在半個月後打算落跑的我，也對院長的印象不差。

中岡護理長倒不把我當一回事。她從來不跟我說話，總是透過比我年輕的護士交代我做各種雜事。就像前面所寫的那樣，這種傲慢的態度和壞心眼最令人氣憤。

院長每天早上都會到病房巡診，由護理長和兩、三名資深的護士隨行。以前，下午四點的巡診也是院長親自領軍，但現在只剩年輕醫生巡診。毋庸置疑，護理長才不可能隨行。因為在這醫院裡，護理長比受僱的年輕醫生來得有權力。

這就是中岡護理長！在這家醫院，她不只資格最老，院長好像把醫院的部分業務交由她經營似的。通常健保次數的核算和請款手續都由行政人員處理，但自費看病的部分則由中岡女士負責。自費看病的患者大都在櫃檯付錢，中岡女士便坐鎮櫃檯直接收下現金。她的身旁置有一個手提金庫，收下的現金就放在裡面，每隔五天點出萬圓紙鈔，用橡皮筋束成一把。我沒有親眼看到上述情形，這是我從宿舍的護士閒聊中聽到的。

後來，我也覺得好奇，有時候便若無其事地到中岡女士收受患者現金的櫃檯旁一看究竟，這算是沒有特定職務的實習護士的方便之處。那些資深的護士說的沒錯，我親眼看見中岡女士隨手把收下的萬圓鈔放進金庫裡。做完手術的院長寫好帳單，把它交給患者，患者再拿到櫃檯付款，但好像都沒有病歷表。

因為她們都是來做墮胎手術的，健保不給付，她們得自掏腰包付現。

墮胎手術——戰前曾有醫生因為墮胎罪被判刑坐牢。現在，法律上仍有此條文，但已經形同空文——大都是在清晨五點半至八點左右進行，因為要趁外來患者尚未到之前，速戰速決。院長每天平均開刀三次，但有時候更多。那些患者幾乎都是年輕女性。以前做完手術大都要住院休息一晚，但現在只休息兩、三個小時就可回家。

那些不知是女方的丈夫或情人的年輕男子，守在櫃檯旁準備迎接做完手術的女性。付完八萬圓手術費的「患者」，揚手揮著手提包向男子走去，還大聲叫著對方的暱稱，嚷嚷著說手術蠻簡單的耶，但醫生交代一個星期內不能做愛。然後兩人挽著手離開。

現在的年輕女孩，要說是不知羞恥呢，還是什麼都毫不在乎？或許悲慘的定義也是因人而異吧。

說到悲慘，就要談到地下室那只大冷凍庫。那裡面都裝些什麼東西呢？

那裡面裝的都是從來沒見過天日的胎兒，也就是四個月至八個月大的被墮掉的胎兒！六個多月的胎兒形體完整，已經可以判出性別，再大一點的胎兒已長出了頭髮和指甲。可是，他們卻像石頭般被凍在冷凍庫裡。

自從聽實際看過冷凍胎兒的護士這樣描述之後，我簡直嚇得毛骨悚然。有時候我得去地下室拿東西，正因為聽聞過，反而覺得心裡發毛，愈來愈不敢去地下室。

而這讓我聯想到一件事。約莫早上七點，醫院旁的側門會停著一輛冷凍貨車，這時候資深護士便從醫院裡拿出一包包的固體物，把它交到貨車工人的手中。

那些看似乾硬的包裹裡就是從醫院地下室取出的冷凍胎兒和胎盤，那輛冷凍車即是所謂胎盤業者的貨車。醫院大都把這些東西交由胎盤業者處理。

胎盤業者的冷凍車每隔兩天來醫院一次。當然，這輛冷凍車還要到其他的婦產科醫院做『回收』處理。

自從發現那個秘密以後，每天早上七點左右，那輛停在醫院旁的貨車發出的聲音都讓我感到不祥和莫名的恐懼。媽媽桑，我突然提到這麼恐怖的事情，不要緊嗎？」

和江，妳做得很好，繼續說下去。

「我換個話題。

在宿舍聽其他護士天南地北閒聊，也是蠻有趣的。由於我才剛學會量體溫、幫新生兒洗澡、幫重癱病患更換衣服，還只是實習護士，不方便跟她們打成一片。每晚通常由三個護士值夜班，所以在宿舍過夜的護士都不同，正因為這樣，她們反而無所不談。不過，這僅止於護士間沒有摩擦的時候。

後來我慢慢得知，院長每到晚間六點，就會神秘地消失。對了，我忘了提及，院長的住家座落在離醫院五百公尺處的地方，是個環境幽靜佔地寬廣的豪宅。

不幸的是，院長夫人長期身體欠安，臥病在床，幾乎不能外出。院長夫人比院長大五歲，是院長大學時代恩師的女兒。聽說在很早之前，院長剛開小診所的時候，所有的資金都是女方娘家供給的。

這一年來，院長時常藉口要下圍棋或跟人有約，每晚都外出，而且都弄到三更半夜才回家。護士都在猜測，他大概在外面有了喜歡的女人，而去哪裡幽會吧。聽說對方是個酒店的女人。我不知道其他護士為什麼這樣猜測。

護理長很討厭大家談論這個話題。她原本不是歇斯底里的女人，可是近來有愈來愈嚴重的現象。據其他護士說，半年前起，她整個人突然變得消瘦，我現在所看到的護理長，這一年來的容貌已經改變很多了。以前，是應該更豐腴的。她們又說，最近護理長變得焦慮不安，脾氣暴躁，嚇得大家都不敢靠近她……」

妳做得非常好，和江！

——元子在口中呢喃。

5

令人鬱悶的星期日午後。

清澄寒沁的天空佔去大半個公寓的窗戶。往下俯瞰，下面是低矮雜沓的灰瓦屋頂和零落的樹叢。這棟建在高地的公寓下方就是低谷，對面可以看到東京大學教養學部高大的樹林，那些向上伸展的枝梢猶如朦朧的青煙。

元子將帳簿和傳票攤在餐桌上，埋頭寫著請款單。她住在公寓的二樓，三房一廳的格局。她單身一人卻住這麼寬敞的房子，主要是因為店裡的小姐偶爾會來此串門子。她也知道這樣有點虛榮浪費，但還是勉強而為。當然，這有誇飾的用途。這棟寬敞的公寓和她兩個半月前造訪里子位於市谷的破舊公寓截然不同，不過，這些「差異」就得額外支出。里子姊妹所住的家徒四壁的房子，就是她住在千葉時的寫照。可是，即使現在住在舒適的房子裡，她也不覺得生活品質有所提高，而是半上不下。

可能是在銀行工作時養成的習性，元子不習慣坐在四坪大的和室做事，只好移坐到餐桌前。她一邊核對酒客的簽帳單，一邊寫請款單，然後將請款單放入寫上姓名的信封。她寫的數字比文字漂亮，大概是出於身為銀行員的長年經驗。

請款單上的金額以六萬圓至十萬圓的居多。「社用族」(註)倒是不多，幾乎都是自營業者，半數以上是中小企業的老闆。

其中，楢林謙治每個月大約花費三十萬圓，但主要是捧波子的場，另當別論。他偶爾會帶醫生朋友來店裡，最近他經常帶一個補習班的理事長來，聽說對方是開設專考醫科大學的「醫科大先修班」的理事長。

這名叫橋田常雄的理事長，五十歲左右，體格矮壯，額頭禿了大半，鼻子扁平，嘴巴很大。最近，他偶爾也會單獨來捧場。他喜歡喝酒，波子也坐檯服侍過，但大都是由潤子負責陪酒。橋田也知道波子是楢林醫師的情人，不便過於親熱。他有個習慣總是把雙手插在口袋裡，每個月在店裡大約消費十六、七萬圓，看來補習班的理事長收入頗豐。

店裡每晚大概有三組消費十萬圓左右的客人，元子心想，要是再有十組消費三萬圓的客人該有多好。星期六、日休息，每個月的營業額有一千二百萬圓——元子如此盤算後才開這家酒店。其計算是以「燭檯俱樂部」的業績為基準，元子原本估計可做到該店五分之一的營業額。

元子開店已經一年多了，但其估算失準，眼前的帳目就是最好的明證。

開店初期，有些客人覺得新鮮前來捧場，但在那以後每個月的平均營業額大約只有六百萬圓。

一個晚上只來了十二個客人，平均每人花費二萬圓。這樣持續下去，每個月的營業額只有四百八十萬圓，加上楢林的三十萬圓和最近橋田的十六、七萬圓，勉強才有五百二十萬圓。

扣掉人事費用，還要支出一百三十三萬四千圓。房租和水電費的開銷要六十五萬圓，這家店位於銀座的黃金地點，又是在新大樓裡，房租自然不便宜。酒類進貨要四十二萬圓，因為店裡用的是日本國產的高級威士忌。

威士忌一瓶八千圓，以九折進貨要七千二百圓。賣給客人的話，一瓶算一萬八千圓，加上小姐的坐檯費，以及不管有無吩咐都端出的三種小菜，客人的花費就將近四萬圓——元子在「燭檯俱樂部」學會這套計算公式。

小菜的成本佔營業額的百分之四，大約要二十一萬圓。另外，冰塊的費用也得要三萬圓。

元子的店裡有一只九谷窯的花瓶，每個星期換插鮮花兩次，得花二萬四千圓。這些插花費用看起來有點誇張浪費，可是客人看到精美的插花就稱讚不已，已經形同這店的招牌，所以說什麼也不能省下。以上粗略估算，就將近一百四十萬圓。

註——假公濟私，揮霍公款揩油的上班族。

店裡的人事費用最令元子大傷腦筋。她每個月要付給酒保二十萬圓的薪水。這個四十幾歲的酒保，曾在銀座和新宿的酒店待過，跟前妻離婚之後，目前跟一名在新宿上班的酒店小姐同居。

店裡的會計小姐月薪十五萬圓，她曾在鄉下的地方郵局待過。

波子的日薪是二萬五千圓。不過，波子的情形比較特別。里子和潤子日薪一萬八千圓，美津子、明美、春子和敏枝四人各一萬二千圓。一個月出勤二十天，每月就要付二百一十八萬圓，再加上元子自己拿日薪三萬圓，合計就要二百七十八萬圓。簡單地說，包括酒保和會計的薪水，人事費用高達三百一十三萬圓。

若再加上進貨的一百四十萬圓，支出總額就要四百五十三萬圓，以眼下的營業額五百二十萬圓扣除，所得毛利勉強不過七十萬圓。

而這只是毛利而已，若扣掉看不到的雜支費用，淨利要少得更多。

由此看來，楢林院長的三十萬圓對這家店裡的營運是何等重要！不過，楢林來店裡的機會大概不多了。不久之後波子就會另立門戶開店，到時候，店裡可能沒有半分利潤可言。

是不是哪裡估算錯誤了？

元子托著腮幫思考著。樓下傳來鄰人開車出遊的歡快聲響。復歸平靜後，連屋內的瓦斯暖爐燃燒的細微聲音都聽得到。屋內很溫暖。

事到如今，元子不需多想也知道自己錯估的原因。當初，她估算每個小姐的日薪是一萬圓，而且頂多只僱四、五個小姐。

但用那種薪水幾乎是僱不到小姐的。她必須透過酒店掮客介紹，支付前金和訂金向其他酒店挖角，那些超豪華的酒店，也想要像波子那樣手腕高超的小姐。僱用波子以後，元子便很清楚箇中狀況。

總歸一句，雖說元子在「燭檯俱樂部」實習過，但終究只是實習的程度，沒有深入的瞭解。無論是店裡的會計做帳或僱用小姐的行情，都只是一知半解而已。

波子起初答應日薪只拿一萬八千圓，但不到三個月，就要求提高到二萬二千圓，因為最近楢林迷她迷得神魂顛倒。

事實上，波子長得並不出色，但她的容貌卻能強烈吸引男人，舉手投足間散發著挑逗情慾的魅力。不只楢林，其他男客也對她眷愛有加。

——媽媽桑，我每天都得整洗頭髮，光是到美容院做頭髮，每個月就要花掉三萬圓。下班太晚，每天得坐計程車回家，從銀座到我家，夜間加成的車資就要一千二百圓。而且我還得買衣服治裝呢。我穿和服上班，平均兩個月做一件，一件要價二十萬圓，每個月得花十萬圓呢。我總不能老穿著同樣的和服在客人面前陪酒吧，這樣未免太丟臉了。還比穿洋裝來得划算。再說，媽媽桑您也知道，我每個月還得寄七萬圓給家鄉的母親呢。另外，還要付八萬圓的房租。

波子尚未搬進這棟豪華公寓以前，時常對元子叨念著每個月的開銷。

從那時候起，波子的確經常穿和服上班。雖說她穿的並不是最高級的和服，但比以前的更精緻，每件要價二十萬圓看來所言不虛，或許更貴也說不定。這從元子自身買過紡織品的碎花和服的經驗來看，就可猜得出價錢。

不過，依元子看來，波子從那時候起所買的新和服大概都是由楢林支付的。元子很想當面問波子，那些和服都是院長買給妳的吧？可是，元子就是開不了口。

三個月後，元子主動向波子表示將她的日薪調到二萬五千圓，因為她深知波子是店裡不可或缺的王牌。

同時，里子和潤子的日薪也調到一萬八千圓。雖說波子答應元子不會擅自張揚自己拿多少薪水，但其他的小姐憑直覺總會知道的。她們若因此鬧情緒而跳槽到其他酒店，就難以收拾了。

其他四個小姐的日薪只要給一萬二千萬圓就行。一來她們還年輕，也沒什麼捧場的客人。美津子以前是百貨公司的店員，敏枝是新劇的研究生。

總而言之，小姐的薪水超出元子原先的預算，的確是始料未及。元子到「燭檯俱樂部」實習的時候，酒店小姐的薪水並不高。後來的薪水調漲也是其錯估預算的原因之一。此外，當初她認為依店裡的規模只需四名小姐，顯然也是估算錯誤。因坐檯小姐愈少，客人愈會覺得無趣而不來酒店消費。

萬一少了像楢林這樣出手闊綽的「大戶」該怎麼辦？到時候店裡的經營肯定會更加困窘。

從東林銀行千葉分行「拿來」的七千五百萬圓，在元子到「燭檯俱樂部」實習的一年期間，和投入「卡露內」開店的各項費用以後，已經花掉五千多萬圓了。當下，還得留著一千萬或一千五百萬圓做為週轉金，這在在令她心中不安。

她必須想出起死回生之計才行！而且急需一筆資金，一筆龐大的資金！這時候，電話聲響起。

「我是波子。媽媽桑，妳在家裡啊，太好了。」

「噢，什麼事呢？」

「有件事要拜託妳啦，三十分鐘就好，不知道妳方不方便？」

「妳來啊，我正閒著無聊呢。別說三十分鐘，再久都沒關係。」

「謝謝，那我就不客氣了。」

店裡的小姐說「拜託」或「有事」來元子家裡小坐，通常沒什麼好事，不外乎是預借薪水，要不就是同事間鬧彆扭。如果是後者，小姐說完便會嚶嚶地哭著，這時候她就得出言安慰，從中主持公道。至於若是要預借薪水，則從週轉金中支出。

可是，波子的「有事」跟上述情況不同。元子約略可以猜想得出來。她原本想，波子大概還會在店裡待一陣子吧，但比她預期得還快。

雖說剛才波子在電話中語氣興奮，但說話的方式已經有點刁滑，顯然是「對等」的態勢。

波子雖然說「有事拜託」，但絕不是來乞求元子，而是單方面來做宣示。

元子想起了里子的妹妹和江來信的部分內容。那是和江的第三次「報告」：

「不久以前，我打掃了院長的房間。跟樓下辦公用的院長室不同，院長的房間在二樓。平常，院長在那裡休息或看書。那次，我以為院長不在樓上，正提著吸塵器要去打掃，剛走上樓時卻嚇得停下腳步，因為我聽見中岡護理長在裡面大哭，而且哭得非常傷心。

那哭聲背後夾雜著院長的怒罵聲。院長對護理長說：『我最討厭妳這種胡思亂想愛嫉妒的女人，妳給我聽清楚，以後我要做什麼是我的自由，不需要妳來干涉！』

這時候，護理長一邊號啕大哭，一邊哭訴道：『院長您太無情了，我跟您在一起那麼久，現在您居然把我當破鞋一腳踏開。快帶我去找那個狐狸精，我要跟她拚個死活！』院長氣沖沖地罵她說：『妳少跟我說這種蠢話！』與此同時，傳出一陣悶響。好像是有人倒地的聲音。接著，護理長哇哇大哭，哭得非常淒厲。

我嚇得急忙跑到樓下……」

想起和江來信內容的元子看著窗外鄰近的紅磚公寓，腦海中還疊映著波子所住的那棟有著咖啡色外牆的高級公寓。

波子果真是在附近打電話，沒多久就來敲元子的房門。

打開門，眼前是穿著毛皮大衣的波子。元子有點驚訝，波子露出被外面寒氣凍紅的臉龐，對著元子微笑說：「媽媽桑，您好！」

波子脫掉毛皮大衣，伸出纖細的腳踝脫下鞋子。她穿著新做的套裝，不同於在店裡常穿著的和服打扮，煞是好看。

波子這是第四次來元子的住處，但她仍帶著與自己的公寓做比較的目光打量著。這次，她帶著銀座著名的高級水果店的禮盒當伴手禮。

元子精心地為來客泡了杯紅茶。因為她知道波子此行的目的。

「媽媽桑，我想開店了。」波子態度有點客氣，但仍充滿誇耀的口氣。

「恭喜妳啊，波子。」元子由衷地祝賀道。

「媽媽桑，謝謝您長期以來的照顧，真不好意思，我可不可以只做到這個月底？」

「這點小事，當然沒問題啊。」

元子又想起和江的「報告」。

——快帶我去找那個狐狸精，我要跟她拚個死活……

「對不起！」波子形式上地向元子賠不是。

「決定在哪裡開店呢？」

「銀座。」

「我猜也是，在哪一帶？」

「我有點難以啟口耶……」

元子心想，波子的酒店大概地點欠佳，才難以啟齒，但這回她猜錯了。

「媽媽桑，妳知道『卡露內』的樓上有間叫『波薏』的酒店嗎？」

「嗯，知道啊……」

「我買下那間店了，把它取名為『巴登．巴登』(註)。」

那家酒店跟「卡露內」在同一棟大樓。

「請問您是哪一位？」一個年輕女子公式化地問道。

下午三點半。元子看準這時候是護士們最不忙碌的時刻，於是在楢林婦產科醫院附近打電話。

「敝姓原口，我有事情想跟護理長商量。」

「您是患者嗎？」

「不是，是個人的私事。」

「請您稍等一下。」

電話那端傳來等候的鈴聲，看來護理長在。在等候的時間中，元子彷彿聞到聽筒那端傳來消毒水的臭味。

「喂喂，我是護理長，敝姓中岡。」

那是個年近四十歲的女人，略帶低沉老成的聲音。

「百忙之中叨擾您，真不好意思！初次打電話給您，我叫做原口元子。」

「咦？什麼事嗎？」中岡市子焦慮地問道。

元子想起大約每隔兩個月一次來東林銀行千葉分行存款的那個長臉女人了。

「上一次，給您添麻煩了。」

「咦？您是指哪件事？」

中岡市子以為是自己跟患者間的關係。

「坦白說，我是在銀座經營一家叫『卡露內』酒店的老闆娘。」元子低聲說道。

註——巴登．巴登（Baden-Baden），德國西南部著名的溫泉療養地。

聽筒那端傳來了輕微的驚愕聲。看來對方知道「酒店」的事。

「嗯，如果護理長方便的話，我想借您二十分鐘到外面講話。其實，我現在就在醫院的附近。」

「請問您有什麼貴事？」

中岡護理長也突然壓低聲音說著。或許其他護士就在她的身旁，驀然接到突如其來的電話難免有些慌張。

「我向您致歉。」

「……」

「原本我得到醫院親自向您賠罪，但是又怕人多嘴雜。」

「……」

護理長一時不知如何回答。

酒店的老闆娘為了波子的事來到醫院附近，中岡對此感到驚訝。可是，接著聽對方的口氣，她若拒絕出外講話，對方很可能直接到醫院來，這讓她有點不知所措——元子聽得出中岡猶豫的口氣。

「另外，我還要跟您報告一件事，我們店裡的波子已經辭職了。當我知道她給您帶來麻煩之後，馬上就把她開除了。」

元子這句話最具作用。

「您現在在哪裡？」

中岡的聲音依舊壓得很低，但意志顯然動搖了。元子告知中岡護理長自己的所在位置，交待她到步行十分鐘距離的地下咖啡廳等著，十五分鐘後自己也會前往云云。

現在，元子就站在醫院外面打量，以私人醫院而言，楢林婦產科醫院的規模算是很大。三層樓建築的醫院，玄關前是成叢張著掌狀形緣葉的粗大椰科樹木，旁邊有個沒有種花的花圃。寬廣的玄關上頭，字間留有間隔地架著「楢林婦產科醫院」的雕刻大字，三樓屋頂上還掛著紅色大字的醫院招牌，一到晚上大概會點上霓虹燈，凸顯這間醫院的設備齊全。

頂樓招牌的後面，與醫院連接的是有著高大屋頂的病房專屬建築。那棟病房專屬建築可容納一百三十張病床。不久之前里子的妹妹和江就在那裡當實習護士。

元子走過小巷，看了醫院的側門一眼。那扇側門可通往醫院後面和病房，一個手拿鐵製膿盆的白衣護士看到元子站在側門前窺探的身影時，便疾步從走廊走向病棟入口。那個人肯定是和江所說的壞心眼的護士之一。後門內側兩旁的花圃種著低矮的草皮。

——醫院的生意興隆，中午前就擠滿外來的患者，他們都是為申請住院，大清早就來等候掛號的……。約莫早上七點，醫院旁的側門會停著一輛冷凍貨車……

元子回想著和江的報告。

當然，目前側門前面並未停著冷凍貨車，小巷裡也沒有人影。醫院內的停車場只停著五部車子。現在，正是醫院比較不忙的時刻。

元子走出了公共電話亭。眼前有輛計程車朝醫院玄關駛去，車上坐著捧著鮮花和禮盒前來探病的婦女。公共電話亭位於醫院的角落，剛好可以綜觀楢林婦產科醫院的全景。

從步道通往地下室的水泥階梯既陰暗又狹小，咖啡廳裡面沒有半個客人。

一個娃娃臉的女服務生來到元子坐的角落詢問她要點什麼飲料，元子回答說，她的朋友待會兒就到，先要了一杯冰水。

元子心想，女服務生會怎樣看待眼前這個穿著和服濃妝艷抹的三十歲女人呢？大概認為她在等候有錢的老人來赴會吧？元子從手提包拿出香菸，低著頭抽菸。自從開了酒店，她不知不覺地學會了抽菸。

中岡護理長說她十五分鐘後就來。或許楢林院長不在醫院。據辭去實習護士的和江所言，之前院長是到傍晚六點時不見人影，看來他現在離開醫院的時間愈來愈早了。他八成是去赤坂的愛巢。

最近，波子開店在即，院長肯定會跟她商討各項準備事宜。因為店是他出錢投資，格外熱心也是理所當然。

波子真是無恥的女人，居然買了跟「卡露內」同一棟大樓的酒店！而且就在「卡露內」

的上面兩層樓。這絕不是普通的做法，與其說她不顧職業道義，毋寧說她擺出挑戰的姿態。「波惹」那家酒店還比「卡露內」大三坪左右，看來她付了不少權利金。雖說是頂讓的，但她打算將格局徹底改裝，已經有許多木工師傅進駐。因為是院長出的資金，波子可以盡情揮霍。

不久前，波子為了離開卡露內的「請託」和開店的「問候」，來到元子位於駒場的公寓，那時她身上穿著新買的毛皮大衣。那是件高級貨，少說也要五百萬圓。她手指上還戴著一只兩克拉的鑽戒，至少值八百萬圓。光是這兩樣東西，就讓院長為她花掉了一千三百萬圓。此外，波子大概又要求院長幫她買了許多洋裝與和服吧。

波子長得並不漂亮，但有張吸引男性的臉龐。她豐滿完熟的身材絕對可以取悅男人，而且皮膚光滑細緻有彈性，上次穿和服的時候，還故意讓客人從袖口上下其手。此外，她有著傲人的雙峰，乳房的肌膚肯定是滑嫩有致。進一步說，她的胯下功夫更是一流。她有著令同性嫉妒的肌膚與身材，難怪楢林院長為她神魂顛倒。

波子的頭腦非常機靈，可以跟客人天南地北閒聊，說起黃色笑話更是巧妙，與她可愛的臉龐相去甚遠。日後，她若當上媽媽桑，手腕一定是更加厲害。

「歡迎光臨！」

一個身材高瘦的女人走了進來，咖啡廳的服務生上前招呼。

元子從椅子上站起來。

元子起身之前，快速地朝對方打量了一下，心想果真是她！她就是來東林銀行千葉分行，用蒲田英一的名義辦理存款的長臉女人。在櫃檯辦理人頭帳戶存款時，她自稱是蒲田英一的義妹。

中岡市子叩叩作響地走到元子的跟前，其步伐跟她當初快速走過千葉分行的大理石地板時一模一樣。她穿著樸素的套裝。

元子低頭佇立著，等候對方的到來。然後她雙手交疊在前，欠身致禮。

「您是護理長嗎？我是剛才打電話給您的原口元子。」元子低聲客氣地說道。

「敝姓中岡。」對方也低聲回應道。

元子覺得正被一個身材高瘦的女人居高臨下看著。可是，這樣她反而比較容易開口致歉。

「我是專程向護理長您道歉而來的。我若不親自來賠罪，總覺得過意不去。」

雖說這番話已在電話中提過，但元子覺得應該當面表達，又得欠身致意才有效果。

「……我們先坐下再說吧。」中岡市子表情僵硬地說道。

「謝謝。」元子帶著罪犯般沮喪的表情，誠惶誠恐地坐了下來。

女服務生又來詢問她們要點什麼飲料。兩人各點了杯紅茶，接著，陷入了短暫的沉默。

元子抬起頭來。「這次，真的給您帶來莫大的困擾，非常抱歉！」

元子說著，又低下頭。

護理長的額頭和臉頰馬上紅了。光是「給您帶來莫大的困擾」這句話——雖然加上電話中，這已是第二次提及，但中岡市子知道，她的事情已被波子的媽媽桑全部洞悉。

「可是，您又不是當事者。」中岡市子極力地冷靜以對。

「不，這是波子在我店裡期間闖出來的禍，我當然難辭其咎。」

「……」護理長沉默了。

「請您大人不記小人過！我知道那件事以後，立刻就把波子找來罵了一頓。」

「您剛才在電話中說，已經把她開除了是嗎？」護理長確認似問道。

「是的。我聽到這個消息，馬上就叫她走路了。」

元子只在這句話上加強語氣。

紅茶端上來了，她們的談話暫時中斷。

中岡市子從元子推到面前的糖罐裡舀了一匙砂糖，放進自己的杯中，她那握著湯匙的手指，長而多骨節，手背微微浮現青筋。

她的臉頰消瘦，顴骨突出，鼻樑尖細，眼角旁已出現皺紋。下顎的皮膚有些下垂。她穿著套裝的肩膀看似平順，但隱約可見突起的肩胛骨，儘管在胸前塞上襯墊，但一眼就可看出是平板胸。與當初來千葉分行時有著男人般的臀部相比，她消瘦多了。

依這樣的姿色是絕對敵不過波子的。

根據和江的報告，醫院的護士說，這半年來護理長突然明顯消瘦，雖然她原本就不是身材豐滿的女人，卻還是因為精神的折磨而消瘦不少。

元子若無其事仔細地觀察著中岡市子，可是市子卻沒察覺眼前這個女人就是她當初去千葉分行辦理人頭帳戶存款時的銀行女職員！不過，一方面是因為那時候元子原本就坐在櫃檯較後面的位置。

然而，為了慎重起見，元子特別化了濃妝，還穿著和服。這副打扮跟脂粉未施、穿著淺咖啡色制服的銀行女職員模樣判若兩人。

「您為什麼要開除那個女人呢？」護理長盯著原口元子問道。

護理長問話的聲音有些淒楚沮喪。

中岡市子所說的「那個女人」，有其特別的含義。她當然知道那個女人叫做波子，連她的全名是山田波子都知之甚詳。可是，市子不直呼對方的名字，而是以「那個女人」代稱，無疑是站在妻子的立場指稱丈夫的情婦。這句話赤裸裸地表現出妻子對丈夫的情婦的憎恨、輕蔑和厭惡。護理長之所以不由自主地說出「那個女人」，是因為她下意識裡認為自己是楢林的「妻子」。

——院長和護理長的關係匪淺，醫院裡的護士都說，護理長是院長的情婦！

辭去梢林婦產科醫院實習護士的和江這樣告訴過元子。

「護理長住在外面的公寓，但聽說他們多半在涉谷的旅館幽會。有時候，院長會帶護理長去旅館過夜，隔天早上再佯裝不期而遇，一起來醫院上班。」

院長夫人在自家過著臥病在床的生活。夫人知道院長和護理長的曖昧關係，但從來不表現出來。她原本就是沉默寡言，性情文靜的女人，或許是長年療養的緣故，更加重憂鬱症的傾向。

「醫院裡有個資深的行政組長，但醫院特殊的財務狀況都由護理長掌控，畢竟院長還是比較信任在醫院工作二十幾年的護理長。可是男人就是喜歡拈花惹草，在外面金屋藏嬌。護士們異口同聲說，護理長之所以大鬧情緒，是因為得知院長在外面有了女人。」

「我開除波子，」元子對護理長說：「是因為像那種女人，會給其他的酒店小姐帶來錯誤示範，還會打壞我們店裡的名聲。」

元子心想，這個即將被院長拋棄的女人，應該很想知道這方面的情報。

「最近波子的穿著愈來愈奢侈。不久前，她身上還穿著毛皮大衣呢。而且是長毛的喔。依那質料來看，少說值一千萬圓吧。此外，她還戴著鑽戒呢，那麼大顆應該有二點五克拉吧，依我看來，它至少得要一千四、五百萬圓。半年前，我只買了顆品質普通的墨西哥貓眼石就把它當寶貝呢。」元子誇張地說道。

「……」

「波子還對店裡的小姐炫耀，她手上那只鑲嵌著碎鑽金邊的淑女錶，是瑞士著名的一流廠牌，還是最新的款式呢。向來我都不准店裡的小姐戴那麼貴重的東西，因為買不起的人可能因此心生嫉妒，彼此明爭暗鬥起來就不好收拾了。做為酒店的經營者，這樣處置是應該的。可是，波子居然背著我在其他小姐的面前大肆張揚，還毫不掩飾地說那些東西都是院長買給她的。」

護理長低著頭抿著嘴唇。

「我制止波子不要這樣張揚，她還嘲笑我呢。我簡直被那個女人羞辱了……」

說到這裡，其實也是元子自身的感受。

「卡露內」在三樓，波子的酒店開在五樓。波子買下之前的酒店，改名為「巴登・巴登」，對外大肆宣傳，內部的盛大裝潢正接近完工。

從早到晚有木工、泥水工、水電工、瓦斯公司和電器行人員等二十幾人在五樓施工，工人白天會使用電梯，傍晚六點起各樓層的酒店開始營業後，他們本應搬著工具改走狹窄的樓梯間。不過，來不及的時候，他們照樣跟酒店的客人一起搭乘電梯。由於施工時的噪音很大，而且客人不喜歡跟穿著髒污的工人同搭一部電梯，各酒店向他們抗議，但那些工人卻相互推卸責任。波子只在中午前到工地視察，以後未現身，因此傍晚才來酒店的經營者和經理始終無法跟波子碰面，工程照樣持續進行。遇到晚上趕工的時候，強烈的燈光照得通亮，眾多工人大興土木，人聲嘈雜，看起來景氣興隆。

據小姐說，波子打算把它裝潢成豪華的酒店，好像不惜砸下重金。即將完工的「巴登·巴登」比「卡露內」的坪數大三坪，包廂也多，一口氣就雇了十個坐檯小姐，聽說還從其他酒店挖角。這樣的話，勢必要支付前金，還得付很高的薪水。此外，酒店的角落還設有樂隊，前面的場地可供客人跳舞。

這些傳言愈加使元子的神經緊繃起來。波子顯然是站在「卡露內」的頭上向元子挑戰。不，與其說是挑戰，毋寧說是炫耀。元子覺得波子彷彿在宣示，像「卡露內」這種不成氣候的小店，不需多久就要倒閉！

波子的酒店若正式開始營業，來這棟大樓喝酒的客人，很可能搭電梯不停三樓直接到五樓吧。而「卡露內」的小姐送客到電梯門口按了按鍵，門開後也可能已經站滿從五樓下來的客人。不僅是店裡的小姐，當元子送客人搭乘電梯時，也可能在電梯裡跟同樣在送客的波子不期而遇……

媽媽桑，妳店裡的生意如何啊？

到時候，波子肯定會露出勝利的笑容，口氣傲慢地對她說，我們店裡的客層跟妳店裡的可大不相同呢——波子就是這種女人！

元子對中岡市子說，我簡直被那個女人羞辱了，其實正包含著這種憤怒之情。

偌大的兒童公園裡看不到半個小孩。可能是就讀幼稚園和小學的孩童尚未下課，也可能是因為天氣陰霾寒冷，家長不讓小孩到戶外走動。鞦韆架和溜滑梯上都空無人影。

元子和中岡市子鋪著手帕並坐在兒童公園的長椅上。風微微吹動樹木的枝梢，石欄外的空地擺滿通學或通勤族的腳踏車，對面則緊挨著中華料理店、雜貨店和理髮廳等商家。楢林婦產科醫院離這裡有段距離。

「波子目前住在赤坂的高級公寓。那公寓蓋在高地上，屬於高級地段。我曾經去過波子的住家，房間寬敞豪華，裝潢得像貴婦人的沙龍。她使用的東西都是高級貨，室內擺滿觀葉植物的盆栽，水族箱裡養著悠游的熱帶魚，地板鋪著外國製的長毛地毯，天花板吊著華麗的枝形吊燈，上面還吊著小盆栽，讓人猶如置身在植物園的溫室裡。當然，她時髦地掛了深江色的窗簾，讓人覺得好似到了國外。看來這些裝潢花了不少錢哪。」

在元子的想像和渲染之下，波子的公寓變得比實際來得豪華百倍。這並不是為他日中岡市子造訪那棟公寓，故意編造出來的，而是誇飾性的成份居多，元子知道這樣肆意渲染可激起對方做無限的想像。

「我十幾年前開始住的那棟公寓簡直是老舊不堪。」中岡市子低聲怒說著。

「波子也曾是如此啊。不久前，她還住在那種破舊的公寓呢。大家都說，波子有辦法抓住楢林院長真是走運。」

「這女人太不要臉了！」

「就是嘛。我想院長在波子身上肯定花了不少錢。院長買了棟高級公寓送她，下次就是讓她開酒店吧？應該還不止，以後波子還會要求院長幫她買衣服啦，或服飾用品之類的東西。那樣的女人最貪得無厭了。雖說赤坂的生活費很高，我們也不便苛責，但是赤坂離青山、原宿、六本木和銀座很近，外出購物很方便嘛，何必都買那種高檔貨呢。我看她每個月的生活費少說要八十萬圓，那個女人根本就奢侈成性。」

「我在醫院工作了二十年，現在的月薪才二十二萬圓，生活還過得很辛苦呢。」

將青春埋在楢林婦產科醫院，把身體獻給楢林謙治的中岡市子淒楚地嘟囔著。看得出她已有四十歲女人常見的疲累與老態了。

「妳的月薪只有二十二萬圓？」元子驚訝地問道。

「是的。」護理長顯得有些羞赧，卻又目含怒意地低下頭。

「這點薪水太少了啦，您都工作了二十年耶。而且那醫院都是靠護理長您一手撐起來的吧?」

「我就是這麼傻。為了院長,我拚命地工作,從未替自己著想,也沒結婚。十幾年前楢林醫院的經營還很困難呢。」

「這都是因為您的犧牲奉獻,醫院才有現在這麼大的規模吧?您至少也有一半的功勞啊。太過份了!我認為院長太無情了。」

一個老人帶著小狗來公園蹓躂。他先是晃了一圈,朝坐在長椅上的兩名中年婦女瞥了一眼,悠悠地離去。有個女人哭了。

「話說回來,院長蠻有錢的嘛?」目送老人散步離去的元子,對著拿手帕拭著眼角的中岡市子說道。

「嗯。現在醫院經營得不錯。」護理長吸著半帶著淚水的鼻水答道。

「院長花的錢應該是沒有課稅的私房錢吧,光是這半年來,他在波子身上就花掉將近兩億圓了。」

「他在那個女人身上花了兩億圓?」護理長的眼眶更加泛紅。

「光是買下酒店的權利金和裝潢費用就得六千萬圓。雇用紅牌小姐,還得預支她們在之前的酒店所欠的借款,也就是必須代墊那些小姐以前負責的客戶的賒帳。我想這部分的花費現在已經在支出了,而且坐檯小姐雇得愈多,金額就愈龐大。此外,還必須準備三千萬圓週轉金才行。光是買下那間酒店就得花掉一億圓吧？」

「……」護理長聽到這裡簡直不敢相信，整個人都呆愣住了。

「買下赤坂那棟高級公寓就花掉五千萬圓，加上院長買給波子的奢華物品，以及每個月的生活費，已經超過三千萬圓了。所以保守估算大概也花了將近一億圓。」

「……」

「波子是個厚臉皮的女人。這次開店即使賺了錢，她也絕不可能把錢還給院長。豈止不還給院長，她絕對會把賺得的錢存起來，每個月繼續向院長要生活費呢。」

「那個女人這麼可惡！她根本不是人！」中岡市子呻吟地說道。

冬天的風將她的頭髮吹得披散雙頰，看得出那頭髮已經黯然失色了。

「沒錯。波子本來就不是簡單的人物。她在銀座的陪酒小姐之中，算是厲害的角色。依我猜測，院長以後還是會繼續被她敲詐下去。」

「那樣還不夠嗎？」

「她隨時都可以編造謊言啊，比如說，故鄉的父母生病住院需要錢啦，或是貧困的親戚發生車禍，若不寄錢過去，他們的家計就會陷入困頓啦等等。院長已經被波子迷得神魂顛倒，以後肯定對波子言聽計從，任他揮霍。在我看來，院長迷戀波子的程度決不是逢場作戲。他是中年過後墜入情網，肯定會陷入很久，任何人勸告都無濟於事。再說，波子也不會輕易放過院長，畢竟這是她重要的搖錢樹。」

中岡市子的臉色變得煞白，這並不是被冷風吹拂的關係。

「護理長，院長可以如此大肆揮霍，私人開設的婦產科醫院應該很賺錢吧？」

「嗯……，生意興隆的醫院利潤的確不錯。」護理長小聲答道。

「最近報章雜誌時常報導，醫生在必要經費上享有百分之七十二的特別扣除額。」元子若無其事地逐步問道。

「是的。」

「這樣很有賺頭嘛。我還聽說其中以開婦產科醫院的醫生最賺錢了。」

「大家是這麼說。」談到這裡，護理長支支吾吾了起來。

「聽說自費看病都是付現金，這部分醫院賺得最多是吧？」

「或許是吧。我不大清楚。」護理長語帶保留。

「我覺得院長可以這樣任波子揮霍，正表示醫院很賺錢哪。護理長，接下來您有什麼打算？難道您打算繼續待在那家醫院？」

元子直打量著中岡市子泛著淚光的臉龐。

從雲隙間灑下的陽光，將對面整排腳踏車的車把照得閃閃發光。

6

星期日下午，中岡市子造訪原口元子位於駒場的公寓。這是十天前她們相約在公園談話時的承諾。

元子領著市子來到三坪大的和室。和室的矮桌上擺著鮮花，托盤裡放著水果，碟子上有精緻的蛋糕。這是元子兩個小時前準備的。

中岡市子並未多客套。初次造訪元子住處的她，既未說場面話，也沒有好奇地環視周遭，宛如機器人般地來到這裡，目不轉睛地坐了下來。

「我決定辭去醫院的工作了。前天晚上，我跟院長大吵了一架。」

市子比元子前天遇到的時候更消瘦了。她的臉上化過妝，但因為皮膚粗糙留不住粉，看得出眼下有明顯的淚痕。市子一把鼻涕一把眼淚地說，楢林醫師對於自己金屋藏嬌的事被追究，突然態度強硬起來，當面斥罵她說，他要如何幫助波子是他的自由，容不得她干涉，他最討厭她老是擺著妻子的架子說話，叫她老實地幹好護士的本份！」

其實，護理長也有弱點。院長的妻子臥病在床，就住在醫院附近。護理長和院長關係曖昧，所以院長罵她不要老是擺著妻子的架子說話，剛好是正中要害。現在，她就像是被波子暗中推了一把似地也把院長夫人推倒在地，這點讓她有些愧疚，因此不敢強勢地反駁院長的粗暴。

「我沒辦法在醫院待下去了。」

二十年來為院長奉獻青春的市子，又委屈悲傷地淌下眼淚。

「您不打算向院長要贍養費嗎？」

「我才不要他的錢。我也有自己的尊嚴。」

市子用力拭去眼淚，悲切地哭著。

「可是，這樣做未免太傻了？您有權利要求楢林醫師付這筆錢呀。」

「不行，我若跟他拿錢，只會覺得自己更加可憐而已。」

「但是，他在波子的身上砸下將近兩億圓呢。」

「這件事我也問過院長了。他卻反罵一句：『笨蛋，我哪可能花那麼多錢啊，妳不要整天只會胡思亂想！』」

的確，元子也覺得兩億圓這個數字是言過其實，主要是她將院長買公寓和珠寶服飾給波子的花費誇大，並高估酒店的開店費用才灌水到將近兩億圓。不過，為了挑起女人的妒火和敵意，盡其所能誇大金額的數字愈能達到激怒的效果。

「這是院長的託詞啦。東加一點西加一點，花掉這麼多錢也不奇怪呀。難道楢林醫師沒有這樣的財力嗎？」

「……」

如果元子的說法有誤，眼前這個深諳楢林婦產科醫院內外財務的女人，肯定會劈頭否認院長有兩億圓。換句話說，護理長不可能不將「難道楢林醫師沒有這樣的財力嗎」的說法當一回事。她之所以沒有反駁，就是因為知道院長有那麼多收入並不足為怪。

不只是正當收入。花在女人身上的支出，都是內帳的私房錢，而市子本身也知道這些藏錢的管道。她以假名「蒲田英一」到過東林銀行千葉分行辦理秘密存款，自然知悉各地銀行還有許多姓名各異的人頭帳戶。

這些人頭帳戶都是由負責醫院財務的市子一手掌控，這可顯示院長對護理長的信任，以及兩人的親蜜關係。問題是，這樣的關係已出現裂痕。

儘管如此，市子似乎仍未下定決心把院長有能力為了女人花掉將近兩億圓的財力說出，或許是因為她還沒做好心理準備吧。

「接下來，您有什麼打算？」

元子暫時先轉換話題，露出極關心市子日後處境的表情。

「我還沒做好決定。」

市子低下頭說道：「我手頭上還有點存款，以後打算到『居家看護協會』所屬的地方工作。」

「您有護士的執照，又有豐富的臨床經驗，這時候最有保障了。」

「可是，我年紀大了，也沒有年輕時的敏捷身手，能做到什麼程度，我也沒有把握。」

所謂的居家看護，就是得不斷地到其他家庭照料病患。有時候依情況需要還得連續十幾天住在病患的家裡。一想到要放低身段跟陌生的病患家屬接觸，難怪她有這種沮喪的念頭。因為在這之前她身為高高在上的護理長，總是對年輕的護士們頤指氣使。

周日的公寓像往常般靜謐怡然，多數的住戶帶著家人出遊去了，前方的道路不時傳來車子經過的聲音。

「與其去當居家看護，倒不如做點小生意怎麼樣？」元子說道。

「做生意？」護理長驚訝地看著元子的臉龐。

「我覺得您應該去做生意。以後沒必要再做那種聽人使喚的工作吧？」

「可是一個打從年輕時起只做過護士的女人，可以做什麼生意呢？」市子自嘲地說。

「不如先開間咖啡廳？坪數不大的話，用不著請人幫忙，也不必跟客人討價還價，是個高尚的生意喔。這跟開酒店不同，只要願意學的話，外行人都可以勝任。」

「開咖啡廳要很多資本吧？」市子的心意有點動搖了。

「這要看地段和店面的規模。如果是在高級地段，店面又大，當然要花很多資金，但若在郊區開店倒不是那麼困難。而且郊區以後會發展起來，很有前瞻性。剛開始店不要弄得太大，只要租個適當的地點，小而整潔就好。您要是有個成年的妹妹當幫手就更好了。」

「我有個姪女明年春天即將從短期大學畢業。」

「這樣是最好不過了嘛？到時候您負責烹煮咖啡，您姪女幫忙端送。至於煮咖啡的技巧，可以請專家教您啊。」

市子顯然被這個話題吸引了。她的表情變得開朗起來，充滿興奮的神色。

「需要多少資金呢？」

「我不大清楚，我們要不要研究看看？我想不會花太多的。」

「目前我還有點存款，如果經費可行的話，我想試試看。」

元子心想，市子所謂手上有點存款，八成是除了薪水之外，她將楢林院長偶爾給這個情婦的特別津貼存下來的。

「您要不要向院長拿一筆錢呢？至少拿點開店所需的金額怎樣？」

「不要！我不想再跟那個人拿一分一毫。」

護理長又瞪大眼睛，抿著嘴唇。她第一次用「那個人」稱呼院長，而且口氣非常堅決，宛如向「那個人」拿分手費或贍養費是極其屈辱的事。

「這樣啊。可是該拿的錢卻不拿，未免太可惜了……」

「我不想在自食其力之後被人說三道四，說我就是依靠他的錢，這樣我每天都會不快樂。」

「我瞭解您的心情。我不提這個問題了。市子女士，如果您想開店，我多少可以幫您一點小忙。」

「咦？您要幫我？」

「其實我手頭也不寬裕，一年前我開了酒店後就虧損累累。不過，若是在一百萬圓之內，我倒可以借您。當然，我不收利息，等您開店有了盈餘以後再還我即可。」

護理長目不轉睛地凝視著元子，臉上充滿感激之情。

「市子女士，我很喜歡您的為人。您堅持己見這點，跟我有相同之處，我總覺得您就是我的朋友。不僅這樣，我之所以可以跟您感同身受，是因為我們都吃了波子那個女人的暗虧。我們的處境太相似了。波子的酒店就開在我樓上，讓我的店快撐不下去。老實說，對方店的規模是大手筆，比我的店要豪華得多。我店裡的小姐都氣憤難平地說，波子居然把店開在我們的樓上，未免太不懂得人情義理了。她就是要把我的店搞垮才甘心。」

元子也突然愈說愈激動起來了。

「……這都是因為楢林院長不惜斥資給波子所造成的。所以，您跟我是共同受害者，您的事情我絕不會袖手旁觀。我要趁現在拯救我的店。我想瞭解楢林醫師為什麼有那麼多錢可以供波子揮霍？您應該知道其中內情吧？」

元子掏出一張相片，遞給沉默不語的護理長。那是一張以楢林婦產科醫院為背景的相片，一輛小型貨車停在醫院的側門前面，兩個穿工作服的男子在搬運小型的鐵箱。

市子朝相片看了一眼，不由得大吃一驚。

「這是六天前，早上七點半左右，我在楢林醫院附近所拍的照片。醫院旁邊有個公共電話亭，我就是在那個位置拍的。」

市子拿著照片的手指微微顫抖著。因為她被元子駭人的舉動給嚇呆了。

「這輛貨車是負責處理胎盤的業者的吧？」

「嗯。」護理長微微點點頭。

「這是三天前的早上，我在同個地點拍的。」

元子又拿出一張相片。相片中的景物，同樣是一輛停靠著的貨車和穿著工作服抱著鐵盒的男子。

「胎盤業者都是每隔兩天來醫院回收胎盤吧？」

「嗯，因為我們是婦產科醫院，他們會來處理產房留下的廢棄物。」

「胎盤是什麼東西？」

「就是產後的一些髒東西。」

「這麼說，每天都有人生小孩囉？我記得楢林婦產科醫院的產房沒有那麼多病床吧？」

「……」

「請您看一下。」

元子拿出三份週刊，翻開內頁給市子過目。

其中一份週刊這樣寫道：

「根據統計，來不及在這世上報到即告死亡的小生命，是正常生產的三倍之多。眾所周知，所謂的墮胎，就是指偷偷地在婦產科醫院裡拿掉懷中胎兒。問題是，那些被刮除的死胎之後將怎麼處理呢？他們都被收容在東京都內北區S寺的靈骨塔裡。

S寺的靈骨塔建於昭和三十年。寺方表示，每年大約收容一萬五千個死胎，目前收容總數已達二十七萬個。令人納悶的是，這些死胎到底是透過何種管道送到這裡來的？

這些死胎都是透過胎盤業者送來的。東京都衛生局環境衛生課表示，目前尚在營業的胎盤業者有八家，大都是自大正末期至昭和初期創立的公司，他們受到東京都的法令『胎盤及產污取締停例』的嚴密規範。胎盤業者受婦產科醫院委託處理廢棄胎盤，每家業者每月不得超過一千兩百個胎盤，死胎不得超過五百個。」

另一份週刊這樣報導：

「『大叔，他才六個月大呀！』瀰漫著消毒水的味道，記者往醫院的護士休息室途中，聽到一個熟悉的聲音如此說著。胎盤業者F先生在護士的帶領下走進分娩室。分娩室的不銹鋼膿盆裡放著早產兒。『每次來都覺得好可憐喔。』F先生默禱了一下，把已經用脫脂棉仔細擦過的死嬰，逐一放進大塑膠袋裡，外面再裹上白紙，接著才把它放在備妥的小木盒裡。這些死胎——不管你喜不喜歡，他們都是未出世即告死亡的死胎或是流產的胎兒。當然，大部分是以墮胎的居多。根據優生保健法第一章第一條規定：『本法之目的乃是從優生保健的觀點為防止生下劣質後代，為保護母體生命而設。』問題是，這項條文卻遭到有心人士惡用，現在的日本已成了名副其實的『墮胎天堂』。」

最後一本週刊這樣寫道：

「數年前，東京某婦產科的醫生寫信給美國的三百名醫生說，希望他們幫忙介紹想墮胎的患者，成者願付百分之十的仲介費，而引發軒然大波。當時的首相在內閣會議上，大聲疾呼，今後應該嚴肅審查墮胎的問題，卻被主張性解放的年輕族群以『此發言無視於日本的實情』大肆反彈。事實上，『墮胎天堂』的支持者，並不是胎盤業者，反倒是部分的婦產科醫生，因為墮胎手術為婦產科醫生帶來龐大的利益。」

「市子女士……」

元子把手搭在看著週刊的楢林婦產科醫院護理長的肩上。

「到醫院墮胎的幾乎都是自費吧？而且要求墮胎的女性都不會報上真實的姓名。照理說，墮胎必須要本人的同意書，但她們幾乎都是填寫假名。其中，有些診所或醫院並未開病歷表，而自費所收的現金就把它挪記在秘密的帳冊上吧？楢林院長供波子大肆揮霍的錢，應該就是沒被稅務局發現的存款。您應該知道才對。」

元子說得輕柔，但語氣中充滿壓逼迫力。

強風吹襲的寒冷日子，陽光卻很明亮。約莫一個月前，與現在同樣是下午三點半左右，那時正是天色陰霾呢。

一個聽起來像護士小姐的女子，語聲畏縮地說，請您稍後一下。元子雖然換手握著聽筒，仍繼續貼耳聽著。等了很久。中岡護理長曾說，外來的電話會先轉到櫃檯，再轉接到院長室，但電話遲遲未接通，難道是楢林院長還有要事尚未辦完嗎？聽筒那端的待接音樂響個不停，完全聽不出醫院裡的動靜。看來中岡市子已經不是那裡的護理長了。

元子心想，會不會是因為剛才她跟接電話的護士說自己是「卡露內」的原口，才使得院長遲遲不接電話？她可以理解院長猶豫不決的心情。這通電話是波子的前任媽媽桑打來的，最近他很少去那酒店捧場而且一個星期後波子的酒店就要開幕了。元子對波子有諸多怨言，做為波子幕後金主的楢林謙治應該早就聽波子提及。或許他已察覺元子這通電話是要數落波子的不是，才慢吞吞不接電話吧。

元子認為「巴登・巴登」這個店名很是奇特，後來有客人告知，才知道原來「巴登・巴登」是德國著名的溫泉勝地。這店名絕對是楢林醫生取名的。開店在即，但在那以後不見波子前來跟元子打聲招呼。依常理來說，都會寫張邀請函給以前的媽媽桑，表示「以後請多加關照」；當然這樣的客套禮數並非絕對必要。所以開幕當天，元子也不打算送祝賀花圈。

元子猜想，波子跟楢林枕邊細語時肯定說了很多她的壞話。當元子苦等電話，心想護士可能會跟她說院長有訪客或不在的時候，待接音樂突然停止了。

「喂喂。」電話那端傳來楢林低沉的聲音。

「哎呀，楢林醫師？」元子朗聲說道。

「媽媽桑？好久不見。」院長的話聲聽來沒有絲毫顧慮。

「最近，您都沒來捧場，我們好寂寞喔。」

「哈哈。我是很久沒去了，過一陣子我一定去。」

「等您來喔。」元子寒暄，話鋒一轉。「貿然打電話給您，非常抱歉！」

「我是第一次接到妳打來的電話呢。」

「是這樣的，其實我有件事想拜託您。我可以馬上跟您碰個面嗎？」

「咦？」從聽筒那邊可以清楚感受到楢林霎時屏住呼吸的情態。

他大概已經猜出元子要跟他談波子的事情。護士把電話轉給他的時候，他或許已經察覺出來，現在聽到元子這番話，便有種「果然是這件事吧」的感覺。

「如果您太忙沒時間外出，我現在就去醫院拜訪。」

「……」

「我只要叨擾個二、三十分鐘就行。」

「這樣子啊。」

院長並未說妳讓我考慮一下，好像沉吟了一下，才慢慢反問道：「有那麼緊急嗎？」

「請原諒我無理的要求。我希望今天就能跟您碰面。」

「妳要跟我談的大概是那方面的事呢？」

楢林似乎有點緊張，想早點知道元子所謂的「有事拜託」是什麼。

「等見面之後我再向您說明嘛。」元子語氣溫柔地說道。

「好吧。今天我沒有要外出辦事，如果不佔太多時間的話，倒可以約個時間見面。」

「太好了，謝謝您呀。」元子雀躍地說道。

「我們約在哪裡見面？」

正如元子所預料的，楢林院長的態度軟化了。因為元子若直接跑到醫院，當著護士的面前談起波子的事，到時候他會非常難堪。

「硬是把您請出來，真不好意思，我現在要去銀座，下午五點我們在S堂二樓的咖啡廳碰面怎樣？那裡比較方便談話，而且很安靜。」

「下午五點？」院長好像在看手錶，遲疑了一下才同意。

「我這樣強人所難，請您見諒。那麼，我就在那裡等您喔。」

元子放下聽筒，嘴角露出了微笑。

元子打開上鎖的衣櫥的抽屜，從疊著數件和服的最下面拿出一疊影印文件。

那是她到附近的影印店，寸步不離當場複印，旋即拿回家中的文件。她根本不給影印店的老闆看清楚內容的機會，就把這些東西小心地放進肩下的大型提包。

至於「正本」就藏在其他的地方。

下午四點五十分，元子來到銀座的S堂。二樓的咖啡廳很寬敞，格局高雅華麗，瀰漫著外國般的高尚氣氛。靠窗邊的整排桌子只零星坐著幾個客人。

元子環視廳內，一個男服務生上前來打算帶元子到窗邊的座位，她揮手阻止，指定要坐牆角。那個位置比較隱密。

元子把手提包放在膝旁，點了根香菸，打量著四周。她選定的這個位置最適當，即使是最接近的桌位仍有段距離，聽不到那對男女客人的對話。

來這家咖啡廳的客人大都是高尚、年長的人士，即使是年輕人也穿著體面，說話輕聲細語。對面有四個中年婦女正喝著熱茶，看起來她們都是家境富裕的貴婦人。一個三十出頭的男子和一個美麗的年輕小姐在說話，男子探出前身好像在向她說明什麼，看似一對情人，但應該是酒店老闆或經理為了向別家的酒店小姐挖角而約在這裡見面。元子經營酒店雖然才一年多，這點門道還看得出來。

雖說是無法相提並論，但元子突然想起中岡市子要開咖啡廳的事來了。

前天，元子陪著她去看開店地點。那是從新宿站坐電車往西北約一個小時車程，尚有許多農地的新開發地區。車站前的房屋仲介商說，有家美容院的店面正要出讓，如果是美容院改咖啡廳，原有的地板不需更換即可使用，而且水電設備都很齊全，很快就可以把它改裝成咖啡廳。實際一看，坪數適當，市子也很中意，但是租金和押金卻很沉重。

辭掉楢林婦產科醫院護理長工的中岡市子，會在這裡經營起小小的咖啡廳嗎？元子曾向她提議，她應該向院長收取贍養費之類的補償費，雖然當時沒要求，但事後還是保有請求的權利。元子對市子說，您這樣未免太不值得了，畢竟您把二十年的青春全獻給院長和醫院，雖說很有骨氣拒絕這筆補償費沒錯，但該拿的還是要拿，至少可以向他要咖啡廳的開店資金和生活費呀，這點錢院長拿得出來。至於開店資金不足的部分，元子表示可以無利息借給市子一百萬圓。

市子經營的這家小咖啡廳，年輕人會隨著田園的和風被吹進來嗎？粗聲說話，裂口大笑的房屋仲介商說，這一帶雖是衛星都市，但四處都有建商蓋房子出售，以後的發展更大。然而，元子擔心市子無法堅持到底。

窗外的天色暗下來了。五點十分，身寬體肥的楢林謙治出現在咖啡廳的門口。他把大衣交給服務生，帶著眼鏡環視店內。元子微笑著站了起來。

楢林從容地朝元子走了過來，臉上充滿笑容。

「對不起，百忙之中，還勞您大駕……」元子低頭致歉。

「不會啦。」

楢林坐在元子的對面，向走來的服務生點了杯咖啡。元子也跟著點了咖啡。

「打電話請您出來，真不好意思。」

「妳難得打電話來嘛，所以我就匆匆忙忙趕來了。」

其實楢林應該很想及早探出元子找他出來的目的，但卻先岔開話題，採取急事緩辦、慢慢切入主題的方針。

「好久不見，媽媽桑的氣色真好，妳變年輕了喔。」

「謝謝您的稱讚。」

「是不是最近交了男朋友呀？」

「看得出來嗎？」

「因為女人變得漂亮，八成跟交上男朋友有關。」

「您太抬舉我了。光是店裡的事情，就讓我忙得焦頭爛額。尤其最近都沒看到院長您來店裡捧場，我還以為您都把我們給忘了呢。」

「好久沒去捧場，是我不對。」楢林輕輕低頭致歉。「過些時候，我一定去。」

「我等您來喔。可是，波子的店開在我們樓上，到時候院長您大概都會往那邊跑吧？」

楢林收斂起笑容，嚴肅地說：「波子說，過一陣子，會專程去跟妳道歉。」

楢林主動提出波子的事了。他大概也無法默不吭聲吧。這句話等於向元子公開承認他跟波子的關係，同時也算是某種程度的「致意」。

不過，所謂過些時候波子會來跟她道歉，應該只是楢林的體面話。波子絕不是那種溫順的女人。她在「卡露內」的樓上開店，顯然就是要跟她打對台。眼下，那些裝潢工人便拿著工具搭著這棟大樓唯一的電梯上上下下，在五樓敲敲打打弄到三更半夜，但還不見波子前來打個招呼。波子不是跟她競爭，而是充滿敵意的對抗。

「波子個性害羞，又因為辭掉『卡露內』的工作，覺得很對不起妳，不好意思見妳。加上妳還為這件事不高興，她就更不敢跟妳打招呼了。」

楢林站在保護波子的立場向元子辯解著。

「我才沒有為這件事生氣呢。波子若來我店裡，我還想大大祝賀她一番呢。」

「是嗎。妳真的這樣想啊？」

楢林因為情婦獲得對方的原諒而露出釋然的表情。他告訴元子，若把這番話告知波子，她肯定很高興。

「話說回來，波子就是有院長當後盾，才能開一家那麼氣派豪華的酒店，波子也真不簡單哪。」

「媽媽桑，妳是在挖苦我嗎？」

「我才不敢呢。我是衷心替她高興。」

「要是這樣，我就安心了。媽媽桑，我可沒給波子那麼多錢喔。或許別人這麼想，但我真的沒有給她錢。她開店的資金，大都是向親戚籌措或跟銀行借來的。」

「可是跟銀行借錢，終究是您替她擔保的吧？通常銀行是不受理以租來的店面充當擔保品，因此酒店業向來跟銀行借不到幾個錢。」

「這個嘛……」

雖說楢林勉強承認他替波子做保，但元子認為他所言不實，這些資金都是他給波子的。

其他桌的客人依舊優雅地喝著茶，安靜地談話。對面那個像酒店老闆或經理的高瘦男子，和那名酒店小姐相偕站起來走出去了。看來跳槽的籌碼已經談妥。

楢林終於露出焦慮的神色，他應該很想立刻就知道元子找他的真正目的。

「過不久，我那酒店很可能會被波子的新店打垮。」元子嘆了口氣。

「不會啦。」楢林不知如何是好。

「不，我絕對會被她打垮。她的店裝潢得那麼豪華，我根本不是對手。何況客人們總是喜新厭舊，到時候肯定會往新開的豪華酒店跑。啊，我也想趁現在把自己的店裝潢一番呢。」元子由衷地說道。

院長啜飲著咖啡，沒有答話。

「我可是真的很希望院長當我的金主唷！」元子微笑地說道。

「咦？」楢林睜大眼睛。「媽媽桑，妳太會開玩笑了。」

「我才不是在開玩笑呢！要是沒有波子的話，我早就拚命求您了！」

「……」

「不當我的金主也沒關係，比方說，當您一時的女人，風流一下也不錯。我不會像波子那樣跟您要半毛錢。我需要您給我意見。我找不到人給我建議呢。」

「媽媽桑，妳是為這件事找我出來的嗎？」楢林驚訝地問道。

「沒錯。我現在有件事想跟您商量，可是在這裡不方便講話，我們去安靜的旅館吧。剛才，院長您不是說我氣色很好也變漂亮了嗎？」

元子含情脈脈地看著楢林。

7

元子站在S堂前的大路旁。晚間時分。

付完帳隨後走出咖啡廳的楢林謙治雖然動作磨蹭，但總算站至元子身旁。

「要去哪裡？」

楢林露出含混的笑容。他揣度不出元子邀他去旅館的用意，於是半開玩笑半正經地加以試探。

「這是女姓主動邀請的，您不要覺得不好意思。您該不會拒絕吧？」說著，元子朝楢林瞟了一眼。

元子提起和服的下襬先坐進路旁停妥的計程車裡，一邊把大型提包緊緊地放在膝上，一邊邀楢林坐進來似地移坐到最裡面的位置。

楢林磨磨蹭蹭地站著觀望，最後才露出不妨先跟去看看的表情，緩慢地坐進車。車門緊緊關上了。

「請開到湯島。」

元子告之去處，年輕的計程車司機悶聲不響便疾駛而去。

元子知道楢林雖然從容地端坐，其實臉上掛著不安的神色。他咳了一下，叨了一根菸。元子掏出打火機幫他點火，火光映出他泛紅困惑的眼神。憑元子告訴司機要去「湯島」，楢林就知道元子剛才那句邀約絕不是玩笑話。

「我們去那裡，妳待會兒回店裡會不會太晚啊？」

宛如要緩和情緒的院長吐了口長長的白煙。

「不要緊，我只要九點以前趕到店裡就行。」

元子打開大型提包拿出香菸的時候，塞在側面的厚厚一疊影印資料不小心露了出來，她隨即把提包蓋蓋上。

這次，換楢林點著打火機湊了過來。他的手指與火焰一起微微顫抖著。元子判斷，院長終於發動引誘攻擊了。雖說他始終故做鎮靜，但眼下終於方寸大亂。他的興致高昂，而且他原本就是生性風流的男人。

元子心想，大概是剛才「風流一下也不錯，我不會像波子那樣跟您要半毛錢。我需要您給我意見」那番話讓他春心蠢動了。

元子知道楢林對女人的長相很挑剔。不過，一夜風流則又另當別論。楢林大概在想，自動送上的一夜情何樂而不為，嚐嚐這女人的滋味也不錯。眼下，他似乎正想入非非。這肥胖的院長正色迷迷地想像自己摟著三十歲女人的身體，心跳逐漸加快，呼吸也愈來愈急促。

楢林跟元子勉強算起只有兩年的交情，在這之前，她是「燭檯俱樂部」支援坐檯的小姐，現在是一家小酒店的媽媽桑。但令人訝異的是，眼下她卻突然主動要求跟他發生關係。她這樣大膽示愛，可能是因為太憎恨波子，才想背著波子的耳目暗自宣洩胸中的鬱悶。楢林似乎這樣理解元子的誘惑，想必他正幻想著眼前這個將屆狼虎之年的女人也跟他一樣春心蕩漾，現成的美食應該會別具風味！

計程車從神田往御茶水燈火通明的坡路直駛而去。

元子握緊楢林的手指。他的臉部顫動了一下，但雙眼仍看著前方，並未馬上將她的手拉近，而是任由元子玩弄他的手指。因為他多少仍有些猶豫。

楢林之所以沒有立刻回應，八成是在尋思該如何下最後的決定，計算這次艷遇的風險。換句話說，他在衡量這件事一旦曝光，波子將會如何鬧脾氣以及今後的金錢關係。所以，他沒有當下清楚表態，是想靜觀其變。說他狡猾也真夠狡猾，但也可以說他是有色無膽。

「湯島那邊妳有相熟的家屋嗎？」楢林帶著猶豫的表情，試探性地問道。

元子當然知道楢林所謂「相熟的家屋」，指的就是可以帶女人開房間的旅館，這讓元子霎時頓感壓力。但她隨即笑著說：「院長，您真討厭呢！我像是那種女人嗎？」

「我不是這個意思，因為妳順口就說到那個地方了。」

「我只是聽說湯島那邊有很多家屋而已。我也是第一次去那裡呢。」

元子緊緊握著楢林大衣衣袖下的手指。他終於有反應了，但不是很強烈。

這個路段車流開始增多了。計程車每開三、四公尺便來個緊急煞車，他們的上半身每每因此猛地往前傾。顯然，司機是故意用緊急煞車來整他們。這名年輕的司機對他們此行的地方，和他們在後座情話綿綿的情態看不過去。

車子開上陡峭的坡路，在陰暗的夜色中，從車窗左邊微微可見湯島神社的鳥居。經過那裡之後，車子來到兩旁華燈佇立的旅館街。當司機佯裝不知要繼續往前開去的時候，元子喊住：「請在這裡讓我們下車！」

司機聞言粗暴地踩了煞車，與此同時，兩人的上半身再次猛地往前傾。

「多少錢？」

司機一聲不吭用手指敲了敲計費錶。元子看過計費錶上的金額付了車資，下車以後，故意說給司機聽見似地說：「這司機真是粗暴！」

司機碰的一聲關上車門，上半身探出車窗，對著已下車的乘客大罵。

「你們才混蛋！」罵完，才握著方向盤，疾駛而去。

楢林面帶怒色地往前走了一步，便悶不吭聲地佇立在那裡，瞪著已然離去的計程車。

「那司機的態度惡劣極了！那種人就是那副德性，我要抄下他們的公司名稱和車號投書抗議。」

元子把大型提包挾在腋下，從和服的寬腰帶間拿出一本小記事本，定睛看著計程車車頂上的標誌以及紅色車尾燈下的車號，逐一抄下。

「那個司機八成是在嫉妒我們呢！」元子把提包拿在手上，對著楢林笑著說道。

「沒錯，那叫紅眼病！」

站在夜色暗淡的路旁，楢林雖然也對那司機頗有微詞，但看到元子把記事本塞進寬腰帶，便雙眉緊蹙地問道：「妳真的要投書抗議？」

「那司機的態度實在太惡劣了！我要投書給警視廳的交通課，車行最怕他們了。」

「妳要具名投書嗎？」

「沒有人會那麼笨吧。這樣一來，我們的好事豈不是要曝光了。我當然會匿名。」

「這樣倒無所謂。」

「雖說是匿名投書，但如果事情屬實，那司機肯定會被車行和警視廳找去訓話。真是大快人心！」

「妳說的很對，不過仔細想想，他們從早忙到晚，也難怪那司機脾氣暴躁。」

「是啊，而且又看到我們快快樂樂地要去辦事哩。雖說是工作，當司機也有難言的苦處。認真想來，他們也真可憐，我是不是不要投書告狀了？」

「放他一馬吧。」

楢林立刻這樣建議。看來他儘可能想避免因為這事惹來麻煩，導致自己的名字曝光。

換個角度抬眼望去，道路兩旁盡是飯店和旅館，霓虹燈看板大字在寒冷的夜空中閃爍著。

從飽受惡劣對待的計程車下了車，楢林對於置身在這種情境中，已下定決心不退縮了。元子剛才那句話「我們快快樂樂地要去辦事哩」似乎讓他心花怒放，這次變成他主動湊近元子的身旁握住她的手。

「我們要去哪一家啊？」

那些建築物有飯店式的，也有旅館式的。

「我也不知道，總之，我們邊走邊找合適的旅館吧。」

他們沿著上坡路走著。由於他們為了避免被自用車的車燈照到而走在路旁，剛好可以讓他們在飯店或旅館的門口仔細選擇。

「妳沒問題吧？」

「什麼沒問題？」

「回店裡不會太晚嗎？」楢林再次問道。

楢林這樣問，並不是擔心元子趕不上時間，而是反應出他最後的猶豫。

元子捲起袖口藉著燈光看手錶。

「九點以前到店裡就行。待會兒若坐計程車，又沒遇上塞車，三十分鐘就可趕到銀座。店裡的小姐不會覺得奇怪的。」

「這麼說，九點鐘以前是妳們這些媽媽桑偷情的時間囉？」

「也算是吧。每個媽媽桑不都是偷偷在做嗎？」

楢林用力摟著元子向前走去。

楢林站在通往玄關前的鋪石上。玄關內看起來有些暗淡，卻映出紫色的燈光。一個上了年紀的女侍前來帶著他們步上彎曲而狹窄的鋪著紅地毯的樓梯。

這間門前掛著「桐室」木牌的房間約有三坪大，裡面擺著一張像是折疊桌的老舊矮桌。桌邊有道被香菸燙過，像蚯蚓爬過的黑痕。

角落有個化妝檯和紅色坐墊。狹窄的壁龕掛著廉價的掛軸，以及看起來像是從夜市買來的盆栽，小型電視，電視上放了張價格表。天花板的燈光像雲朵模樣般映照在拉門上。暖氣開得很強。

楢林趁女侍離開去送茶水來之前，打開拉門看了看隔壁的房間，朝脫下大衣坐在化妝檯前的元子輕聲喊道。

元子站起來走到楢林身後。一坪半大的寢室裡鋪著兩件看似夏天的薄被，大紅的花樣，上面還擺了兩個白色枕頭，彷彿倒頭下去就會壓扁似的。那專為一坪半大設計的衣櫃，頂多能塞進兩床棉被，幾乎沒有多餘的空間。

「這房間好簡陋啊。」楢林掃興地說道。

「這種地方也不錯嘛！我們好像是一起私奔躲在鄉下的旅館呢。」元子笑著說道。

「私奔啊……」

「您不覺得很有懷舊的浪漫氣氛嗎？」

「噢，妳居然這麼浪漫啊？妳是這樣打算才帶我來這樣的小旅館嗎？前面還有更多設備豪華的飯店或旅館嘛。」

「那種地方才危險呢！一個不小心很可能碰到認識的人。說不定銀座的酒店小姐正來這裡辦事呢。這家旅館設備簡陋，很少人會上門來，所以才叫人安心呢。」

「是嗎。」

「院長，您若在這種地方湊巧碰上以前的患者會怎樣呢？您的患者大都是有錢人家的太太或千金小姐，要不就是在高級酒店上班的多金小姐吧？」

「嗯……沒有比這地方更安全的了，我們就在這裡將就一下。反正又不是待很久。」

楢林做勢轉身要回到前面的房間，冷不防伸手摟住元子的脖頸，整個身軀壓了上去，做出親吻的動作。

「等一下啦！」元子用手堵住他的嘴巴。

「為什麼？」

「女侍就快來了。」

「……」

「您不要那麼猴急嘛。都已經到這裡來了，待會兒再好好溫存嘛。」

「所以，辦事之前，先親一下有什麼關係呢。」

「現在就是不行！在這之前，我有事想問問院長。」

「什麼事？」

「您為什麼喜歡像我這種缺乏姿色的女人呢？雖說是我主動邀您來的。」

「……」

「老實說，我可是很喜歡院長您喔。不過，您的眼裡只欣賞漂亮的小姐，現在為什麼跟我這種醜女來這裡呢？」

「妳很有魅力啊！」

「您說謊。」

「我說真的。」楢林強調著，放低聲音說道：「……坦白說，之前妳在『燭檯俱樂部』的時候的確太樸素了些，不過自從妳當上媽媽桑以後，很有威嚴架勢，整個人搖身一變似的，變得更有女人味了。雖說年輕小姐外表很漂亮，但大都不耐看，不多久就使人厭煩了。我也不知道自己是什麼時候喜歡上妳的，今天晚上我才恍然大悟。」

「要是真話，我會很高興唷。您該不會是因為同情我，才故意這樣說的吧？」

「我哪會說客套話呢！喏，妳記得橋田，那個醫科大先修班的理事長？」

「記得。他可是我們店裡的貴賓呢。」

「橋田常去『卡露內』捧場也是因為迷上妳呀。他常跟我說，妳是個充滿魅力的女人。」

「不會吧。」

「話說回來，妳應該知道他的態度吧？他之所以在『卡露內』花錢捧場是因為對妳有意思。雖說他原本就很富有，錢不成問題。醫科大先修班可是很賺錢的喔。」

「真的嗎？」

「那當然。他的財力可不是一般的補習班可比擬的。連他都真心迷上妳，妳應該知道我不是在說客套話吧？」

「……」

「不過，在橋田把妳拿走之前，我想先玩玩妳的身體，一來也可以向他炫耀一番。所以……」

楢林的臉孔又湊過來了。

「女侍來了啊！」

沒錯，女侍果真站在門外喊聲了。

年老的女侍把糕餅放在被香菸焦油燻黑的矮桌上，然後用保溫瓶裡的熱水準備泡茶。

「初午一過，天氣就開始變涼了。」女侍一邊對著托盤上的茶杯倒茶，一邊跟他們二人話家常。

「說的也是，這時節剛好可以去湯島神社賞梅是吧？」元子回答道。

楢林攤開從口袋裡掏出的報紙，一副認真看報的模樣，沒有抬起頭來。

「快盛開了唷。您來這裡的時候沒看到嗎？」

「沒有。」

「神社內的外燈把白梅照得一片雪白，很多人還從外地趕來觀賞呢！總之，湯島神社因為是阿蔦和早瀨主稅相遇的場景（註），還有流行歌，使得它更有名了。」

「我也聽說過，可是還沒去過湯島神社呢。」

「有空的話，請您一定要去看看。從神社內的位置，剛好可以俯瞰神田那一帶的老街。」

註——泉鏡花的小說〈湯島的境內〉的情節。

「我想去看看。」

後來，她們又聊了一陣子，低頭看報的楢林為這時間的浪費愈發焦慮起來了。

女侍倒完茶水退了下去，但近處又傳來倒熱水的聲音。不多久，女侍又拉開門在外招呼說，送熱水來了，請慢用，這才離去了。

楢林側耳傾聽腳步聲離去後，對元子說道：「妳為什麼跟那個女侍閒扯呢，這樣豈不是浪費時間嗎？」

「她那麼熱心，我也不好意思潑冷水嘛。」元子雙手捧著熱茶啜飲著。

「妳不是要在九點以前趕回店裡嗎？現在已經七點半了。」

「還真是沒什麼時間呢。」

「所以，妳趕快換衣服！」

「等一下。院長，這種事只限這次喔。」

「我知道啦。」

「畢竟，我也在做生意。下次遇到的時候，我可要裝做沒跟您做過這檔事喔。」

「那當然。」

楢林準備要脫掉上衣。

元子只是站在一旁看著。「男人總是習慣跟朋友炫耀自己搞了哪個女人啦，又喜歡在眾人面前公開自己的風流艷史，這樣的人最討厭了。」

「相信我，我絕不會說出去。」

「就是啊。萬一被波子知道就不妙了。她原本就對我很反感，要是知道這件事，肯定想狠狠揍我一頓呢。」

「妳放心啦。這種事只有我們兩人知道。」楢林直看著元子的臉龐，兩眼生輝站了起來，繞過矮桌靠了過來。

「啊，熱水溢出來了，我得趕快去關掉才行。」元子撥開楢林的手站了起來。

元子的手搭在隔開走廊的拉門角落的牆上稍為彎腰，單腳交叉在後脫下布襪，擺動的下襬下面旋即露出長襯衣和白皙的腳踝。

她的動作實在太快，一下子就打開拉門穿過廊下走向浴室了。

看著扔在榻榻米上的兩只白色布襪的楢林也尾隨而去。廊下的左邊是毛玻璃門的浴室，裡面的熱水聲停止了。

楢林打開浴室的門時，只見元子在熱氣氤氳中關掉浴槽水龍頭的背影。她雙手提著和服的下襬，整個身體探向濕濡的石磚地板，淡粉紅色的長襯衣露了出來。

楢林做勢要正面擁抱從浴室出來的元子，兩人急促走過廊下，打開寢室的拉門接近兩床棉被。在昏黃的檯燈下，楢林呼吸急促，把元子按在棉被上。元子往後跌坐下來，但馬上用雙手壓住自己的膝前。

「等一下！」

「為什麼？」

「因為我的身體被婦產科醫生看到會不好意思的嘛！」

楢林知道元子的意思，因而往後退了一下。接著，他用力地搖搖頭，溫柔地說道：「妳不要這樣想嘛。我們是在做愛呢。我根本沒有醫生幫患者看病的念頭啦。」

「可是……」

元子猜得出楢林的心理反應。他肯定在心中叨念，妳又不是年輕小姐，只不過是個人老珠黃的酒家女，就別在那裡佯裝淑女了！他甚至急著大喊，快沒時間了！

「來，妳快去換上浴衣吧！我可以幫妳穿上。」

楢林按住元子的肩膀，準備解開其和服帶子上面束緊用的細絲帶。雖說他的手指很粗，但畢竟是婦產科醫生，動作非常靈活，一下子就把緊紮的結扣解開了。霎時，和服的寬腰帶隨之鬆垮，腰後的太鼓（註）也垂下來了。

楢林就勢把手伸進腰帶裡的襯墊。

「您不要那麼猴急！慢慢來嘛。」

楢林全不理會元子的推拒，還是強行要解開襯墊，元子只好扭開身體。掙扭之間，一截水色的襯墊垂落下來。

儘管如此，楢林還是不放棄，對著已經扭開身體的元子臉頰，做勢要親吻。

元子硬是低著頭，但被他強有力的手扳開了。因為他用力扳著，元子只好抬起臉來，就勢欲吻的楢林沒有親到嘴唇，使得元子的鼻翼和面頰全沾著他的口水。

「住手，不要這樣啦！」

元子咯咯地低笑著，但馬上拿出手帕作嘔似地擦掉臉頰上的口水。

到此，楢林的動作才停了下來，直盯著元子。因為元子當場擦掉他親吻的印記，使得他有種受挫的感覺。

「在做愛之前，我有件事想跟您說。」元子突然冷漠地說道。

「什麼事？」

「我們在銀座喝咖啡的時候，我不是跟您提過嗎？」

楢林放下手來了。

——不當我的金主也沒關係。比方說，當您一時的女人，風流一下也不錯。我不會像波子那樣跟您要半毛錢。我需要您的意見。我找不到人給我建議呢。

註——鼓形結帶。

他似乎只能想起這句話來。

「是要我給妳提供建議的事嗎？」

「沒錯。」元子用力地頭著頭。「……我想先跟您談這件事。」

「這種事，隨時都可以談。」

「我們到隔壁房間去吧。」

「在這裡談不也很好嗎？」

「在這裡不好談啦！我們還是到隔壁房間比較好。」

元子從棉被上站起來，把細絛帶的帶端銜著口裡，伸手往後整了整鬆掉的太鼓，然後穿過細絛帶，在腰帶前緊緊繫住。細絛帶的帶端留有微微的口紅印。接著，她才把襯墊塞進腰帶裡。

元子繫和服腰帶的動作既優雅又充滿女人味。不過，她那動作絲毫不讓他人有機可趁，楢林只好無奈地巴眼望著。

「請到這裡來。」

元子先走出寢室，回到前面的房間。

楢林也只能無可奈何地從棉被上拿起眼鏡，跟著元子走去。隔著矮桌，楢林靠坐在壁龕前，和跪坐著的元子相對。

元子在明亮的電燈下，對著放在旁邊的連鏡小粉盒，一邊攏整頭髮，一邊補妝。尤其沾有楢林口水的部位更是粉撲得徹底。

楢林因為無法揣度元子的用意，只好盯著前面。

「這件事要談很久嗎？」他試探性地問道。

「不，很快。」元子在下唇畫著口紅。

「妳不是在九點以前要趕回店裡嗎？」

「是啊。」

「時間已經不夠了，妳今晚就不要去了吧？」楢林再次試探元子的意思。

「嗯。看情況不去也行。」

「真的？」剛才有點沮喪的楢林又振奮起精神來了。

「不過，要依結果而定。」

元子合上小粉盒的蓋子。

「依結果而定？」

「院長……」元子正視著楢林的臉龐。「我想跟您借錢。」

楢林露出驚訝的表情。

他們在銀座喝咖啡的時候，元子主動邀他來到這種地方，還說搞一夜情也不錯，事後會佯裝不知，她不會像波子那樣要他半毛錢，只希望他為她提供建議就好。

其實，他也不完全相信事情會像元子講得如此單純，而且事後還打算給元子一點夜渡資。不過，那是「事後」的事，但現在她卻編理由說有急事商量，重又穿好裝束躲到這房間來，還態度丕變地要向他借錢，使得他不由得怒上心頭，很想衝著她說，妳為什麼不遵守承諾？

然而，他原本就有意思在事後拿錢給元子，他若在此抱怨有失男人氣概。再說，元子要借的金額應該不多，他打算借給她比所想再多些的金額。現在，楢林似乎就是這樣盤算。

楢林從容地笑著，緩緩地問道：「妳要借多少錢？」

「我很難啟口。老實說，波子氣派豪華的酒店就壓在樓上，我的店正面臨生死關頭啊。照這樣下去，這店恐怕要關門大吉，所以我非常苦惱！我的店規模雖小，但畢竟是我的心血，要是這樣倒閉，明天起我就得流落街頭了。」

「不會吧。」

「不，我是說真的。所以，我想趁現在好好把店裡裝潢一下呢。」元子帶著微笑說道。

「照妳這樣說，好像是因為波子開了新酒店，我不得不賠償妳似的。」

元子的酒店雖小，但裝潢費可不是一點錢就能擺平。楢林當下的天真想法，宛如被人拿著鐵鎚敲個粉碎，或被潑上冷水般愕然。因為他的臉上清楚顯現著這種表情。

「難道不是這樣嗎?院長，您是波子的幕後金主吧?」

「……」

「您不是波子的金主嗎?」

楢林臉上的微笑消失了，轉而面帶困窘。「我認為妳不應該把責任全算在我身上……，妳是為了這件事專程找我來這種地方的嗎?」

院長還弄不清楚眼前的狀況。

「這種丟臉的事總不能在咖啡廳或飯店大廳說吧。這裡環境幽靜，又不怕別人偷聽。」

元子說話的時候，臉上還帶著笑意。

「嗯。那麼，我就聽聽供做參考。妳要跟我借多少錢?」

「那我就不顧羞恥直接說囉?」

「說吧。」

「五千萬圓。」元子說得非常清楚，沒有半點含混。

「五千萬圓?」楢林睜大眼睛直盯著元子。

元子不堪楢林瞪視似地低下頭。

他在元子的頭頂上空哈哈大笑起來。

「妳很會開玩笑嘛。一開口就要五千萬圓。」說完，還故意拖長笑聲。

「我可不是跟您開玩笑呢。我現在剛好就需要五千萬圓。」元子低著頭說道。

「依妳那家店的規模，根本不必這麼多裝潢費。」

「不，就是需要這麼多。」元子口齒清楚地說道。

「即使妳片面說需要這麼多錢，但我可沒有出錢的義務，況且我若沒錢終究是白搭。」

「您絕對有能力拿出這些錢。」

「噢，我看起像有錢人嗎？」

「院長，您當然是有錢人。」元子突然抬起頭來，凝視著院長。「院長，您的秘密帳戶裡有三億二千五百萬圓。這些是您六年來分別寄放在二十幾個銀行分行，以人頭帳戶或無記名存款的總額。」

8

楢林的臉色倏地變得煞白。他寬闊的肩膀動也不動，試圖堆起笑臉，但臉部的肌肉卻僵住了。他以笑掩飾，正表示她說中了秘密帳戶的金額。乍看來，他看似不在乎，但實際上卻幾近表情茫然。

元子為什麼知道那些秘密存款呢？

元子心想，院長現在大概正忙著如何自圓其說。

他大概在想，目前，只有他和中岡市子知道那些秘密存款。他從沒告訴過妻子。而臥病在床的妻子，向來對醫院的經營、財務和如何累積財產絲毫沒有興趣。她把所有事情全交給能幹的丈夫處理，換句話說，她已完全被丈夫馴服了。加上長期生病，精神逐漸衰弱，現在若能維持安泰的生活就很滿意。

他想，肯定是中岡市子洩漏的，亦即那個跟他吵架分手的護理長！

他曾把醫院收取自費現金和處理方式全權委託她處理，交換條件就是當他的情婦。而外遇關係一旦瓦解，對方自然會抖出這些秘密。她大概是為了洩恨才告訴某人的吧——他大概會做出上述的推測。

這也難怪楢林會認為中岡市子和元子沒有直接的關係。他還不知道元子就是承辦他眾多人頭帳戶之一的東林銀行千葉分行存款股的行員，所以他萬萬難以想像，用假名「蒲田英一」到千葉分行存款的市子和元子之間有何關聯。

他可能會想到，秘密帳戶總額共有三億二千五百萬圓，分別存放在二十幾個金融機構裡。元子說的數字正確無虞！因此八成是市子先告訴某人，那個人再告知元子的。這種可能性最大。除了市子和元子之外，肯定還有第三者。

他似乎這樣推測著。

而這個人應該既認識市子也知道元子，而且跟她們都非常熟識，否則，市子不可能把這麼秘密的事告訴他，而元子也不會相信他的話。元子獅子大開口要求借五千萬圓，完全沒有還錢的意願，絕對是那個人出的主意。這是元子跟那個人共謀的惡計。幕後指使者到底是誰呢？

楢林的鼻翼泛著油光，不斷地冒出黏汗。他的眼鏡往下滑了。他目光所及的菸灰缸旁，規矩地擺放著印有「梅溪閣旅館」店名的火柴盒。元子計誘他來這種地方的目的在於恐嚇要錢。眼下，因一時疏忽而誤中陷阱的醫生正掙扎著。他試圖要脫逃而出，而且努力不讓對方看出他的醜態。因為他要顧及體面，絕不能露出自己的弱點。不過，坐在他面前的元子，把他的心理活動全看在眼裡。

楢林終於掏出香菸來了。可是他忘了帶打火機，便以「梅溪閣」的火柴代替。但他的手指要不是擦不準，就是用力過度，弄斷了數根火柴棒。這時候，他才扭動肥胖的身軀說話。

「這話妳是聽誰說的？」

青煙在他眼前散開。

「沒有人告訴我。」元子臉上和嘴角的笑意仍未消失。

「那麼，是妳自己瞎編的囉？」
「是這樣子嗎？我所說的數字您應該心裡有數吧。」
「……」
「這數字不是我瞎編的。」
「這麼說，是妳跟某人商量所得出的數字？」
楢林試圖在中岡市子和元子之間找出隱藏的第三者。市子姑且不提，元子的酒店客層複雜，不乏居心不良的份子。首先，應該從這裡著手，然後從中調查那個人跟市子之間的關係。
元子心想，院長不理會她的解釋，反客為主詢問這點頗耐人尋味。
「我沒有跟任何人商量。也沒有您說的那個人，請您放心。」元子略為抬起頭說道。
楢林帶著質疑的眼神看著元子。他們的視線交會。不過，院長卻先移開視線。
「我才不相信呢。」他看著旁邊說道。
「請您相信！或許您認為有人在我背後指使吧？但我敢向您保證，絕對沒有第三者。」
元子強調著。
「是嗎？」
院長在菸灰缸裡把香菸掐熄。

「您大概在猜我是不是交了男朋友吧？我才不想找個男人讓自己忙碌呢。我對男人沒興趣……，不過，院長的話則又另當別論囉。」

楢林看到元子含笑說著，不由得握緊了拳頭，可是他並未憤然揮拳。

「妳……」他瞪視著元子，問道：「妳是不是認識我們醫院的人？」

院長終於忍不住發問了。他應該是很不想說出口，因為用自家醫院有內賊的說法問對方，無疑是大挫他的自尊心。問題是，他又不相信元子否認有第三者的存在的說法，只好試探是否跟市子有關。在他看來，這件事絕對是市子洩漏出去的。

「沒有。我不認識院長您醫院裡的任何人，也從未經過楢林婦產科醫院的門前呢。」元子不動表情地說道。

「那麼，是誰告訴妳的？」

「這個恕難奉告。」元子這樣說著，繼而溫和地追問道：「看院長您對這件事這麼在意，我剛說的秘密帳戶裡的存款金額應該不假吧，對不對呀？」

「沒這回事，那都是謠言！」楢林大喊道。

「是謠言嗎？」

「一定是有人要中傷我。妳被對方利用了！」

「可是，事實上，那些秘密存款不都是從自費看病所收的現金存下來的嗎？院長您開業二十年了，有這點秘密存款也沒有什麼大不了。」

「妳不要胡說八道！我哪有這種本事啊？妳知道這事情的嚴重性嗎？跟其他規模相同的婦產科醫院比較起來，假如我申報自費所得的部份偏低，一定會被國稅局盯上的。在東京都內，像我們這種婦產科醫院比比皆是，而在這些醫院當中，如果我們醫院申報過少，絕對會遭到調查。所以，在六年內秘密存了三億多圓，根本是不可能的吧？」

院長試圖否認。

「您說的或許有道理。可是，醫生同業之間不是會互通聲息嗎？」元子逼問道。

「啊。」楢林霎時說不出話來。

「有些醫院因為自費所得申報過少，而遭到國稅局懷疑，因此同業間便互通有無，儘量壓低申報金額，不據實申報。醫生不都是這樣逃稅的嗎？」

「絕對沒這回事！」院長怒不可遏。

「是嗎？」

「這事是誰告訴妳的？」

「老話一句，恕難奉告。」

元子把手提包挪至身旁，打開提包蓋。手提包裡有影印的資料，不過，她沒有拿出來，因為那是複印的資料，院長看到會認出當事人的筆跡。那些資料是她最後的殺手鐗。

因此，她拿出自己謄寫過的資料，放在楢林的面前，說道：「院長，請您過目一下。」

「什麼東西？」

「您先看過再說嘛！」

楢林拿下眼鏡，仔細看著眼前的資料。

○朝陽銀行大井分行　人頭帳戶　谷政次郎　餘額二千五百二十萬圓

○朝陽銀行目黑分行　無記名　餘額一千八百萬圓

○東林銀行千葉分行　人頭帳戶　蒲原英一　餘額二千三百萬圓

○東林銀行青砥分行　人頭帳戶　下田茂三　餘額一千六百萬圓

○帝都銀行池袋分行　無記名　餘額一千六百萬圓

○帝都銀行川崎分行　無記名　餘額八百五十萬圓

○櫪木銀行板橋分行　無記名　餘額一千三百五十萬圓

○櫪木銀行池袋分行　無記名　餘額一千萬圓

○茨城銀行綿糸町分行　人頭帳戶　細川正藏　餘額一千二百五十萬圓

○茨城銀行神田分行　人頭帳戶　水野正弘　餘額一千五百三十萬圓

○東日本銀行金町分行　人頭帳戶　山口一良　餘額一千五百萬圓

○東日本銀行市川分行　無記名　餘額一千二百萬圓
○神奈川銀行品川分行　無記名　餘額一千四百萬圓
○神奈川銀行大森分行　無記名　餘額一千五百萬圓
○湘南相互銀行橫濱總行　無記名　餘額二千萬圓
○湘南相互銀行川崎分行　無記名　餘額一千五百萬圓
○正中相互銀行四谷分行　人頭帳戶　內藤敏治　餘額一千六百萬圓
○武藏相互銀行吉祥寺分行　無記名　餘額八百萬圓
○武藏相互銀行荻窪分行　人頭帳戶　狩野三之助　餘額一千二百萬圓
○光風信用金庫飯田橋分行　無記名　餘額一千六百萬圓
○光風信用金庫御徒町分行　無記名　餘額一千二百萬圓

楢林謙治像石人般愣住了。他的臉和身體都僵直了，壯碩的體格卻威風不起來。能動的只有臉頰和嘴唇，但也只是激烈的抽動而已。

他肯定在想，毫無疑問，這絕對是中岡市子洩漏出去的！除了已經辭職的護理長之外，沒有人知道秘密帳戶裡的正確金額。元子說出的各金融機構的名稱和各人頭帳戶的姓名都吻合。

此時院長心中對中岡市子充滿了憤恨與後悔。所謂的後悔，亦即沒有對她多做挽留，應該多給她些撫慰才是。市子大概是在得知他對波子琵琶別抱後，才把他秘密帳戶的事洩露出來的吧。對付女人的嫉妒還是有方法的，只要適度的欺騙、給予溫柔的對待就行。都怪他太粗心大意了。他做夢也想不到市子居然會反將他一軍。

憤怒使這個女人做出背叛的事。長久以來他對她信任有加，總是特別關照，而她也對他付出了真愛。儘管如此，他仍不允許這種卑劣的背叛行為。

不過，與其說楢林現在是悔怒交加，毋寧說是充滿擔憂和恐懼。他害怕元子已經把這件事告訴別人了。他認為元子辯解說沒有人告訴她這件事，顯然是在說謊，她們之間一定有第三者。市子在醫院的時候並不認識那樣的人，這點楢林非常清楚。如果市子有機會認識那號人物的話，該是在辭去醫院之後。正因為如此，他猜不出箇中的原因。

他猜測那號人物絕對跟把他誘騙至此恐嚇的元子有所聯絡。他很可能是黑道律師、流氓記者或職業股東，藉機來「卡露內」接近元子。換句話說，逃稅的事實、醫院的信用以及院長的名譽，全被他們掌握當脅迫要錢的鑾中物了。

身體僵硬的楢林仍在做各種想像和臆測。而雙手將手提包按在膝上的元子，則注視著楢林的動作。

「聽說，有些婦產科醫院會把做墮胎手術的患者名冊燒掉，病歷表也沒留下來。由於墮胎者出於各種苦衷，通常不會留下姓名和地址。手術費又沒有收費的標準，所有費用都在醫院櫃台以現金支付，而現金收入都是記在內帳裡，絕不會載明在外帳上。」元子嘀嘀咕咕地說著。

「而且每天幾乎都有現金進帳，因為每天或隔日就有孕婦來做墮胎手術。那些不到五、六個月的嬰兒就這樣被拿出來，來不及出世就葬送在醫生的手術刀下。而婦產科醫生的私房錢就是靠這些收入累積下來的。」元子啜飲著冷掉的茶。

「我換個話題。」說著，又開始嘟囔道。

「聽說國稅局對銀行展開調查時，涉嫌逃稅者的人頭帳戶或無記名方式存款都是強制查察的方向。不過，儘管國稅局有權調查，但不能直接要求銀行告知涉嫌者的人頭帳戶或無記名存款紀錄，因為法律承認上述的存款行為，銀行方面有義務為眾多合法客戶保守秘密，因此就算是得以行使司法警察權或搜查權的國稅廳查察官，也不能恣意妄為。於是他們採取所謂的『去除法』，也就是將人頭帳戶和無記名存款的名單出示給行員，逐一詢問是否為涉嫌者。這時行員就默然搖頭，查察官則逐一去掉行員漸次否認的名單，問到最後就知道銀行默認的客戶是誰了……」

楢林用力拍桌。然後，近乎痛苦地呻吟。

「我知道了。就依妳的要求，我給妳五千萬圓。」

元子聽到楢林的「決斷」了。楢林充滿激憤的蒼白臉龐全映在元子的眼裡，而且近在眼前。

「謝謝您！」元子不由得泛起笑容，欠身說道：「那麼，我就先跟您借五千萬圓。可是，我無法馬上償還，也無法支付利息，所以我就決定不設還款日期了。」

「我完全沒有拒絕的餘地。妳打開始就這樣盤算，我也不敢奢望妳會還款。」楢林歪著嘴巴說道。

「不，我當然會還您的。畢竟五千萬圓是個大數目呢。我若手頭寬裕，絕對會奉還的。」

元子攏了攏和服的衣領。

「我該說那就麻煩妳了嗎。」他不悅地說道。

「我什麼時候可以拿到這筆錢呢？」

「一個星期後。那麼大的金額我一下子籌不出來。」

「哎呀，您在各銀行裡不是有很多人頭帳戶和無記名存款嗎？您只要把其中四個戶頭解約就籌得出來了。」

「……」

「總而言之，院長您早點把錢拿出來，對您也有好處。」

楢林瞪著眼前這個大言不慚的女人。「妳這女人也真厲害哪。」

這個四十分鐘前邀他上床做愛，還寬衣解帶的女人，現在變成恐嚇者坐在他的面前。引動男人春心的三十歲女人的誘人身段乍然消失，轉而成中年婦女令人憎惡的面孔。

「難道我說錯了嗎？醫生所得享有百分之七十八的特別扣除額。姑且不提受薪階級，一般的自營業者原本就對醫生享有特別減稅待遇非常不滿。諸位醫生卻……」

「等等！醫生享有優稅待遇是因為包含技術費，而且我們上班時間不固定。」

「醫師公會都如此強詞奪理對抗民意，還說若修改現行的稅法，國民的健康可能不保。這簡直把國民的生命當人質嘛！試想您已經享有不公平的優稅待遇，六年來逃稅的事情被世人知道的話，會有什麼下場？」

「……」

「而且，民眾若知道居然有部分醫生相互勾串逃稅，他們會怎樣想？到時候，民眾只會對醫師的優稅待遇更加反感而已。而這個責任就落在楢林醫師的肩上。到時候肯定會引來醫師公會的圍剿，從此被逐出醫界吧。」

院長的鼻頭已冒出急汗。

「喂，院長，您不覺得白花花的錢被國稅局追繳回去，是件很愚蠢的事嗎？」

「妳拿了五千萬圓，就不會把這件事張揚出去吧？」他突然尖叫道。

「我絕對不會張揚出去。」元子自信十足地回答。

「妳拿什麼做保證？」

「您的五千萬圓就是保證呀。」

「那筆錢妳還要跟幕後指使者平分吧？」

「院長，請您不要重複已講過的話。我說過了，就我一個人嘛！」

「我不相信，絕對是有人告訴妳的。」楢林知道這件事肯定是中岡市子透露出去的，他擔心的是幕後的第三者。

「我憑感覺知道的。」

「妳少瞎扯了！」

「因為是憑感覺，所以就我一個人而已。我知道您擔心有第三者會張揚出去，但這樣的事絕對不會發生，請您放心。」

「妳敢打包票？」

「那當然。」

楢林徒然地質問著。儘管元子如此答應，但既無憑據供做保證，又沒有可靠的見證者。況且，難保元子的幕後指使者不會說出去。

中岡市子現在在哪裡？他彷彿如此想著。楢林抬眼看著半空，表情非常痛苦。她居然這樣對待我！他心中似乎吶喊著。

楢林的眼眶淌下淚水。

元子看到楢林流淚，知道他這時候必定是感慨萬千。因為他絕不會因莫名的事情流下眼淚，眼下正是對有情感交往的特定人物發出的喟嘆。

元子低著頭點了根菸。

因為她不好意思正面直視楢林，也不跟他說話。這樣做，其實也是在安撫他的情緒。

楢林雙肘托在桌上掩臉嘆息。

過了一會兒，楢林抬起頭來對元子說話，略帶鼻音。

「五天後，妳到今天碰面的銀座S堂咖啡廳來。下午兩點半，我會把錢交給妳。」

「我知道了。」

「我當然會要收據，而且妳還要立下切結書。」

「切結書？」

元子凝視著楢林。楢林果真比剛才情緒緩和多了。

「沒錯。主要內容是說，妳今後絕不會再對這件事糾纏不清。」

「我當然不會對這件事糾纏不清，可是要我寫您逃稅的事嗎？」

「妳別胡說八道！表明這件事就好了。」楢林面帶苦澀的表情。

「院長，收據和切結書我會寫給您，可是請您不要拿它來告我恐嚇罪喔。」元子微笑地說道。

「妳怕我告妳？」

「我相信您不會這樣做，但萬一您真的這樣做，對您並沒有好處。首先，恐嚇罪根本無法成立。請您想想這是什麼地方，如果我是跑到楢林醫院或找您到別的地方談話，說我脅迫恐嚇您或許還說得通。可是這裡是色情旅館耶。」

「……」

「而且，計程車司機也知道是院長您帶我來這個地方的。」

「妳說什麼？」

「那個司機只因對情侶吃醋而亂開車，我就把他的車行名稱和車牌號碼抄了下來。如果警方以此調查，那個司機就會被徹底審問。到時候，他就會替我做證，說是您帶我到湯島的旅館街下車的。」

楢林霎時瞠目結舌。

「還有，就是來這房間送茶水的女侍。她很喜歡聊天，我呼應幾句，她便興奮地為我介紹湯島神社的種種典故。那時候，她也看到了院長您，所以旅館方面當然知道今天傍晚您帶我來梅溪閣的事。」

「妳是預謀在先，才跟女侍七嘴八舌的閒聊嗎？」楢林愣得張大嘴。

「不是，自然就那樣聊起來了。」

「不是我帶妳來這裡，而是妳邀我來的！」

「哎呀，您再怎麼辯解也沒有人會相信。這種各說各話的事在眾人面前說有用嗎？多說只會惹來更多訕笑而已。」

「……」

「因此就算警方認定我們真到了這間簡陋的旅館開房間，在客觀上恐嚇罪也不成立。如果您打算利用我寫給您的五千萬圓收據和切結書當告狀的證據，我勸您還是放棄來得好。」

「我是被妳設局騙到這旅館來的。可是，我……」

楢林想要說些什麼。

元子看到楢林欲言又止，旋即站了起來，疾步來到隔壁的寢室。接著，傳來扔摔東西的聲響。

楢林驚愕地尾隨一看，只見元子亂腳把那兩床棉被踹翻，還把被單踩得皺成一團，連兩個小枕頭也被丟到牆角。紅色燈罩的微暗檯燈照映出滿室的狼狽不堪。

在楢林來不及出聲之前，元子拿起兩件浴衣，雙手一陣搓揉，直到搓得滿是皺摺才把它扔到棉被上。而這些粗暴的動作，也使得元子的頭髮有些散亂了。

「說不定女侍會認為我們的習慣不好，但這樣卻足以證明我們的確『睡過』了。我們都已經進了旅館，就算您辯稱沒有跟我『辦事』，連鬼也不會相信呢。」

在楢林看來，眼前的元子簡直就是兇惡的夜叉！

「您不要做無謂的掙扎了。您毫無戒心地跟我來這裡就是個錯誤，鬧出這樣的事情您怎麼跟別人說？您要顧及自己是大醫院院長的體面呀。而且，這件事若傳進波子的耳裡會有什麼樣的後果？院長，您有社會地位和收入龐大的事業，身邊又有可愛的情人，若跟我這樣的人對決絕對佔不到好處。再說，我原本就一無所有，沒有比這更強的武器了。」

楢林再度愣住。

「哎呀，已經九點多了。」

元子看著手錶嘀咕著，回到前面的房間打了直撥電話。

「潤子嗎？是我啦，店裡客人的情況怎樣？這樣子啊？我因為有事耽擱了，現在就過去店裡，這段時間妳就多擔待一點喔。」

與適才相比，元子說話時宛若他人。

元子動作快速地整理起頭髮來。

元子攔了輛計程車朝銀座直奔而去。院長大概還在旅館裡為付投宿費的事張皇失措吧？

勝負已經分出了。楢林婦產科醫院的院長敗北，元子獲得全勝。外神田大樓群稀疏的夜燈流逝而過。超前而去的許多車輛，紅色的車尾燈像是為慶祝元子大獲全勝的燈籠大隊。

五天後，五千萬圓就到手了。

世間上沒有比這樣的事更有趣的了，其間多富有戲劇變化啊！雖是一介女流，但只要實力、巧施妙計，照樣可以贏得勝利。這時候，她的內心突然湧起一股莫名的喜悅。

在這之前，她的生活過得太單調貧乏，一直在銀行那堵封閉的白色圍牆之中打轉。她的世界只存在傳票上的數字和計算機。沒有比這樣的日子更封閉的了，她猶如是長在白牆上的黴菌。

男行員的情況要幸運得多，他們還可轉調到其他銀行，每次轉調便是升官。這時候，女行員就要分攤開餞別會的費用，而榮調他行的男行員只需微笑現身說幾句話就行。大家還要到車站的月台上為調赴遠地的男行員送行，而女行員只能站在列車前面，亦即站在男行員的外圍高呼萬歲拍手鼓掌而已。女行員永遠不可能享受這種盛情的對待。每天待在白色圍牆中做著單調的事務，像被飼養在狹窄水族箱裡的魚兒缺氧般地過日子。

不過，有一天，她突然像頓悟般地開竅了。這純粹是偶然。在銀行工作這麼久，她為什麼沒有察覺到呢？她依照計畫，順利拿到了約七千五百萬圓。姑且不論事後上司承諾或予以默認，她讓他們承認這些錢是「合法取得」的，而這靠的就是智慧！無論是精明的分行經理，或嘮叨成性自認是菁英份子的襄理都拿她沒辦法，儘管女行員們平常就感受到這兩人的威壓，甚至連總行派來的顧問律師也束手無策。

跳出銀行讓她大開眼界的是銀座的酒店生涯。她在這兒逮住了東京都內著名婦產科醫院的院長！竟然連那樣的大人物她都能制服呢。那些在社會上享有崇高地位的名人，在她面前只能任由擺佈。

元子心想，這世間居然是如此繽紛多彩，只要略施巧計便大有收穫。她辭職是值得的，而這行業正適合像她這樣沒有任何背景，又沒錢的三十歲女人。所以，用不正當的手段搞錢也是理所當然吧？這是她對長期以來苦悶生活的報復！她相信自己日後還能大展鴻圖。

元子驅車趕回銀座的途中，抓緊時間在車內細心地補妝。

「媽媽桑，妳回來了。」

自家酒店的小姐們來到門口迎接元子，會計趕緊為她遞上大衣。她揚手將手提包交給其中一名小姐，吩咐她要妥善放好。

店裡來了三組客人，共有十二、三名。晚間十點一過，果真比較忙碌。

經營「醫科大先修班」的補習班理事長橋田常雄帶著六個人坐在包廂裡，他身上穿戴的不論是西裝、領帶或是配飾，都是喊得出名號的高級舶來品。他帶來的朋友說這次是第三次來，他們看起來大都是四十出頭至年近六十的教育界人士。橋田尚未介紹他們的姓名和職業。

「哎呀，老師，歡迎光臨！」

「噢，媽媽桑，妳跑去哪裡風騷了？」

酒醉漲紅了臉的橋田抬起微禿的前額和扁平鼻看著元子。

「我才沒去風騷哩。而且也沒有人會看上我呢！」

「妳過來一下。」

橋田馬上抱住坐在旁邊的元子。同行的朋友和小姐都笑著，故做無視地繼續談話。

「媽媽桑，我愛上妳了！就算妳已有男人我也不在乎，跟我交往吧！」橋田湊近元子的耳邊輕聲說道。

9

楢林謙治雙手各提著一只皮箱走了進來。一只是寬底的旅行用手提包，一只是小型旅行箱。兩只都是耀眼的棕紅色，看起來沉甸甸似的。

元子站起來，抬眼看著楢林手上的手提箱。從那以後，才五天不見，院長的胖臉明顯消瘦了。S堂咖啡廳的客人不多，一如往常，早春的陽光從窗簾斜灑進來，照在桌上的瓶花顯得柔和溫馨。

男服務生走了過來。

「請給我們兩杯咖啡。」元子這樣吩咐著，並當著楢林的面前，故意說給男服務生聽見似地說：「我也剛到不久。」

在男服務生看來，他們兩人不是夫妻就是情侶，約在這裡碰面，待會兒可能要去旅行。

「我依約把東西帶來了。」楢林指著擱在旁邊椅子上的兩只手提箱。

「是嗎。謝謝您喔！」元子深深點頭。

他板著臉孔，眼圈發黑。

「剛才看您進來的時候，手提箱裡好像很重的樣子。」元子朝手提箱瞥了一眼。

「每百萬圓捆成一束，裡面共有五十束。妳點收一下吧。」

「不用了。應該不會錯的。」元子滿臉笑容。

「這些現金是您四處從各銀行提領出來的嗎？」

「……」

護理長中岡市子已經辭去工作，楢林只能親自跑銀行。他絕不可能隨便差使個下人去提領人頭帳戶或無記名帳戶裡的存款的。

「辛苦您了。」元子這句狀似體恤的話在楢林聽來，顯然是在挖苦。他目光銳利地瞪著元子。

「這樣，以後妳不會有其他的要求了吧？」楢林依舊怒氣未消。

「不會的，請您放心。」元子說著，從手提包拿出一張紙條。

「這是您要的收據。」

楢林接過收據要看清內容的時候，男服務生剛好端咖啡過來，他只好匆促地將它收進口袋裡。

元子等男服務生離去後，對楢林微笑說：「不過我沒寫切結書。」

「妳若能遵守諾言就好。」楢林繃著臉。

「院長，請您不要那麼怕我嘛！」元子帶著冷笑說道。

「算我多管閒事，妳打算拿這些錢去銀行存嗎？」

「這是一筆鉅款。在還沒還您之前，我會先把它存在銀行。」

「妳也打算用無記名或人頭帳戶的方式存嗎？」

楢林僅能這樣藉機挖苦一下。

「不，我不會用這種方式存款。況且最近銀行也不大樂意接這類案子。」

「噢，打從很早以前我就覺得，妳好像對銀行的作業蠻熟悉的嘛。」

元子聽到這話大吃一驚，但隨即不動聲色地說：「哎呀，這點常識大家都懂嘛。自從我開了酒店，才跟幾家銀行比較有往來。」

「妳若把五千萬圓拿去存，不多久就會被國稅局盯上。」

「到時候，國稅局大概也不會相信我開的酒店真的那麼賺錢吧？他們若追究錢的來源，我可不可以說是院長您給我的呢？」

楢林露出慌張的神色。

「這點請您不必擔心，我已經想好適當的藉口了。」元子舉止優雅地端起咖啡，繼續說道：「對了，那時候我回到店裡，剛好遇到您的朋友橋田先生來捧場。他喝的酩酊大醉，還跟我打情罵俏呢。」

「他呀，就是愛喝酒、好女色。」楢林對「醫科大先修班」的理事長輕蔑地批評道。

「聽說那樣的補習班很賺錢是嗎？」

「好像是。」

「您跟橋田先生交情不錯，難道沒在他的補習班當個顧問嗎？」

「沒有。我只是當我唸的那間大學的評議員，因此橋田時常來找我而已。他希望多結識些醫科大學的人脈來擴展補習班的經營，我跟他並沒有特別的交情。」

元子推測，從楢林急於否認跟橋田沒有特別交情，正表示他們交情匪淺。

「噢，妳接下來是鎖定橋田囉？」楢林瞪著元子，一副威嚇的表情。

「您想向橋田先生忠告嗎？說最好不要跟我這個危險的女人靠得太近……」元子笑著，

「您要把自己的經驗告訴他嗎？」說著，探看著楢林的表情。

楢林沉默不語。

元子用紙巾擦著嘴角。

「那麼，這行李我就拿走了。」

「妳要在這裡將裡面的東西換過去嗎？」

「怎麼可能！人這麼多，我可不會做這種事。我直接把這兩個手提箱帶走。事後再將手提箱寄還給您也太麻煩了，我乾脆連手提箱也一併接收吧！」

「……」

「不過，這手提箱的費用我會付給您的。多少錢呢？」

楢林咬牙切齒地看向旁邊，不予回答。

他們走出咖啡廳。元子提著小型旅行箱，院長也若無其事地提著旅行用手提包站在路旁等候計程車。

「我們這樣的裝扮好像要去溫泉旅行似的呢。」元子喜形於色地回頭看著楢林。

計程車一到，元子旋即坐進去，楢林則把手提包由外往元子身旁推去，臉上充滿懊悔之情。

計程車司機以為他隨後也要坐上，因而沒有關上車門。

「司機先生，只有我一個人要坐。」

「您先生呢？」

「他不坐車。」

三天後。

晚間七點多，元子在「卡露內」時，只見波子臉色蒼白悶聲不響地從外面走了進來。當時潤子等幾個小姐在閒聊著，酒保也等待客人上門似地在擦拭櫃檯。大家不約而同地看向波子。

「媽媽桑！」波子來到元子的面前突然大喊道。

「哎呀，歡迎光臨！今天是什麼風把妳吹來的呀？」

波子欲言又止地顫抖著嘴唇，未說話就先淌下淚珠。

「妳好像有事要談，到這裡來吧！」元子把波子帶到後面的包廂坐下。

酒保繼續擦著玻璃杯，小姐們則面對面坐在櫃檯前折著紙巾。
波子似乎沒有化妝，穿著普通的衣服，頭髮有點凌亂，好像沒有去美容院梳整頭髮。
「妳的店即將開幕，最近應該很忙吧？」元子看著波子冷笑說道。
「那間酒店喊停了！」波子吶喊道。
「哎呀！」元子定睛看著波子，然後不動聲色地問道：「為什麼？」
波子沒拿出手帕，只用手擦拭著眼淚。「都是媽媽桑妳害的啦！」
波子的眼眶閃著淚光。
「是我害的？」元子指著自己胸前說道。
「沒錯。都是因為媽媽桑妳的關係，我的店才開不成。」波子語聲哽咽地說。
「妳在胡說些什麼呀。妳是什麼意思？好好跟我說個清楚！」
「因為他手頭愈來愈緊了。」
「噢，院長沒錢出資了嗎？那又是為什麼？」
「聽說是遇到困難了。」
波子擦拭著湧出的淚水。
「為什麼院長手頭愈來愈緊了呢？」
「不知道。我怎麼問他，他就是不回答。他只對我說，再也拿不出錢來了，叫我多諒解。現在正是緊要關頭的時候，他要是不繼續出資，我實在想不出辦法。我還有半數的工程款要付呢。」

元子心想，楢林也真是吝嗇！只是拿出私藏的五千萬圓，影響那麼大嗎？

不，情況不只這樣而已。想一想，波子的酒店就開在「卡露內」上頭，若搞得太奢華，肯定會刺激元子，讓元子坐立難安。這樣一來，說不定被惹毛的元子又會跟楢林要求什麼。總歸一句，楢林逃稅的資料落在元子手中，這是致命性的弱點。他大概是為避免日後麻煩再上身，才犧牲掉波子的酒店吧。當然，他大概早已做好跟波子分手的心理準備了。

元子這樣想著，一邊微笑地看著眼前哭得雙肩抖動的波子。

「我預支那麼多錢出去，還雇了十二個小姐……」波子說道。

「說得也是。妳在開店前未免搞得太招搖了。」

「就是這樣！」

「什麼？」

「因為媽媽桑妳不滿意我的店弄得這麼豪華，而且害怕『卡露內』會因此倒閉。這都是妳眼紅作祟！」

「我從來沒這樣想過，妳想太多了。」

「還有，媽媽桑妳一定在他面前中傷我，淨說我的壞話。」

「哎呀，妳在鬧彆扭是嗎？首先，楢林院長會聽我的話嗎？妳那麼可愛，他疼妳都來不及了……」

「是媽媽桑妳籠絡他了！」

用白布擦著玻璃杯的酒保和折著紙巾的小姐們都故做不知地豎耳傾聽著。

「妳這話我可不能置之不理。我什麼時候籠絡院長了？」元子突然表情嚴峻，整個臉變得僵硬。

波子瞪著那副表情的元子。

「妳有證據的話，就拿出來啊！」

「妳有證據嗎？」

「錯不了的。」

「哪需要什麼證據，我憑直覺就知道了。」

「這是妳在胡猜。妳太會胡思亂想了。」

「是我在胡思亂想嗎？我是憑女人的直覺，不會錯的。」

元子從袖兜裡拿出一根香菸。

「妳要這樣胡亂猜測我也沒辦法。其實，我被妳這樣無厘頭的騷鬧，自己也覺得很無辜哩。」

元子在波子的面前輕輕地吐著煙。

元子開始尋思，波子為什麼能察覺出她向楢林要錢的事呢？難不成楢林把事情的始末告知了波子？但這樣的可能性不大，楢林不可能將自己的秘密向波子和盤托出。

波子說的沒錯，女人的直覺非常敏銳，元子暗自佩服著。

「媽媽桑，我的前途都被妳給毀了！」波子突然發出彷若變了一個人似的粗野嗓音。

「妳簡直瘋了！」

「媽媽桑妳用身體搶走我的男人，還毀了我辛苦打理的酒店……，妳還敢厚著臉皮在我面前抽菸？」波子大聲叫罵，氣得雙手直打顫。

「我搶走妳的男人？哼，妳不要血口噴人！冷靜一點啦！」

「我哪吞得下這口氣啊？」波子露出憎恨的眼神，冷不防伸手搶走元子口中的香菸，折成兩段丟在地上。

小姐紛紛轉頭過去，不約而同站了起來。

「妳想幹什麼？」元子也站起來了。

「妳這個壞女人！」波子淚流滿面起身做勢要抓元子，整個身軀直撲而去，沙發隨即發出嘎嘎聲響，桌子也歪斜了。

波子塗著紅指甲油的手朝元子的臉頰抓去，另一隻手揪扯著元子的頭髮。元子哀聲尖叫，整個身子往前傾，下意識地朝波子胸前狠狠打了過去。元子的臉頰被抓傷流血了。

被推開的波子重新站穩，又瘋狂地撲了上去。

「師傅快來！」元子吶喊著。

穿過櫃檯趕來的酒保奧山從後面壓住波子的雙手。

見波子猛力掙扎，盡忠的酒保便朝她的頭部一陣毆打。這回換波子大聲尖叫。

小姐也紛紛趕了過來，美津子和明美擋在波子面前，藉此保護元子，里子和潤子則跟波子對峙著。

「波子，妳太過份了！妳打算對媽媽桑怎麼樣？」這些波子的前同事詰問道。

「妳們什麼都不知道，滾到一邊去！」波子哭喊著，試圖掙開酒保的壓制。她的頭髮凌亂，臉都哭花了。

「妳瘋了！」元子斥罵道。

「妳說什麼！」

「師傅，待會兒客人就要上門來了，你快把這個瘋女人趕出去！」

奧山從後面推抱著波子走向門口。

硬被推出門的波子，衣服凌亂，張大了嘴。「妳給我記住，妳這個壞女人！我恨妳！」

元子用手帕按著臉頰，直看著遠去的波子。她抽動半邊臉頰笑著。「波子，妳若怕無法回本，我倒很願意收購妳的店喔！」

「誰……」站在門口的波子喊道：「誰要賣妳啊！不只如此，我要讓妳在銀座無法立足！」

「好啊。」元子合上衣領不認輸的回應道：「我等著看！」

她們約下午兩點見面，但是三十分鐘已過，還未看見中岡市子現身。元子站在門口前豎耳傾聽外面的腳步聲。她連電視也關掉了。

元子心想，市子知道今天有要事要談，應該不可能遲到。莫非有緊急事情耽擱了？若果這樣的話，至少應該通報一聲，但卻也沒打電話來。該不會是發生事故了？

三點左右，市子終於來到元子位於駒場的公寓了。手上還提著水果禮盒。

「對不起，我來晚了。」市子馬上致歉。看得出她是匆匆趕來，還有點上氣不接下氣。

「因為我出門的時候剛好有客人來訪。」市子自己的遲到辯解著。

「若是這樣就好，我正擔心妳是不是發生什麼事故了呢。」

「不好意思。」市子又低下頭，但元子發現市子的氣色不佳。照理說，今天談的要事該讓她笑容滿面才對，因為代找店面的事情有著落了。

「我跟屋主約下午四點半在房屋仲介那裡碰面。另外，我也請了裝潢設計師來，所以我們得趕快出門才行。」元子看著手錶說道。

元子以為市子馬上就要起身，卻見她動也不動直低著頭。

元子雙眉緊蹙，端詳著市子的動靜。她正等著市子回話。心中突然閃過一個預感。

「原口小姐，對不起！」市子驀地雙手平伏在榻榻米上。

「……」

「我沒有自信開咖啡廳了。」

「市子，事到如今，妳怎麼突然這麼說呢……」元子猜得沒錯。

「真的非常對不起！妳對我那麼關切，我這樣說很不近情理，但是……」

「市子，妳抬起頭來，快把話說清楚。」

市子把雙手放回自己的膝上。她仍低著頭，顯得無精打采。

「其實，在這以前我就想過很想跟您表明，但始終不敢說出來。我曾試著鼓勵自己去做，最後還是失敗了，以致拖到這緊要時刻才喊停，請您原諒！」

「哎，經營咖啡廳沒妳想像的那麼困難啦。妳姪女若願意幫忙，問題不就解決了？」

「可是，我生性膽小，愈來愈害怕自己做不來。我知道自己只適合當個護士。」

「可是，妳總不可能一輩子都當護士吧，現在正是妳下決心的好機會。」

「我也這樣覺得。但是，辭掉醫院的護士工作，改行開店做生意，我總需要些時間適應。」

「是嗎？」

「在這之前，我工作上碰到的所謂的客人不外乎是患者，要不就是他們的家人。而現在就要我馬上轉換心態去招呼咖啡廳的客人，我實在做不來。」

市子用力握緊交疊在膝上的雙手，指尖都發紅了。

元子聽市子這麼說，不由得想起之前潛入楢林婦產科醫院當「實習護士」的和江的「報告」。報告上說，中岡市子在醫院裡高高在上，護士們對她都非常畏懼。

而且在護士的觀念裡，從來就不把患者當成「客人」。毋寧說，患者和家屬對護士比較會有「承蒙照顧」的感恩意識，所以護士對患者的態度反倒是採取高姿態，有時候還會斥罵「不聽話的患者」。

從事這樣的職業甚久的中岡市子說，要她馬上學會笑臉招呼客人，做好稱職的服務業，仍需要些時間適應，元子多少倒能夠理解。

「既然這樣，那店裡可以暫時請妳姪女負責，這段期間妳慢慢適應，怎樣？比起酒店小姐要陪客人坐檯倒酒，咖啡廳的工作輕鬆得多。」元子鼓勵道。

「我也這樣想過，但我總覺得自己做不來。事到如今，我這樣推卻實在很對不起您。」

市子不停地欠身致歉。

「如果妳真的不想經營咖啡廳的話也不能勉強。我現在就打個電話給房屋仲介商，說暫停這個案子吧？」

「對不起，麻煩您了。」

「但這樣一來，預付的訂金就拿不回來了。」

「我會把您代墊的錢還給您的。」

元子朝市子斜睨了一眼，朝電話機走去。

街上傳來救護車的警報聲。

元子打完電話，隔了一會兒，才回到市子面前。

「我已經打電話給房屋仲介商說今天不去了，由於事情來得太突然，他也很驚訝。」

「對不起！」

市子蜷縮著肩膀。「對了，市子，剛才妳說到一點，妳說會把我先代墊的錢還我是嗎？」

「是的。」

「不用了，那十萬圓我已經拿了。」

「不，我還沒還您呢。」

「市子，這個妳收下吧。」

仔細一看，一個用包袱巾包著的長方形物體放在市子的面前。這大概是元子去打電話的時候，在其他房間準備好的。

「這是什麼東西？」

市子分別看著那包東西和元子的臉龐。

「妳在楢林醫院工作了二十年吧？現在跟院長吵架離開，我也不知道院長會不會給妳退職金，所以就直接幫妳要了。」

市子瞪大眼睛看著元子。

「加上贍養費，一共是九百萬圓。」

「這是我自行估算的。如果妳請個律師跟楢林醫師打官司，說不定可以要到更多。不過，妳不喜歡引起這樣的糾紛是吧？若提起訴訟，就會鬧上報紙，說不定還會被八卦雜誌大肆宣傳呢。」

「我討厭這樣！」市子激動得直搖頭說不。

「我猜也是。所以我就向院長要了九百萬圓。雖說金額少了些，妳就將就點吧。」

因為事情來得突然，市子半晌說不出話來。

「妳不必擔心，院長早已知道這九百萬圓是給妳的。當初，妳要開咖啡廳的時候，我借了妳一百萬圓充當開店資金。我已經拿走一百萬圓了，這包錢妳收下吧！」

元子把那包錢推到市子的面前。

「還有我代墊給房屋仲介商的十萬圓手續費，這我也先拿走了，所以這裡面總共有七百九十萬圓。」

「可是，我已經……不開咖啡廳了。」市子顯得坐立不安。

「現在是這樣沒錯，但將來妳總要做點什麼生意吧？那時候就可以拿這筆錢當資金。」

市子將那包錢推還到元子面前。

「這些錢我不能接受。」市子低聲說著，但語意堅定。

「哎呀，妳為什麼拒絕呢？」

「我做了對不起院長的事。當初，我因為一時氣憤加上您的熱心關懷，竟然把醫院的黑帳和存在各銀行的人頭帳戶、無記名存款的事統統告訴了您……」

「這又有什麼關係，本來就是事實嘛。」

「這些錢是您拿那些資料恐嚇院長取得的吧？」市子的臉色蒼白，卻目光銳利。

「我恐嚇？」元子依舊面不改色。「喔。我為什麼要做那種事？妳也知道，楢林院長迷上了波子，還出錢給波子開酒店。誇張的是，她的店竟然開在我們同一棟大廈的五樓，店裡的裝潢多豪華呀，聽說院長拿了將近一億圓出來呢。我們在同一棟大廈，這些消息絕對錯不了。」

「……」

「因為這個因素，我找上最近幾乎不來我店裡捧場的院長。我當著院長的面說，您太過份了！您醫院的護理長中岡市子是我以前的朋友耶。」

市子驚訝地抬起眼來。

「我若不這樣說，他一定不會理睬的。」元子責備市子似地說道：「我詰問院長說，您打算給我那個年輕時即在您醫院當護士的朋友多少退職金呢？聽他一開始的口氣，好像一毛錢也不給的樣子。」

「……」

「這時候院長有點驚訝地說，噢，想不到中岡市子跟媽媽桑妳是朋友呀。後來我口氣強硬地說，您都大方給了波子一億圓，市子的退職金至少也得給一千萬圓，否則未免太不近人情了。院長聽完便說，既然媽媽桑如此講情，我也無話可說，就給她九百萬圓。接著，我跟院長開玩笑說，您對喜愛的女人捨得花大把鈔票，對盡忠職守的女人卻一毛不拔，他直叫我不要挖苦他呢。」

「……」

「院長說，我再也不想看到市子……。也就是說，他清楚地表示以後不想再看到妳了。」

市子的目光直盯著榻榻米。

「……他的意思是說，不想再跟妳碰面，叫我將這九百萬圓交給妳。他不想看到妳，是因為對妳有所虧欠。於是隔天他就提著九百萬現金來『卡露內』當面交給我，我以為妳什麼都知道了，但妳卻這麼早就認輸。」

元子試探市子的反應似地看著，然後，邊笑著說：「因為這個原因，在院長面前對他私藏存款的事我可隻字未提喔。來，這是院長真心懺悔拿出的錢，妳就收下吧。」

元子心想，雖說這是信口胡扯，但只能用這樣的說法才能說服中岡市子。

痛恨楢林謙治的中岡市子不會再去找他，而楢林也不可能再接近市子。因為他們彼此憎恨對方。這個小小謊言尚未被揭穿。

就算哪天謊言穿幫了，畢竟楢林已知道他逃稅的資料是中岡市子流出的，因為除了他和護理長之外根本無人知曉那些密帳。在此事實面前，元子小小的謊言不算什麼，他若要追究，便得擔心他逃稅的事情會張揚出去。所以無論他聽到任何風聲，最終只能沉默以對，絕對要堅稱自己「從未遭到恐嚇」。

楢林謙治若保持沉默，中岡市子更不可能知道真相。

市子的態度終於有點變化了。她已經不堅持硬要將布包推還給元子。

元子的說詞，仔細想來似乎頗多漏洞，但從青春時代到中年都在婦產科醫院上班的市子缺乏豐富的社會閱歷，因此對此也沒多加懷疑。

況且，中岡市子現在沒有任何收入，眼前這七百九十萬圓的確是極大的誘惑。

「妳對是否要開咖啡廳還拿不定主意，今後有什麼打算呢？」元子改變攻勢問道。

市子低下眼睛。

「妳也不能一直遊手好閒，總得做點什麼才行。」

元子說到這裡，情況突然有了改變。

只抽掉十萬圓有著八束百萬大鈔的布包動也不動地擱在兩人中間，這等於中岡市子已經接受了。

「妳想做什麼？有目標了嗎？」

「哎，像我這樣的女人……」市子落寞地笑著。「只能靠以前的技術討口飯吃。我打算去做臨時護士，目前都內只有三家公司的社內醫務室願意雇用護理人員。」

窗外射進來的陽光將市子帶來的水果禮盒上的玻璃紙照得閃閃發光，元子瞇著眼睛看著上面的商店名稱。

「市子，聽說妳已經搬到五反田的公寓了？」元子用眼神確認似地問道。

「是的。」

中岡市子辭掉楢林婦產科的工作後，從醫院附近的公寓搬到了五反田，決心跟楢林斷絕關係，開始新生活。

「妳是直接從妳家到這裡來的嗎？」

元子說的「這裡」是指她位於駒場的公寓。

「嗯。」

「真的？」

市子點點頭，但卻又因為元子的探問而露出不安的神色。

「剛才，我打開水果禮盒的包裝紙時發現，上面的標籤貼的是原宿的水果店耶。」

市子頓時慌張起來。

「妳來這裡之前，因為有事到過原宿嗎？妳不可能是專程跑去買水果的吧？」

從五反田到駒場的路線與原宿是南轅北轍。

市子一下子找不到適當的辯詞，整張臉都紅了。

「妳是不是去了青山的楢林醫院？」

元子的眼神和聲音都非常嚴厲。

「我沒有進去醫院，只在外面看了一下而已。」

市子話一出口便自覺說溜了嘴，趕緊低下頭去。

「妳見過楢林院長了？」

市子在元子嚴厲目光的逼視下動作僵硬地搖著頭。

「妳是專程去青山看楢林院長的嗎?·或者只是去看看那棟醫院?·」

元子對默不吭聲的市子愈發感到氣憤。

遭到楢林如此無情地對待，她卻又主動投向他的懷抱，看來市子對他仍無法忘懷。這種牽引力來自市子和楢林長期的肉體關係——市子躺在昏黃的檯燈底下任憑楢林的恣意玩弄，他們兩人這種荒淫的夜生活居然長達十年之久，縱慾的烙印已經深印在她的身上。

元子注意到市子的眼袋下垂，眼角堆著皺紋，面頰的肌肉開始鬆垮了。這些老化現象正是她與楢林縱慾淫歡的結果。有些女性即使年過四十，皮膚依舊光滑柔細，可是市子的皮膚卻粗糙無光。而正因為市子的情敵是年輕嬌柔的波子，使得她看起來更加邋遢不堪。

「待會兒我有個約會呢。」元子故意看著手錶說道：「今天就談到這裡，妳先回去吧。」

面對元子尖細的語聲，市子低著頭沒有反應。

離去之前，市子雙手平伸，對著元子低聲簡短地說了句感謝的客套話，便將眼前裝有七百九十萬圓的布包拿在手裡。她抱著沉甸甸的布包正要走向門口，又突然回頭看著元子。

「原口小姐，妳一點也不瞭解身為女人的心情!·」

市子的眼睛充滿怒火。

傍晚六點左右，元子走在銀座的林蔭大道正要去店裡時，旁邊突然傳來叫喚聲。

「『卡露內』的媽媽桑，妳好！」

元子抬頭一看，原來是每天晚上在這一帶閒蕩的獸醫師牧野。

「哎呀，是牧野醫師啊。您好！」

元子打聲招呼後正要走過去時，獸醫師學著女人內八字般走路似地來到元子身邊。

「媽媽桑，聽說原本要在妳們樓上開店的『巴登．巴登』喊停了？」

獸醫師講話的方式也很女性化。

「好像是吧。」

「聽說那酒店的媽媽桑以前是妳店裡的小姐？」

「沒錯。」

「為什麼突然喊停不開業了？是因為這個……」獸醫說著，悄悄豎起大拇指說道：「這個不出錢的關係嗎？」

「這件事我不清楚。」

「可是，出錢的金主不是開婦產科醫院嗎？他要調頭寸應該不成問題。」

「噢，您也知道呀。」

「再怎麼說我還是個獸醫，總會知道醫生間發生的事嘛。」

「對不起，恕我失言。」

「大概是他不繼續提供資金，波子因而怒火攻心，才會前陣子跑來妳這裡大鬧一場的吧？」

「哎呀，真討厭。您是聽誰說的？」

牧野每晚都在這一帶飲酒作樂，所以消息非常靈通。

「哈，哈哈哈。」

「波子倒沒有大吵大鬧，只是來發發牢騷而已。」

「都快開店了突然喊停真是可惜。妳知道她怎麼打算嗎？」

「是嗎？我不知道耶。」

「喂，媽媽桑，要不然妳就把那家酒店頂下來怎麼樣？」

「您別說笑了，我哪有那種財力啊。」

道別之後，獸醫那番話彷彿給了元子什麼暗示。

「醫科先修班」理事長橋田常雄低矮的身影又出現在元子的眼前。之前他時常向元子調情。不如這樣吧，元子想像著這樣的對話：

「我才不要搞偷情呢。我要的是真誠的戀愛！」

「我是認真的，媽媽桑！」

「你證明給我看。」

「妳要什麼?」

「你把波子停掉的酒店買下送我。」

10

元子猜的沒錯，那天晚上九點左右，橋田打電話到店裡來了。接聽電話的里子來到正在包廂招呼客人的元子身旁，低聲說道：「橋田先生說，待會兒要帶兩個朋友來店裡。一位姓安島，一位姓村田，兩位都是國會議員的秘書，他們來過店裡一次。」

里子這麼一說，元子便記起橋田之前曾帶他們來過店裡一次。擁有「醫科先修班」理事長頭銜的橋田經常帶醫生來捧場，但也曾帶國會議員的秘書來，通常都是由橋田請客付帳，議員秘書來的時候也是一樣。一來經營專攻醫科大學的補習班非常賺錢，二來橋田在相關管道上也頗受他們的關照。元子不清楚橋田和國會議員的秘書有何關係。那兩位秘書都比橋田或一起來的醫生年輕得多，大約三十二、三歲左右。

元子突然想起傍晚在半路上巧遇獸醫時，他那句玩笑話：媽媽桑，要不然妳就把波子那間酒店「巴登‧巴登」頂下來怎麼樣？今天晚上，橋田又會引誘她吧。橋田肯定會無視旁邊是否有客人，低聲向她調情。

今天晚上，元子比往常更期待橋田的到來。

九點半左右，橋田帶著兩名男子出現在店裡。確實是國會議員的秘書，元子對他們還有印象。

「歡迎光臨！」

元子從其他小姐的手中接過客人脫下的大衣，看了一下三人的穿著，皺著眉頭說了聲「哎呀」。他們都穿著黑色西服，繫著黑領帶。

「諸位是剛參加完喪禮嗎？」

「嗯。有位先生今天做頭七法會。」橋田全身充滿酒臭味。

「這樣子啊。」

「我們心情有點沉悶，所以想在這裡轉換一下氣氛。媽媽桑，妳還記得他們兩個嗎？」

「好久不見。來，請坐！」

元子招呼著，然後把他們領到後面的包廂。其他三組先到的客人分別坐在其他桌和吧檯前。

「妳店裡的生意愈來愈好了。」橋田邊用手巾擦手邊看著店內說道。

「都是託您的福啦。」

元子坐在橋田和他的客人——兩位秘書之間。

「可是，我這家店太小了。」

元子若無其事把店內的規模說得很小。

橋田寬廣的額頭泛紅。

「不過，這店要擴大有困難，因為大樓的面積規格都是固定的。」

元子故意這樣說給橋田聽，拐彎抹角留下伏筆。

「是嗎。住商混雜的大樓的確有些不便。」

「就是啊。要是想再擴大的話，我倒有些辦法……」

元子裝出忽然察覺自己只顧著說話，而讓兩位客人閒得無聊的神態，欠身陪笑說道：

「哎呀，我們竟然只顧聊起自家的事來，真是不好意思。您兩位想喝點什麼？」

元子這句「自家的事」逗得橋田心花怒放。因為元子這樣的說法好像他們兩個的交往是多麼親密。大家舉杯的時候，他的右手早已伸向元子的背後，而元子今天晚上也比平常更傾貼著他。她身上還特別擦著濃烈的香水。

「吶，我總覺您兩位的黑領帶看起來有點陰森，而且又穿著黑色西裝。是哪位大人物去世了嗎？」

元子把目光移向兩位秘書。

橋田已經有點口齒不清，兩位秘書正看著自己的酒杯。他們跟橋田帶來的醫生類型不同，面貌聰慧，反應非常敏捷。

元子看他們沒有馬上回答，便猜想那名亡者應該是非常知名的人物。倒不是有必要保守秘密，但在有小姐坐檯陪酒的酒店裡似乎不便隨口說出。

由於他們兩個秘書，元子猜想去世的大概是某國會議員吧。如果今天是頭七，找出今天的報紙應該可以知道亡者的姓名。

秘書繫黑色領帶可以理解，但是連補習班理事長橋田也穿黑色喪服出席，看來他跟亡者生前有所交情。

「我總覺得我們這種打扮不應該來這裡呢。」安島蓄著七三分髮型，頭髮抹得油亮，身材瘦削，苦笑著說道。

「說的也是。想不到事情一忙，竟然忘了把準備替換的領帶帶出來。」

頭髮往後梳的村田端著酒杯欠身呼應著。

不多久，酒杯交錯互碰，席間的氣氛熱鬧起來了。

元子陪橋田喝酒的同時，依舊若無其事地偷聽兩名秘書的談話，觀察他們的動靜。

他們偶爾跟小姐說幾句俏皮話，但絕不會多嘴。不僅不談自己的工作，更不會講些可讓聽者揣度的對話。

乍看之下他們似乎頗親近，其實彼此間仍有些距離，在措詞上也很客氣。

元子推測，他們並不是同一個議員的秘書，而是各有其主。而他們的議員老闆平常就交往密切，所以做秘書的彼此也很熟稔。

依此看來，他們其中一人可能是今天做頭七法會的國會議員的秘書，另一名則是與亡者生前交情不差的議員的秘書。從他們的表情做比較，村田雖然故做神情快活，卻若有所思，說不定就是那過世議員的秘書。而長相斯文的安島，大概是受議員老闆的交託，代他前去頭七法會致意的，而任務已經達成，現在正在這裡暢懷飲酒。

橋田當然不可能有什麼愁容，反倒是難掩一臉償還人情義理後的輕鬆模樣。他笑逐顏開隻手舉著酒杯，另一隻手摟著元子。

在元子看來，那兩個秘書跟橋田的互動狀似親密，但仍有些客套。雖說橋田對兩位秘書的態度謙恭，可是他們並未因此對橋田耍威風，倒像是彼此相互照應。

橋田跟帶來的兩名客人沒多做交談，反而是顧著跟元子咬耳根。

「喂，媽媽桑，妳下定決心了嗎？」

坐在旁邊的安島和村田，跟其他坐檯小姐閒聊著。

「下定什麼決心啊？」元子嘴角露出笑容。

「我說得這麼起勁，妳卻這樣裝傻，叫我怎麼辦呀。」

「你真把那件事當真？」

「當然囉。因為我很在乎妳嘛。」

元子心想，這段對話，簡直就像傍晚她巧遇「獸醫」時所談的內容嘛。

里子、潤子和美津子陪著那兩位秘書談天說地，即使眼睛看著客人，卻豎耳偷聽媽媽桑跟橋田的悄悄話。

酒醉的橋田靠近元子的身旁。

「好吧。」元子接受似地點了點頭。

「噢，妳答應了，媽媽桑？」橋田睜開染紅的醉眼，緊緊握住元子的手。「妳答應得這麼乾脆，是真的嗎？我可不是說醉話喔。」

「我知道啦。之前你就提過很多次了。」

橋田感激萬分似地握住元子的手。

「但是，我可不要現在喔。」

「什麼？」

「哎，人家畢竟是女人嘛。我也得有相當的決心才行呢。我們不要在這種地方談這件事，另外約出來碰面聽聽你的想法。」

「好啊。」

橋田用舌頭舔著唇上的酒液。

「那麼，哪天傍晚我們找個地方吃飯吧。而且得早點才行，因為妳還要開店呢。」

「好啊。你要在哪裡請我吃飯？」

「我想想看。」

橋田全然不顧在場的目光，嘟著嘴巴湊近元子的耳邊。

「就在赤坂的Y飯店吧。那家飯店十五樓有家餐廳，我們在那裡共進晚餐如何？」

「那明天傍晚方便嗎？」

「嗯。等等，我看一下。」

橋田堂而皇之地從口袋掏出記事本，當場打開梭巡著行程表，一手搔著頭，皺起眉頭說道：「糟糕，我明天晚上和後天晚上都有約，大後天晚上也不方便，真是傷腦筋哪。」

「我不急啦，遲個四、五天也沒關係。」

「這樣子啊。那四天後的傍晚如何？」橋田立刻喜形於色。

兩人共進晚餐之後，橋田會有什麼花招，元子當然心知肚明。

「橋田先生。」安島邊笑著邊轉頭過來。「我們先告辭了。」

橋田轉頭過去，趕緊勸道：「再坐一下啦，反正時間還早嘛。我們要不要再續攤啊？」對橋田來說，他跟元子的密事已經談妥，眼下更有興致跟他們去其他酒店暢飲。

「喂，橋田先生，您就留在這裡好了。」

村田也笑了。

元子回到自家公寓，從衣櫥中拿出成堆的舊報紙，查看是否有名人的死訊。她發現一星期前的某早報有一則消息。

「先前因病住進東大附屬醫院的江口大輔（參議員，天雲運輸社長），因胃癌於三月七日下午二點五分去世，享壽六十有八。十一日下午兩點於青山齋壇舉行公祭。喪主長子江口義雄，住東京都目黑區柿木坂一〇之七一三。

江口大輔，熊本縣人，當選過四屆地方議員，曾任參議院文教委員會召集人。因為江口氏的病逝，參院各黨的議員人數……」

元子讀著報紙，終於弄懂事情的背景了。

元子不僅知道了那位做頭七法會的亡者的真實姓名，藉由得知已故的江口大輔當過參議員，尤其擔任過文教委員會的召集人一事，她終於瞭解「醫科大先修班」理事長橋田常雄為什麼穿著黑色喪服出席那場頭七法會了。

到了隔天傍晚。

元子走進店裡，酒保跑了過來。「媽媽桑，有人要面試。」

「噢，是哪位啊？」

酒保以眼神指著某張桌子。

一個女子站了起來，對著元子恭敬地點頭致意。

乍看之下，那女子大概才三十出頭，身上穿著黑色的和服。元子覺得眼前這女子很懂穿著打扮，搭配和服的寬腰帶很有格調，給人一種莊重的感覺。雖說她身上的和服不是多高級，但整體搭配高貴不俗，行禮致意也落落大方。

她略施淡妝的長臉給人好感，身型也很優雅。

那名女子來到元子的面前，小聲問道：「……請問貴店能不能雇用我？」說著，不好意思地看著旁邊酒保和小姐們，整張臉紅了。

「妳要應徵嗎？」由於元子對她印象良好，便微笑地看著對方問道。

「是的。沒人介紹就冒昧前來應徵，真是不好意思！可以的話，能否讓我在這裡當酒店小姐？」

女子的態度沒有一絲卑屈。

「嗯，妳先坐下吧。」

元子若要再雇用小姐，倒希望找二十五、六歲的年輕小姐。眼前這名女子，少說也有三十二、三歲了。正因為她略施淡妝的關係，眼角的皺紋特別明顯。

不過，她穿和服的樣子是如此得體，使得元子想雇用像她這樣印象出眾的女人。

元子打算問明來歷，便請對方坐下來。她落坐的嬌態沒有半點矯飾，其所有舉止的細節元子全看在眼裡。

「對不起，我還沒自我介紹，我叫島崎澄江。」女子雙手平放在膝前再次欠身說道。

元子也報上姓名，客氣地問道：「妳以前曾在酒店工作過嗎？」

「沒有。我才不曾在酒店工作過。」島崎澄江搖著頭說道。

元子對「才不曾在酒店」這句話不悅地問道：「那麼，妳是在夜總會待過嗎？」

「沒有。我也沒待過夜總會。」

「噢，這麼說，妳從來沒待過酒店服務業？」

「我做過料亭的女侍。」

「現在還是嗎？」

「是的。」

元子這才恍然大悟，怪不得她無論是和服的穿法或應對進退的態度都很專業，想必她任職的料亭規模頗大。她之所以要辭去現職改行當酒店小姐，也許是因為跟店家發生糾紛，要不就是不滿薪資太少。酒店小姐的收入優渥，有不少年輕的藝妓轉行來酒店上班。

儘管如此，元子還是暗自打量著這個來應徵的年紀稍長的小姐，她無論是姿色或穿著打扮都很出眾。

但話說回來，雖然這女子舉止端莊，卻因為太過文靜而少了點活潑氣息。雖說酒客們偶爾喜歡藉機上下其手，但他們終究喜歡活潑的小姐坐檯。元子以經營者的眼光打量著對方。

「那妳為什麼要辭去現在的工作呢？」

「再過不久那家餐廳就要歇業了。」

「這樣子啊？」

「雖說並不是馬上歇業，但在近期內就是了。像我這種上了年紀的女人，可能無法馬上找到工作，所以趁空檔自告奮勇來這小店應徵了。」

元子苦笑了。

島崎澄江也知道自己年紀大了些，所以才來這裡應徵，懇求媽媽桑讓她當酒店小姐。看來她是認為「卡露內」規模很小，生意清淡。這句話在元子聽來難免有些不悅，但從外觀來看或許的確如此。

不過，這句話也激起了元子的鬥志，她決心要將波子棄守的酒店弄到手才甘心。

「媽媽桑，我不適合嗎？」

島崎澄江以為元子在猶豫，而露出擔心的表情，滿面愁容。

「並不是不適合……」

元子收回原本要說的「讓我考慮看看吧」，突然改口問道：「妳工作的那家料亭叫什麼店名？」

「叫做『梅村』，就在赤坂四丁目，在一樹街往西的地方。」

女子回答著，元子想起那一帶的地形。

「那附近不是有很多料亭嗎？」

「是的。『梅村』是其中一家，規模不大。」

元子原本以為島崎澄江只是在一般的料亭工作，但聽她這麼一說，才知道原來她工作的地方是有藝妓作陪的高級料亭。

元子又弄清楚一個疑點了。怪不得島崎澄江穿起和服來那麼有品味。在那種高級料亭工作過的女侍，身型和容貌自然與眾不同。

那一帶的街道兩旁有許多入口狹窄、玄關造型高雅，看似待合(註)的料亭。木門上有橫樑，門後是扶疏的樹叢，旁邊的黑牆上掛著寫有店名的燈籠招牌。原來「梅村」就是那其中一家啊。

「『梅村』為什麼要歇業呢？」

元子心想，大概是經營不善才歇業的吧。

島崎澄江低下了頭。

「坦白說，因為老闆娘的先生過世了。」

「哎呀，太令人同情了。不過，就算老闆去世了，老闆娘還是可以繼續經營啊？」

「是這樣說沒錯……，但老闆和老闆娘並不是夫妻關係。」

原來如此！料亭經營不乏這樣的情形。

「那她是老闆的情婦囉？」

「嗯。」

「但話說回來，老闆不在了，老闆娘照樣可以經營下去啊？」

「是的。有些餐廳是那樣沒錯，但因為社長……也就是我們老闆，他是某公司的社長，還當過國會議員，因此店裡主要是靠與他有往的客戶來『梅村』捧場。社長去世以後，這些捧場的客人自然不會再上門，而平常老闆娘也很少跟其他客人互動，他們也難免不再光顧，照這樣生意根本做不下去。再說，社長平常跟各界有金錢往來，他一旦不在，這方面的資金挹注也得告終，因此老闆娘沒有把握能否繼續經營下去。」

「等一下！」突然，一個人名閃過元子腦海中。

註——情侶幽會的賓館。

「老闆娘的先生叫什麼名字?」

「恕我不能把他的背景說得太清楚,我們老闆叫做江口大輔,當過參議員,也是運輸公司的社長,八天前因為胃癌去世了。」

果真是他啊!

元子直盯著島崎澄江。

「所以,有買家要接手『梅村』了嗎?」

「不,目前還不到這個地步。」

「澄江。」

「是的。」

「這裡說話不方便,我們到附近的咖啡廳聊吧。而且待會兒客人就要上門……」

元子突然改變心意,整個精神也快活了起來。

「好,那我就不客氣叨擾了。」

島崎澄江恭順地站了起來。

「店裡就麻煩妳們招呼了。」

元子這樣交代著,其他的小姐旋即不約而同地說:「媽媽桑,請慢走!」

酒保趕緊鑽出櫃檯拿出元子的手提包。

跟在元子身後的島崎澄江頻頻對酒保和其他小姐點頭致意，店裡的所有人員一直目送著她們離去。

元子走進一家靠林蔭大道角落的咖啡廳。從外面看去，臨街部分嵌著透明玻璃，煞似化學實驗室，這家店亦即路過的A畫家站在街上看到元子和東林銀行千葉分行經理談話的地方。酒店的媽媽桑和經理時常來這裡跟有意跳槽的酒店小姐磋商。

眼前就有兩、三桌客人在談挖角的事情。通常跟酒店小姐洽談跳槽，大都挑在早上或酒店打烊以後的時間進行。

元子正要找個適當的位置，朝角落的方向看去時，看到波子正坐在那裡跟一名中年男子說話。波子無意間抬頭看向元子，目光相遇的瞬間，波子的表情頓時丕變。

「我們坐在這邊吧。」

元子笑著對島崎澄江說著，故意裝做沒看到波子。

雖說元子不理會波子，但眼角仍瞄著波子的身影。

稍一瞥視即可看出，波子身上的行頭比以前遜色多了。她穿著舊洋裝，脖頸間少了她愛炫耀的三連串珍珠項鍊，改戴便宜的項鍊，甚至連髮型也塌了，顯然是每天不再上美容院做頭髮，而由自己梳理。

看來楢林婦產科的院長已經跟波子分手了。院長被元子勒索了五千萬圓以後大概嚇破了膽，為此才無力拿錢給波子的吧。再說，楢林也怕若繼續跟波子的關係，或許還會遭致類似的災難。

換句話說，楢林若繼續給「巴登．巴登」提供金援，勢必得從他的秘密收入和存款中支出。然而，自從他逃稅的証據被元子掐住以後，不得不提心吊膽，用錢不能像以前那樣大方。而且像波子那樣的女人肯定需索無度。再說，元子的存在也給楢林極大的壓迫感。

儘管元子答應今後不會找楢林的麻煩，但對楢林來說，只要他還繼續逃稅，怎知元子不會又出言要脅。楢林若繼續跟波子來往，可能會招致更大的麻煩，因為他知道波子和元子是水火不容的「死對頭」。

元子一邊想著楢林的心態，一邊跟服務生點了兩杯咖啡。

跟波子交談的中年男子穿著黑色西裝，元子看不出他是做什麼行業的。他不像是波子跟院長分手後獵到的男人，有點像房屋仲介商，目光非常銳利。

不得不放棄「巴登．巴登」的波子拿了院長給的分手費，或許她現在正為找個規模較小、位置欠佳的地點跟房屋仲介商商量。在這之前院長在波子身上砸下不少錢，所以分手費不可能給得太多，這樣一來當然不夠「巴登．巴登」開店做下去。

前護理長中岡市子現況如何了？她是不是跟與波子分手的院長言歸於好了？若是這樣，

市子也算是達到雪恥的目的了……

這時候，波子突然從對面的位子站了起來，橫眉豎眼地看著元子的方向，宛如木頭人似地杵在那裡。

「喂，澄江，我想請妳來我們店裡上班呢。」元子故意讓對面的波子看到自己誇張地堆起的笑臉。

「您願意雇用我嗎？」澄江難以置信地看著元子。

元子的眼角還瞄著波子。

「嗯。那就麻煩妳了。」

波子佇立在那裡，同行的男子也站了起來。由於波子始終看著元子所坐的方向，那男子也跟著看向這邊，眼神非常嚴厲。

「謝謝您！」島崎澄江謙恭地欠身致意。

「妳不必客氣，以後多關照了。」

眼角中的波子終於有動作了。元子心想，波子大概會走過來興師問罪。沒想到她卻大搖大擺地走向門口，一副拂袖而去的架勢。

與波子同行的中年男子在櫃檯付錢。他是個寬肩膀的男子。

那女人現在就像跌落水溝的母狗呀——元子不由得笑出聲來了。

由於事出突然，島崎澄江吃驚地看著暗自發笑的元子。

「對不起！」元子用手帕掩住嘴巴。「我突然想起了一件有趣的事來。」

元子先是用手帕擦拭著眼角，再把它放回手中。

「澄江，有件事我想問妳。是有關『梅村』的事。不過，我可沒有特別的企圖，因為我對餐廳業不是很熟悉，所以很想瞭解一下。」

元子露出充滿好奇的表情。

赤坂的高級料亭「梅村」的女侍島崎澄江在元子的詢問下有問必答。

「我在『梅村』當女侍已經十五年了。」

「待那麼久了？」

「還有兩個前輩比我資歷更久呢。一個待了十八年，另一個待了十六年，我算是資歷最淺的。」

「妳們料亭的女侍每個都待那麼久嗎？」

「嗯，老闆娘資歷最久了。我們老闆娘很有氣度，待人非常和善。」

「這麼說，『梅村』是老店了囉？」

「二十二年前開業的。」

「就是前幾天過世的參議員暨天雲運輸的社長出資開的囉？」

元子想起日前報紙上的名人訃聞。

——江口大輔，熊本縣人，當選過四屆地方議員，曾任參議院文教委員會召集人。

「是的，好像是這樣。」

「老闆娘是赤坂出身（註）嗎？」

「是的。她藝名叫做小奴，本名是梅村君。」

「不好意思，請問她今年幾歲？」

「她是屬猴的。」

「她一定長得很漂亮吧？」

「嗯。現在還是風韻猶存呢。她的皮膚白皙，圓臉大眼，很討人喜愛，只是身體不大好。」

「她跟社長有沒有生小孩？」

「沒有。所以老闆娘覺得很孤單。而且賴以依靠的社長不幸辭世，老闆娘因而失去了做生意的鬥志。」

「生意做得那麼好……」

註——暗指藝妓。

「是啊，『梅村』雖然不大，但時常高朋滿座。」

「那裡果真有藝妓坐陪嗎？」

「是的。不過，『梅村』畢竟不大，客人多是續攤才來這裡設宴的。而且大都是自家人的小型聚會，或高爾夫球友會，要不就是麻將牌友會。」

「『梅村』有幾個包廂？」

「一樓有兩間，一間五坪，一間四坪，二樓有兩間，分別是六坪和四坪的包廂，還有一間兩坪半的休息室，算起來總共有五間。」

元子在心中計算著。一樓兩間，加上廚房、女侍的宿舍、老闆娘的起居室兼帳房、儲藏室、走廊、浴室、廁所和倉庫等，至少也有三十坪。加上狹小的庭院和通往入口的小徑，也許佔地將近有五十坪。

「除此之外，老闆娘住的房子在料亭的後方。那棟平房有兩間四坪和三坪大的房間，還有廚房和浴室。」

「這樣子啊。」

「那一帶的料亭，門口都不寬，但房子縱深很長。」

「嗯。」

元子想起經過那附近的情景。

這麼說來，「梅村」佔地就超過六十坪了。

赤坂的後街陸續蓋起了公寓和酒店混居的大樓，樣貌逐漸在改變。連色情賓館也入侵了。那裡原本就是充滿活力的街區之一，現在的地價肯定不便宜吧。

元子彷彿看到自己未來前景似地莫名地興奮起來。從落地玻璃窗往外看，一群年輕男女正在林蔭大道散步。

「社長去世之後，老闆娘沒有找到新的『援助者』嗎？她長得那麼漂亮。」

「是啊。直到現在她仍沒有結婚的念頭，似乎對社長仍不能忘情，因為社長生前很疼愛她。」

「好感人喔。」

雖說元子用同為女性的語氣表示感動，其實她比較在意「梅村」歇業的原因。儘管它歇業跟她沒有直接關係……

島崎澄江不多話，但每問必答。

「澄江，妳剛才說來『梅村』續攤的大都是自家人的小型聚會，他們都是社長工作上的關係夥伴，或是當國會議員的政治人物吧？」元子對澄江剛才那番話再次細問。

「是的。社長因為工作的關係，時常請公司的董事或重要幹部來『梅村』。除此之外，有時候也招待客戶和銀行人士。」

「他們來『梅村』用餐，出手都很大方吧？」

「是啊，他們經常來。」

他們來江口大輔的情婦經營的高級料亭用餐是理所當然之事！

「此外，也會請其他的政治人物來吧。」

「也有一些議員先生來賞光，但大都是其他議員的秘書、擔任國會議員的社長的支持者，或是上京的選區的樁腳。」

「噢，這麼說，社長為『梅村』出的錢可不少哩？」

「是啊。我想應該出了不少錢。可是……」

「梅村」的女侍島崎澄江說到這裡，突然欲言又止，把這句話含混帶過了。那時候，她的確露出許些猶豫的表情。

元子事後想了想，她要是多注意澄江的語意，套出那句話就好了。不過，這時候，元子又先問了一個問題。

「剛才妳說，議員的秘書偶爾會來『梅村』，這也包括社長的秘書吧？」

「是的。參議員江口先生的國會辦公室裡，有兩名秘書和一名私人秘書。眾所周知，議員秘書依國會規定屬於公務員，但是依我的感覺，那位私人秘書似乎比較有實力。」

「噢。」

元子沉吟了一下，接著低聲問道：「我不清楚公務員或私人秘書間的不同，妳知道一個姓村田的秘書嗎？」

「是不是叫村田什麼的？」

「嗯，我不記得他的名字，只知道他大約三十二、三歲，體格有點矮胖，頭髮往後梳。」

「啊，這麼說他應該是村田俊彥。不過，他不是社長的秘書，而是濱中議員的秘書。」

「濱中議員？」

「他是社長的同黨議員，是現任的眾議員。他跟社長很有交情。」

「這麼說，那個梳著七三分髮型、外形帥氣的安島先生又是誰？」

「啊，他是社長國會裡的私人秘書，叫做安島富夫。」

原來元子弄錯了。在這之前，做完江口大輔頭七法會那天晚上，橋田帶著兩名議員秘書來店裡喝酒，她把看似表情有點沮喪的村田當成是喪主的秘書，而將絲毫看不出悲傷神色的安島當成是江口的同僚議員秘書。由此可看，光看表情和動作是看不出人際關係的。

不過，這次換「梅村」的女侍詫異地問道：「媽媽桑，您為什麼認識安島先生和村田先生呢？」

「其實社長頭七法會那天晚上，他們曾來店裡。」

「糟糕！」澄江驚訝地探出半個身子說道：「安島先生和村田先生經常來『卡露內』嗎？」

「偶爾啦。是別人帶他們來的。」

「要是被他們知道我在這裡上班就慘了！」澄江羞赧地低下頭了。

「妳不必擔心，他們不常來。如果他們上門來，妳就先到後面躲著不要出來，他們向來不會待很久。」

「那就勞煩您解危了。」澄江雙手合十感謝著。但隨即又說：「不過，也沒關係啦。因為社長去世之後，議員秘書之間就會減少來往，也許他們不會一起上酒店了。媽媽桑，是誰帶他們去『卡露內』的呢？」

「目前為止，我只知道是一個姓橋田的人。」

「橋田先生？他叫橋田常雄嗎？是不是『醫科大先修班』補習班的理事長？」澄江突然睜大雙眼。

「噢，妳認識橋田先生？」這次，換元子露出意外的表情。

「是的，我跟他很熟悉。」

「很熟悉？那麼，橋田經常去『梅村』囉？」

「是的。」

橋田在出席江口頭七法會結束那天晚上帶了兩位秘書來店裡喝酒，元子回家後拿出舊報紙看到名人訃聞，果真證實她的猜測是對的。

補習班最重視的是大學合格率，一旦上榜率不佳，就會危及補習班的經營，所以無論如何都得提高合格率不可。

現在這個時代到處是學生擠著要報考醫科大學。畢竟只要當上醫生，一輩子就不愁吃穿，又有崇高的社會地位。而且依現行的稅法，醫生享有破天荒的優待，亦即享有百分之七十二的必要經費優減稅率。

儘管社會存在這樣不公平的課稅制度，但每年因逃稅登上報端的還是以醫生為榜首。由此可見人性的貪婪無度！而逃稅的醫生之所以多是婦產科、外科和整形外科，主要是因為就診的患者沒有健保而自付現金，這些惡劣的醫生卻把它納為私房錢不予申報。楢林婦產科的院長楢林謙治即是最好例子吧。

由於專考醫科大學的補習班競爭非常激烈，比起考普通大學的補習班，在合格率方面要付出多倍的努力才行。因為合格的好壞關係到補習班的存亡。

一般來說，報考醫科大的補習費比其他科系的補習費要高出許多，正因為這樣，所以若開班順利，自然是大賺特賺。但相對於其他只辦綜合性科目的補習班，專辦醫科大學的補習合格率若偏低就難逃倒閉的命運。

江口大輔當過參議院文教委員會召集人，理應跟教育部官員和教育行政界「關係」良好。不用說，在醫科大學裡肯定也有他的「人脈」。至此，可以簡單推測，專營「醫科大先修班」的理事長橋田常雄，為了維繫補習班的發展，當然要向江口大輔卑躬屈膝，常在私底下送些值錢的貴重物品吧。因而氣質粗俗的橋田常雄，時常到江口的情婦經營的「梅村」捧場是可以理解的。

「澄江，妳已經是我們店裡的小姐了。」元子溫柔地說道。

「謝謝您！」澄江欠身致謝道。

「妳也知道，我們酒店現在規模很小，但是將來我會把它擴大。我已經構想好了。」

「這樣子啊。」

「所以，妳要盡力幫我。」

「像我這種上了年紀的女人，不敢談能幫上什麼忙……」

「不，妳長得漂亮，看起來又年輕。我最喜歡像妳這種有日本味的小姐呢，穩重端莊又有姿色。」

「媽媽桑，您太誇讚我了。」

澄江被元子這麼讚賞，有點慌張起來。

「打從剛才我就在觀察妳。連身為女人的我都被妳迷住了，所以，我無論如何都要請妳來『卡露內』鼎力相助呢。」

「我只是個在料亭做了十五年的女侍，對酒店的事情可說是一竅不通，以後還要請媽媽桑您不吝調教。」

「妳只要保持現在的樣子就行，最好不要學那些舉止做作的小姐。」

澄江對元子的好意非常感動。

元子看著羞得面紅耳赤的澄江說道：「澄江，我們難得這麼意氣相投，妳盡量把『梅村』的事情告訴我吧。剛才我也說過，因為我對料亭經營生意很感興趣。」

「嗯。」

「這麼說，『醫科大先修班』的橋田先生經常去『梅村』捧場，是為了拜託江口先生儘量讓自家補習班的學生進入醫科大學囉？」

「可不是嘛。」澄江立刻回答道。

「進行得順利嗎？」

「上榜的人好像很多。我不是很清楚實際狀況，但是據我所知，社長要應付的不只橋田先生，其他的議員也會來拜託。一般會向各議員請託者都是選區極其重要的支持者，希望自家的孩子能進入大學就讀，倘若議員拒絕這些請託，很可能因此失去票倉，尋求連任將面臨危險，因此每個議員都非常賣力。濱中議員的秘書三不五時來『梅村』光顧，就是基於這個原因。」

「江口先生真不簡單啊！受到那麼多人請託，還能處理得這麼圓滿。」

「是啊。不過，社長有時候也要拜託濱中等其他議員替自家選區的重要樁腳的子女安排工作。濱中議員擔任過通產省次長，認識許多公司老闆，在企業界很吃得開，所以濱中議員的秘書村田先生和社長的私人秘書安島先生交誼融洽，正是基於這樣的關係。換句話說，同為議員或議員秘書之間，都是互通聲息，合作無間。」

元子叫來女服務生，又點了兩杯咖啡。

從澄江的敘述中，元子終於弄清楚來店裡的村田和安島這兩位議員秘書之間的關係。

各個議員們為了穩固選票，無所不用其極，有其不為人知的難處。現議員和前議員在一般人眼中地位是有差異的，對各政府機關和企業的影響力也有所不同。所謂的影響力，是指調停、關說、套關係或施壓，如果對方來頭很大自不用說，但原先有點名氣的議員一旦落選，在這方面的威力便會減損下來，包括曾擔任過政府大臣的人也不例外。

如果遞出的名片頭銜從「前議員」變成「原議員」（註一），處境更是淒涼。總之，即使當過國會議員，沒再選上就沒影響力可言了。

所以，議員平常就得對選區樁腳的大小需求細心照應，而這也成了當選與否的關鍵。此外，每個議員還得在自己的選區裡做好選民服務的口碑，因為選民服務的好壞會不斷地被競爭的議員或候選人拿來做比較。

不論是報上經常提到或是口耳相傳，議員碰到選區內有婚喪喜慶時必須致上賀電或唁電，甚至送上署名的大花圈。議員出國旅行的時候，還得給選區寄上明信片；遇到選民集體來東京時，得吩咐秘書帶他們到國會議事堂參觀，自己也得露臉致意，發給豐盛的便當。有時候還得發表「時局感言」，或把自己在國會質詢官員的答辯紀錄「國會報告」（註二）郵寄給選民。回到選區之後，還得熱心地聽取選民們五花八門的「陳情」，有時候得從中央請來名人舉辦「文化演講會」，並發給每個參加者像賞櫻便當之類的餐盒和二合（註三）裝的酒。這就是各個議員對自己選區該做的「日常活動」，所以議員「當然」需要「政治資金」。

從澄江的敘述聽來，議員受選區樁腳的請託以後，必須安排他們的子女進入大學或介紹工作，但是光靠自己一個人無從圓滿擺平，得請與該領域關係匪淺的前輩議員或同僚議員幫忙。不過，對方也會提出相對的請託。基於這樣的微妙關係，同是議員之間，包括他們底下的秘書們，就如澄江所說的「水幫魚，魚幫水」的關係。

「這麼說，想走後門進入大學的，可以向在教育行政方面吃得開的議員拜託，想找份工

註一──「前議員」是指現任落選，「原議員」是已多次未選上。
註二──類似我國立法院公報。
註三──日本的容量單位，一合約等於一百八十毫升。

作的只需透過跟企業關係良好的議員就可打通關囉？」

元子啜飲了一口咖啡，向澄江確認道。

「好像是這樣。」

基於參議員江口大輔曾透過各種關係支援，因此其他議員和議員秘書經常到「梅村」捧場，身為女侍的澄江時常進出包廂，久而久之就累積了這些知識。

「話說回來，每家公司也有每家公司的立場，就算是幹過通產省次長的議員，也不可能把所有請託者安排到想去的公司上班。」

「您說的沒錯。所以聽說只得等待時機，要不就是先把請託者安插在二、三流的公司上班。」

「這個方法可以圓滿擺平嗎？」

「不可能，好像沒那麼容易。畢竟來自選區的請託太多了。」

「說的也是，每年都有新人畢業。」

「所以，每個議員都非常認真賣力，秘書們也互通有無地四處奔走。因為請託者在選區裡很有影響力，若冷淡地加以拒絕，很可能會影響到下屆的選舉。」

「喔，那碰到這種時候，該怎麼辦呢？」

「碰到無法推辭的時候，只好暫時先把人留在議員辦公室裡上班。」

「當職員嗎？」

「不是，當然會給他們秘書的頭銜。不過，這些年輕人程度很差，一般公司都不會錄用。說明白點，給他們議員秘書的頭銜，讓他們遊手好閒。因為這樣他們就可以向家鄉宣傳自己是某某議員的秘書，目前在議員會館上班等等，這樣既風光體面，勢力龐大的家長自然要大大地感謝那個議員。」

「是讓他們當妳剛才所說的私人秘書嗎？」

「是的。不過，那跟有實力的秘書又不同。他們都是些沒有工作能力，絲毫幫不上忙，純屬掛名的秘書。但是他們只要亮出名片吃得開，大概就樂得心花怒放了吧。」澄江半笑著回答道。

「照妳剛才這樣說，議員還有影響力的時候，一切都不成問題，但若是落選或過世，靠這層關係進公司的人會有什麼下場呢？難不成議員落選或過世，也會影響到那些人在公司的處境嗎？」

「媽媽桑，您真是觀察敏銳啊！」澄江表情驚訝地望著元子。

「我只是憑著直覺，談不上什麼觀察敏銳啦。」元子苦笑地說。

「我聽到的情況就是這樣。聽說議員先生一旦過世，最傷腦筋的是底下的秘書。如果秘書能繼承前議員的地盤角逐下屆的選舉，那還算不錯，可是沒此機緣或能力的秘書最後只好各自找尋出路。」

「噢，說來也真令人同情。」

「正如媽媽桑您提到的，那靠議員的關係進入企業上班的人，如果能在公司裡發揮實力還不成問題，但若是沒能耐的人，只要議員的影響力減弱或過世，他們很快就會被打入冷宮。」

「我想也是。」

「這種情況不限於年輕人。這消息是我聽來的，有個對業界頗有影響力的政治家推薦親戚到某大公司擔任董事。雖說有頭銜，但終究沒有實權。那個人對公司的業務一竅不通，公司自始至終就是讓他掛個職稱。之所以這樣做，是因為將來公司遇到問題，或想利用特權的時候，就可透過那個政治家的關係來擺平。可是後來那個有可能繼任首相的政治家因病突然過世，結果不到一個半月那個董事就被社長給解雇了。」

「好過份喔。」

「他們太現實了。那個董事是個大好人，經常來『梅村』光顧。他的歌喉好，很會唱小曲，但是從那以後就沒有他的音訊。」

剛開始話不多的澄江，跟元子閒聊起來之後，慢慢地暢所欲言了。

「是嘛，原來男人的世界這麼現實啊！」

元子又喝了口咖啡。擔任過參議院文教委員長，對教育行政界頗有影響力的江口大輔過世，對「醫科大先修班」的橋田常雄影響相當大，今後他補習班的醫科大學上榜率肯定會大幅下減。眼下已面臨著這個危機，好強的橋田絕對要擬出今後的對策。

儘管如此，故江口大輔頭七法會結束後，橋田來酒店喝酒的時候，並未顯現出頹喪的神色。豈止沒有沮喪之情，他甚至當著兩位秘書面前，厚著臉皮抱著元子的肩膀挑情呢！

「澄江，那個時常跟議員秘書去『梅村』的橋田先生……」

「您是說補習班的理事長嗎？」

「嗯，那個橋田先生是怎樣的人？」

「您是指哪方面呢？」

「妳儘管說，比如，他的人品或性格。據我在店裡的觀察，橋田先生好像很有才幹，又很努力打拚。」

才不是呢，他可是個厚顏無恥又蠻幹到底的人——澄江的神態傳達出這樣的訊息。

「媽媽桑，您這樣認為嗎？我倒覺得橋田先生的性格很粗魯呢。」

「咦？是嗎？」

「橋田先生不在的時候，安島先生和村田先生都這樣說。安島先生是江口議員的秘書，為橋田先生的補習班的事時常與對方聯絡，所以非常瞭解橋田先生的行事風格。安島先生說，他實在拗不過橋田先生的蠻橫，很少看到這麼膽大妄為的人。這時村田先生便說，正因為橋田什麼都敢開口，他的醫科大先修班才那麼賺錢。」

澄江在這裡道出兩位秘書間的對話，顯然是對橋田沒有好感。

「開補習班那麼好賺嗎？」

「我不是很清楚，不過，報紙經常報導他那間專門報考醫科大的補習班，應該很賺錢吧。」

澄江多次在報紙和週刊上讀過報導，那一類補習班的學費索費高昂，甚至向學生家長收取數千萬圓做為走後門入學的疏通費用，因而鬧得沸沸揚揚。

「媽媽桑，剛才我告訴您某個很有勢力的政治家死後，某大公司立刻把靠他關係而當上董事的親戚解雇的事情，我聽說橋田先生也做過這種無情的事。」澄江將臉靠近對面的元子低聲說道。

隨著外面的暮色低沉，吸引愈來愈多的客人走進這間咖啡廳。然而，並沒有人注意這兩個女人的談話。元子早該回酒店了，但澄江的談話太吸引她。

「是什麼事呢？」

「江口社長去世才三天，橋田先生就把『醫科大先修班』的校長給解聘了。」

「他為什麼這樣做？」

「補習班的校長叫做江口虎雄，是江口社長的叔父，之前當過公立高中的校長，退休之後賦閒在家。橋田先生為了討江口社長歡心，主動聘請江口虎雄先生來當校長，這樣一來即能託江口社長在醫科大的關係，提高自家補習班學生的升學率。諷刺的是，社長死沒多久，校長便沒有利用價值，立即被掃地出門了。儘管那校長原本是國文老師，確實對醫學是個門外漢，但您不覺得這樣做比那間解雇董事的公司還過份嗎？江口社長才去世三天耶！」

澄江平靜的口氣中，仍透露著許些憤慨。

聽澄江這樣說，元子終於明白橋田給江口大輔的頭七法會上香後，來到酒店仍無動於衷的原因了。對橋田來說，出席江口大輔的法會完全是出於社交禮節。

「他只是理事長，有這麼大的權限嗎？」

「有，因為那補習班是橋田先生獨資經營的。」

「是嗎？橋田先生真有能耐啊！」

三天後，元子就要跟橋田在飯店共進晚餐。元子想像著那可能會開房間做愛的「約會」。

「那位被趕出的校長沒向橋田先生做出反制嗎？」

「豈止沒有反制，聽說連句怨言也說不出來。他原本是個能幹的人，但失去江口社長這個重要的後台靠山，只好任人宰割了。況且橋田先生也不會把他的話聽進耳裡，若能拿點退休金走人可能就要偷笑了。」

「好可憐喔。那位校長現在在做什麼?」

「聽說回世田谷區的代田一帶隱居,也許老年人只能這樣,他今年已經七十三歲了。不過,聽說他對橋田先生恨之入骨。他說,橋田居然不顧及他外甥江口大輔的情面,他為『醫科大先修班』付出那麼多心血,橋田竟然這樣無情對待他……」

「說的也是。」

元子怔愣地琢磨著這句話,它宛如迷濛的海霧罩在眼前,加上「梅村」的事情與剛聽到的那位校長的遭遇,以及她跟橋田之間的約定等,都攪和在一起了。

澄江看到元子一臉沉思的表情,心想元子可能嫌她話多,便急著做勢欲起身說:「哎呀,媽媽桑,對不起!我太長舌了,給您添麻煩了。」

「不會啦。我反而要感謝妳告訴我這麼多事情呢。妳放心,這些事情我不會說出去。」

「謝謝!」澄江向元子雙手合十。

「妳已經把我當成自家人看待了,我好高興喔。最後,我還想請教妳一件事情。」

「什麼事情?」

「就是妳的身世來歷。妳從來沒結過婚嗎?」

「……」

「怎麼樣？」

澄江低著頭，但用堅定的語氣回答道：「我結過婚，只維持兩年就離婚了。」

「果真如此。」元子打量著澄江的腰身說道。

「我說在梅村工作了十五年，其實這之間有四年是中斷的。我就是在那段時間結婚又離婚。剛才，因為初次見面，不好意思向媽媽桑您表白。」

「為什麼離婚呢？」

「因為跟婆婆處不來。」

「這是常有的事情。後來，妳一直單身嗎？」

「……」

「澄江，妳坦白告訴我嘛。」

「是的。後來，我跟一個男人同居了半年。對方是個有婦之夫。」澄江愈說愈小聲了。

「從那之後就沒來往了嗎？像妳長得這麼漂亮，來『梅村』的客人不可能不動心吧？怎麼樣？」

元子這樣執拗地詰問澄江是有其理由的。

11

翌日，元子的腦海中仍整天想著島崎澄江的那番話。

「梅村」在赤坂的高級料亭中，算是小規模。只有五個包廂，最大的包廂有六坪大。扣掉二樓部分，建坪大約三十坪，整個佔地約六十坪左右。澄江說，它大都是做為續攤之用。然而，從澄江口中說出的「梅村」的林林總總，使得元子也想一窺究竟。基於關照老闆娘的立場，政界人士和企業界都會去「梅村」捧場。由於江口大輔不是重量級的政治家，因此很少看到重要的政界人士，或大企業的老闆露臉。

儘管如此，它還是不同於酒店生態。叡子經營的「燭檯俱樂部」在銀座算是高級俱樂部，客層的水準很高，但仍沒政治家或大老闆光顧，頂多是公司的重要幹部而已。他們來酒店尋歡作樂，和陪酒小姐打情罵俏，卻從來不提公事。不用說，重要協商或密談早已在外頭談完，然後才陸續續攤，而一開始續攤的地方就是像「梅村」這樣的料亭。

縱使是規模不大的高級料亭，政治人士和業者可以在那裡進行磋商、請託、研究運作模式和商量前金後謝。這時候，銀行的高層大都是高高在上地坐著，讓平常受該銀行照顧的業者設宴表達謝意，而業者也藉此機會請求紓困。

這時候，元子想起了經常來東林銀行千葉分行視察的總行總經理和董事的臉孔。他們來視察的那天，行員們都要提早一個小時上班，銀行內的打掃差事交由女行員負責，分行經理和襄理緊張得要命。

元子申請「退休」那時候，擔任分行經理的藤井岡彰一雙濃眉，是個謹小慎微的人，襄理村井亨則是神經質的人。村井平常故意表現出輔佐分行經理的樣子，私底下其實非常輕蔑他。因為村井向來以總行馬首是瞻，因此總行的董事來視察時，村井總是做出非常賣力的樣子，緊張得鬢角青筋暴現。

視察的時候，總行高層表面上對眾分行女行員報以微笑，其實只是虛偽敷衍，他們的目光只停留在漂亮可愛的女行員身上。其中，有個認識元子的董事不客氣的眼光彷彿說著：妳這個女人打算待到什麼時候啊，怎麼不快點辭職呢？好讓我們趕快找年輕漂亮的女行員，坐在櫃檯吸引客戶上門存款。像妳這種不結婚年紀大又刁蠻的女行員最令人頭疼了——而這些傢伙似乎都舉止斯文地坐在「梅村」的貴賓席上吧。

業者在這樣的高級料亭中藉機向政治人物請託，兩者間就產生了各種互生關係。像不久前去世的江口參議員和「醫科大先修班」理事長橋田常雄的關係，局外人是無法知道的。

橋田常雄是專辦醫科大升學的補習班經營者，元子是聽「梅村」的女侍澄江說才知道，橋田為了讓自家補習班生意興隆，拜託在文教行政方面頗有影響力的江口協助他的學生走後門進入醫科大學就讀，而江口為了當選連任便把選區重要樁腳的子女送到橋田的補習班。這些活動都需要用到金錢，這樣的相互利益關係維持到江口議員死去為止。

最近報紙時常報導走後門入學，特別是進入醫科或牙科大學就讀的醜聞。元子讀到那樣的報導，總覺得沒有切膚之感，而不予關心，眾多平凡的家庭大概也抱持這樣的想法，因為這猶如在讀一篇與己無關的詐欺報導，只覺索然無味。

然而，元子聽完澄江的講述之後，突然覺得走後門入學的事情彷彿變成切身的問題了。類似這樣的醜聞報紙自然會大幅披露，元子很後悔沒有仔細閱讀週刊上的報導，因為各種週刊都有詳細的描述。

元子大都是在上美容院時閱讀週刊。自從當上酒店媽媽桑以後，她每天都去美容院，那裡擺放著各種刊物。她大都是在罩著蒸髮器的時候閱讀，正如在電車裡打發無聊時間似的，她吹頭髮的時候也在看週刊。

元子沒買週刊的習慣，家裡自然沒有過期的週刊，於是趕緊去美容院翻找，但恰好這一週各週刊都沒有關於走後門入學的報導。平常幫她梳頭的小姐說，舊的週刊都成捆地放在倉庫裡，每兩個月左右回收業者會來拿走。

一洗完頭，元子旋即拜託美容院的老闆。

「老闆，您們倉庫裡的舊週刊可以借給我看嗎？我突然想看裡面的一篇報導。」

美容院的老闆當下應允不敢怠慢客人的要求。助手帶著元子來到倉庫，元子把助手搬出來的成捆週刊鬆開，逐冊瀏覽著目次。在這之前，她罩著蒸髮器的時候，總是漫不經心地閱讀週刊，日後這種閱讀將變成「學習」。而且元子還想瞭解更多，想找出些線索，從這個意義上說，這就成了「研究」。

而要做「研究」，光是靠過期週刊幫助有限。於是元子到附近的區立圖書館，翻找舊報紙，把需要的部分影印下來。光是影印的數量就相當可觀。她從索書卡找到一本題為《私立醫大內幕・花錢走後門入學的腐敗結構》的書，馬上辦了借書手續，把這本書帶回公寓。

這本書沒有介紹到補習班的內幕。不過，為了瞭解傳聞中補習班居中扮演走後門的角色，有必要先瞭解私立醫科大學走後門入學的實態。

⑴「某新設A醫科大學的情況。根據瞭解，某補習班理事長以入學為前提，光是向十二名考生家長收取的『暫收款』即將近兩億日圓。

拿出兩千萬圓的某醫院院長說：『儘管我兒子不成材，但我還是希望他當個醫生繼承我的衣缽。我相信任何一個醫生都有這樣的想法，自然拿得出兩、三千萬圓來。若能進入國立醫科大是最好不過了，而拿錢給私立醫科大是怕榜上無名預做準備。』此外，那些繳交『暫收款』的醫生、牙醫和藥劑師向採訪的記者表示：『如果我兒子還是考不上，那一千萬圓或兩千萬圓，就當做是給平常照顧有加的補習班理事長或給醫科大的捐款。』儘管如此，從未發生過家長抱怨『出了錢卻沒考上』的糾紛。」

(2)「從各都道府縣每年公布的高額所得者來看，排名前十名的都是醫生或土地暴發戶，遭到檢舉的高額逃稅者也是他們。為因應醫生不足的風潮，許多新設醫科大學紛紛獲得許可成立，因此不斷衍生出各種醜聞。經營者為取得辦校許可設宴招待官員、浮濫帳面資金偽造文書，考試時額外向考生家長收取兩千萬或三千萬圓不等的『疏通費』，後來卻涉及私吞金錢等疑雲。據瞭解，願意砸下巨額疏通費，希望自家兒子當醫生的爸爸，九成是醫生。」

(3)「位於東京西邊的某新設醫科大學，收到了有志報考該校的學生家長捐贈的將近九億圓捐款。不用說，捐贈者大部分是醫生，據說行情是每人兩千萬圓至五千萬圓。這所新設醫科大的職員還當起推銷員到都內的補習班推銷花錢走後門入學的生意。他不諱言地說：『只要繳交三千五百萬圓，包準可以進入我們醫科大就讀。有沒有學生願意啊？如果您介紹成功的話，會贈給您一成的仲介費。我們新設醫科大的入學金一律是三千萬圓，所以花個三千五百萬圓讓成績很差的學生保送上壘，算是非常便宜啦。』」

(4)「首先，我們要釐清『走後門入學』這句話的定義。通常人們把慶應、日本醫大、慈惠與順天堂這四所醫科大學，稱為四大天王。這幾所醫科大學的『後門』，亦即能從備取生當中進入就讀的只有百分之二十。而且第一次筆試，還必須取得某種程度的分數。比如，滿分一百分，預設七十分及格，那至少也得考六十分才行。不過，校友會反對這種走後門的考試方式。儘管如此，這些備取生若想考上醫科大，最近的行情每人約一千五、六百萬圓。

根據某Y補習班的資料指出，『最高兩千萬圓以上』的『疏通費』，校方都稱為入學捐款或特別學雜費，收取這種捐款的醫科大學，包括新設或已設的多達十七所。

不過，以上所述的『行情』，終究是『疏通費』的『行情』而已，還不包括『紅包』在內。砸下『紅包』可發揮作用的，只有九所新設醫科大學。如果家長想用錢決勝負，『疏通費』和『紅包』加起來得花上五千萬圓。最近這個『行情』又飆漲了，有傳言指出，已漲到七千萬圓，更惡劣的已喊到將近一億日圓。」

接下來，報紙和週刊上有許多關於補習班向考生家長收取關說費走後門進入醫科大就讀的報導。光是元子影印的資料就有下列這麼多。

(1)「拜經濟不景氣之賜，最近『補習業』突然大發利市。目前已出現收取一千萬圓保證讓考生就讀醫科大的補習班。近年來，私立醫科大如雨後春筍般設立，造成一股歪風，連帶地使全國各地專辦醫科大考試的補習班欣欣向榮。對補習班而言，只要招得到可繳交數千萬圓入學金的家庭的子弟，其利益之大可想而知。品川一帶某間專辦醫科大的補習班，就是以讓學生全體住宿舍接受特殊集訓而打響名號。據說每個學生每年繳交的學費高達一千萬日圓。據聞，該補習班的理事長，從『無論花數千萬圓也要讓自家兒子就讀醫科大』的家長所繳款項中，拿出一百五十萬圓向醫科大關說，而已繳交的龐大費用則一律不能退還。」

(2)「在補習班業界，部分專辦醫科大的補習班拿錢向校方關說是眾所周知的「常識」。花大把鈔票把這些學生送進師資低劣的私立醫科大學就讀，聽說光是關說費就要一千萬圓，當然，給學校的捐款則又另當別論。」

(3)「某O大學教授光是三年間收到這類走後門的關說費就高達五千萬圓，由於他未據實申報，遭到國稅局舉發有逃稅之虞。該局所得稅課課長對該教授在記者會上的『未申報的部分，均為繼承亡父的遺產，不是走後門的謝禮』說法甚表憤慨。該課長說：『我們的調查沒有疏失，與當事人當初的陳述沒有出入，事到如今，O教授沒有道理說是國稅局找他麻煩。如果他有任何異議，大可光明正大向國稅局申訴。而且他手上明明有一本記載謝禮名單的筆記本。』」

(4)「據載，某銀行的中堅幹部居然恐嚇存款戶，從中騙走一億五千萬圓。被害人是現年四十五歲經營專考醫科大的補習班老闆娘Y．N女士。認識N女士的朋友都很納悶，她為什麼有那麼多錢。因為補習班經營者的生活不可能過得如此奢華。

N女士告訴警視廳，她存在Y相互銀行新宿分行的一億五千萬圓，銀行不讓她提領。警方問明原因，她說銀行的承辦人員威脅她：『那筆存款是補習班幫學生疏通校方之用，事情一旦曝光，可是會牽連好多人喔！』

那個承辦人員就是Y相互銀行新宿分行主任稽查S，S得知N女士計畫興建新校舍，因而主動接近，向N女士甜言蜜語說：『最近，我將內定到附近的東京第二分行擔任經理，必須要有二十億圓的存款。您若捧場來存款，要蓋校舍的時候，我會通融讓您貸款。』之後S將N女士分前後十次存入的一億五千萬圓以人頭帳戶存入定存，然後以這筆定存為擔保，向地下錢莊或不動產業者借錢，結果卻還不了，被逼急的S最後只好威脅說要說出那是用來關說入學的黑錢。

話說回來，N女士控告S侵吞的一億五千萬圓，到底是從何而來呢？N女士個人獨資經營一間專攻醫科大的R館補習班，規模不大。確實，該補習班的入學金和學費都很貴，學生也很多，但似乎沒有餘裕能存下一億五千萬圓鉅款。因此大家質疑這些錢該不會就是她分別向每位考生家長收取一千萬圓做為關說入學的費用？

走後門需付的費用通常分為兩種，亦即關說入學的仲介費和『給學校的捐款』。萬一無法讓考生榜上有名，會把『給學校的捐款』退還給考生家長，但找藉口不予退還的不在少數。比如，叫考生家長先購買補習班的債券，答應等考生落榜時再予退款，可是那些債券後來大都成了無用之物。有些家長因此向補習班抗議，不過，幾乎所有的家長——大部分為醫生——為顧及體面和怕惹來訕笑，只好自認倒楣。對這些有錢的家長而言，損失一千萬圓根本不算什麼。」

(5)「有個補習班老闆在聯考前夕捲款帶走六千萬圓，目前正被警方通緝。這所位於C縣的T補習班，標榜『推薦入學』，大肆吹噓『補習班會從補習滿一年的學生當中加以推薦，而被推薦的學生幾乎都可以進入理想的大學就讀』，而向有此志願的學生予以個人指導，並收取每人一百萬圓至一千萬圓不等的推薦費。所謂『推薦費』，大概就是拿來向醫科大關說的費用。」

元子讀著這些「資料」的時候，島崎澄江剛好打電話來。元子曾把家裡的電話號碼告訴過澄江，若聽到什麼消息馬上來電通知她。

「我不方便在『梅村』講這通電話，所以是在附近的咖啡廳打的。」澄江低聲說道。「媽媽桑，看來醫科大先修班的橋田先生有意要買下『梅村』，所以『梅村』還會繼續經營……」

元子搭地下鐵在赤坂見附站下車，踏著水泥階梯往上走。這時是下午四點半。來到路面上，正面就是十五層樓的Y飯店。一、二樓是商店街，隔著車水馬龍的大馬路，照樣可以看到櫥窗內的熱鬧景象。飯店的入口很窄，用來裝飾的遮陽棚下面站著一名身穿紅色制服的門僮。

和橋田常雄的幽會約定在明天晚上。首先是共進晚餐，地點在那棟大樓十五樓的餐廳，接著會邀她到客房裡。抬頭看去吧，三樓以上全是密密麻麻而冰冷地用來隔絕個人隱私的窗戶。

元子這次是利用「卡露內」開店之前，先來個「事前調查」，所以無法多做逗留。

元子離開Y飯店對街，決定順道察看「梅村」的情況，於是朝一樹街的方向走去。走在路上，她發覺附近新聞了許多夜總會、料亭以及酒吧，跟以前截然不同。元子心想，儘管這些店家頗有高雅的情色氛圍，也充滿著活力，但整個格調就是與銀座不同。銀座就是銀座，論起酒店街的名聲，銀座還是老字號。

元子在一樹街攔了一部計程車。雖說可以步行而去，但為了查看Y飯店，又想在傍晚六點半以前趕回「卡露內」，必須節省時間。再說若是走路去，湊巧在「梅村」前面遇見女侍島崎澄江也太過尷尬。

「不好意思，我去的地方不遠。我要找戶人家，待會兒請您開慢一點。然後再麻煩您開到Y飯店前。」

最近的計程車司機脾氣很大，如果搭乘距離很近，又有如此麻煩的指示，若不百般客氣地予以溝通，沒兩下就會被打回票。

車子朝南駛去，從民間電台往西拐去，開上乃木坡，中途又左轉。這片位處東南的區域有許多緩坡岔路，路旁一隅有幾家小而雅致的料亭，跟剛才經過的新興鬧區不同，顯得格外靜謐。這種近乎幽寂的靜謐，不由得讓人感受到日本的傳統氛圍。

計程車司機依照指示，緩速地行駛。元子眺望著窗外。

終於看到「梅村」的招牌了。它外面是木板牆，入口很窄。裡面有個玄關，可以沿著腳踏石走進去。腳踏石似乎已經灑過水，顯得濕濡，兩、三棵松樹和竹子的枝條葉梢探出木板牆。從外面只能看到「梅村」的二樓，外牆是黃褐色的聚樂壁（註）。從外面看不到「梅村」裡的人。

車子就這樣從「梅村」前駛過。

「司機先生，對不起，能否勞駕您調頭照原路慢慢地開去，因為我還沒找到那戶人家。」

「是什麼樣的人家？」司機板著臉孔問道。

還是以前的司機比較親切，他們都會主動地幫乘客找路。

「是姓津田的人家，我記得住在這附近……」元子隨便說了個姓氏。

「小姐，記得下次問好住址再搭計程車。」

「對不起，我下次會注意的。」

計程車後退倒進岔路之後，又照原路往回駛去。路旁沒有看到島崎澄江的身影。

元子想像著澄江說的「梅村」的內部格局，從外面看去，「梅村」的佔地面積約六十坪左右。由於這裡離鬧區有段距離，以目前的行情來算，土地價值每坪大約三百萬或三百五十萬圓。而建築物本身已經老舊，沒什麼價值。若以每坪三百萬圓來算，就是一億八千萬圓，每坪三百五十萬圓即是二億一千萬圓。

「梅村」是從事運輸業的參議員江口大輔為了情婦而買下給予經營的，聽說自從江口大輔死後老闆娘無意繼續。而澄江打電話來告知的「情報」，就是橋田常雄打算買下「梅村」一事。橋田大概會用低價買下，只是再便宜每坪也不可能低於二百萬圓。倘若是每坪二百萬圓，就要一億二千萬圓。

看來經營專攻醫科大的補習班老闆似乎都很賺錢。昨天，元子查過的報紙、週刊以及書籍上都有詳細報導。補習業者從家長那裡撈了不少錢，而且那些家長大都是醫生，他們透過減稅優惠和逃稅存了不少錢，楢林婦產科醫院院長正是最好的例證。換句話說，那些身為家長的醫生父親，本身就存了許多不義之財。

而遭到補習班詐欺的考生家長之所以很少向警方報案，一方面是因為顧及「體面」，另

註――傳統的建築工法。使用京都、大阪一帶不含砂礫的黃褐色黏土糊牆，由於此種黏土的產地接近京都聚樂第（十六世紀時由豐臣秀吉下令建造的城郭式宅邸），因此稱做聚樂土，使用聚樂土糊牆的牆壁即為聚樂壁。

一方面則是擔心警察和稅務署追查他們何以有辦法出得起七、八千萬圓，甚至一億圓的關說費。確切地說，他們害怕逃稅的事實曝光。

因此橋田常雄的財力足夠他豪爽地買下「梅村」。元子猜想，居中牽線的應該是已故江口議員的秘書安島富夫。安島經常進出「梅村」，而且在江口議員生前即以秘書身份常與「梅村」聯絡，所以在江口議員死後，自然而然成了江口的情婦——「梅村」老闆娘的咨商對象。而安島和橋田的交誼甚密。

橋田有意買下「梅村」，大概不是打算經營餐飲業，只是想趁低價時撿個便宜。安島趁老闆娘六神無主的機會，把價錢估低，橋田買下後再轉賣賺取其中的差價。再過四、五年，那附近的地價很可能會上漲，因為以色情行業為主的鬧區，已經由偏東一帶慢慢地侵入這附近的區域了。

元子走進了Y飯店。

Y飯店有兩個入口，一是從道路進入飯店正門，又或是從商店街的入口進入。若是從天橋走到飯店的二樓露台，便可以進入二樓的商店街。露台頗有巴黎時尚的味道。總括來說，一、二樓算是高級的商店街。

元子搭手扶電梯到三樓，有一半的樓層是飯店櫃檯，房客在這裡辦理住房手續，領取房間鑰匙。四樓以上才是客房，可搭電梯上去。三樓的另一半是小酒吧和咖啡館。

元子曾聽店裡曾與人偷情的小姐說，這些店家都是飯店方面精心為來此開房間幽會的客人所設置的。也就是說，先讓女方在一、二樓的商店街閒逛，男方到三樓櫃檯領取鑰匙，然後下樓去把房間號碼告訴女方，過了一會兒，女方直接上樓即可。這段時間，因為兩人沒在一起，所以即使女方被人發現，也只會被認為她是在逛街。

元子搭電梯上了十五樓。樓層的右側盡頭有間名叫「哥斯大黎加」的餐館。左側是一間看起來頗高級，名叫「哥倫布」的小酒吧，那招牌做得匠心獨具，頗有中世紀的風韻。

簡單地講，若想幽會，既可在酒吧「哥倫布」，也可在餐館「哥斯大黎加」，用餐喝酒兩相宜。從連接兩邊通道的窗戶望出去，赤坂附見一帶現代化的高樓大廈車輛和行人盡收眼底。換句話說，在此能清楚看見疾步走來或是開門下車的情人。而那些在下面走動的女人們，宛如成群顏色斑駁的昆蟲。

元子猜想橋田常雄的安排：明天傍晚五點，橋田常雄會請她到這家「哥斯大黎加」共進晚餐，吃完晚餐後，他會把早一步取得的房間號碼告訴她，說「趕快到房間來喔」，然後獨自搭電梯離開。

現場的地理環境元子已經瞭解了，接下來就是思考如何應戰。

元子對橋田常雄的長相有著強烈的反感。他額頭微禿，頭髮非常稀少，儘管抹著髮油，但稀髮披散的模樣常會令人聯想成是猩猩的頭。他的眼窩凹陷，眼睛小而圓溜，漾著賊兮兮的目光，只能用狡獪二字來形容。

橋田常雄脖頸粗短，皮膚始終滲著黏液似的汗水。他的個子很矮，時常穿著外國製的衣服，向坐檯小姐炫耀。

《枕草子》(註一)中有句「最令人羞恥的是心懷貪色的男子」，來酒店的男子大半是這種人。而第二百一十五首寫的「太髒的東西有蜒蚰(註二)、清掃劣質地板的掃帚、清涼殿上帶蓋的紅漆碗」，這剛好與橋田常雄的形象相吻合！

元子高中上國文課時，每次讀到這章，眼前便浮現出褐色的鼻涕蟲爬過後留下的黏呼呼痕跡，因而感到不寒而慄。國文老師說，放在清涼殿上帶蓋的紅漆碗，外表看似亮麗，但放個五年不用，漆色就會剝落變得奇醜無比。橋田穿的西裝、領帶和襯衫都非常光鮮亮麗，但是穿著的人形象猥瑣，反而更令人覺得卑鄙下流。

元子心想，我才不跟像鼻涕蟲般的橋田上床！光是想到這裡，就覺得嘔心反胃。我得想個既能擺脫他的糾纏，又能巧妙地將計就計的方法來！

元子想要的是橋田亟欲到手的「梅村」，若能將它轉賣，別說是購買波子已經放棄權利的「巴登．巴登」，要在銀座買間住商混合大樓都不成問題。

元子並非完全沒有跟男性做愛的經驗，任職東林銀行千葉分行儲匯窗口的時候，她先是跟市區的證券公司職員，之後跟漁會的幹事有染。起先都是對方來窗口辦理存款，漸漸地彼此產生情愫，下班後禁不起對方執拗的邀約便在一起了。那是元子分別在二十三歲和二十五歲時發生的情史。不過，對方都是有婦之夫，交往的時間很短，兩人都是「心懷貪色的男子」。後來證券公司職員轉調他處，漁會幹事則因侵占公款被捕入獄從此失去蹤影。

雖然元子有過與兩名男子做愛的經驗，但是她始終想不透有些女人居然會因為「性愛」這檔事而迷上男人。在她看來，做愛只不過是件單調乏味，讓人覺得污穢的事而已。然而，中岡市子卻被男人的身體迷住。之前中岡得知楢林院長另有女人，氣憤之下離開了醫院，但大概對院長舊情難忘，重新回到供他玩弄的關係了吧。

有時候，元子會懷疑自己對性愛一事冷淡莫非是身體出了毛病？她已經三十四歲了。來酒店的客人總是用舔著酒液濕濡的嘴唇說：媽媽桑，妳現在這個年齡最有女人味了，若比喻成鮪魚的話，相當於最美味的大腹肉。

元子心想，這些傢伙根本不看重女人的面貌，想要的是成熟的女體而已。而橋田常雄就是這樣的人。

走出Y飯店的元子就近走向赤坂見附的地鐵站。考慮到傍晚六點前路上車流壅塞，與其

註一──日本隨筆文學的始祖。作者為女性，本名不詳，後世皆以她當時在宮中擔任女官的職稱「清少納言」來稱呼她。

註二──即蛞蝓，俗稱鼻涕蟲。

搭計程車，不如搭乘地下鐵要來得便捷。到銀座站後，徒步六分鐘就可到達店裡。

元子走下水泥階梯來到月台的時候，從涉谷駛來的電車剛好進站。當她站在車門旁，等候下車乘客，突然從人群中發現一張熟悉的女人面孔。由於她好奇地打量著，對方也發覺有人在看自己而回過頭來。

「哎呀，妳不是柳瀨小姐嗎？」

「是妳啊？」對方神情驚訝地看著元子。

柳瀨純子之前在東林銀行千葉分行擔任儲匯業務的櫃檯小姐，比元子小十歲，長得甜美可人。四年前，她因為結婚而辭去工作，算是戀愛結婚，在銀行待不到兩年。她原本臉蛋圓潤，現在卻顯得面頰瘦削，顴骨突出，充滿滄桑感。而且穿著也很寒酸，與其說她像是要外出購物或遊玩，倒不如說是趕著上班。

「好久不見，柳瀨小姐。想不到我們居然在這裡不期而遇啊。」

元子決定改搭下班電車，兩人便站在月台上聊了起來。

「可不是嘛。妳一點都沒變。」

「妳也是老樣子。」

元子這樣說道，但柳瀨純子實在改變得太多了。柳瀨也許意識到這點，似乎急著想早點離開。

「妳先生還好嗎?」元子用平常心問候道。

「一年前，他發生車禍受了重傷，半年前已經出院，但是因為行動不便，都躺在家裡。」

柳瀨純子垂著頭低聲說道。

「怎會這樣呢!」

元子凝視著柳瀨凹陷的眼窩。她在銀行上班的時候，豐盈的雙眼是多麼吸引人啊!

「因此，我得到外面上班。我在這附近的一家食堂打工。」

當初，柳瀨純子的戀愛結婚羨煞了銀行同事。

「原口小姐，妳看來過得很幸福的樣子。」純子朝元子的裝扮瞥了一眼，不無羨慕地說。

「我也好不到哪裡，身為女人都是油麻菜籽命啦。」

元子任職銀行的時候，男行員從不曾主動跟她打招呼，比起當時備受男行員寵愛的柳瀨純子，可說是際遇欠佳。

「對不起，我趕著上班，先告辭了。」

柳瀨純子點頭說道，看得出她的長髮從沒去美容院整洗。

「請妳先生保重身體，加油!」

「謝謝!」

柳瀨純子急忙地正要邁步走去，卻又轉身微笑地說：「跟東林銀行共事的同事見面，實在令人懷念。一個星期前，我碰到了一個人。」

「是誰？」元子以為是某個女行員。

「就是襄理啊，我居然碰到了村井襄理。」

柳瀨純子這樣說道，元子不由得暗自吃驚。

「一年前，村井襄理從千葉分行調到九州大分縣的中津分行當襄理，但沒多久就退休了。聽說藤岡分行經理死於外調的地方。」

「這樣子啊？」

元子的腦海中迅即浮現出村井亨驕傲的神態來。

「聽說他目前在東京的某不動產公司上班。」

下班電車發出轟隆隆的聲響傳了過來。

12

元子睡到十一點左右才起床，她打開窗戶，把屋內悶熱的空氣驅趕出去，讓微風和明媚的陽光灑進來。光線亮麗，風中散發著樹芽的味道。一眼望去，越過台地斜面下林立的公寓屋頂，可以看到東大教養學部校園內的樹叢。

元子將土司放進烤箱裡，到門外把塞在信箱的早報拿進來。她喜歡撕著土司片，悠閒地塗上奶油，配著半熟的煮蛋，一邊吃一邊看報紙。

政治新聞她只匆匆看了一下標題，至於經濟新聞留待最後再看。最近，來店裡的客人以公司職員居多，要跟客人聊得盡興，必須瞭解經濟動向才行，況且自己開店更需要瞭解景氣的動態。不過，她決定看過社會新聞後再慢慢細讀。

「又見醫生逃稅兩億圓——青山的楢林婦產科醫院」

元子睜大眼睛看著那則標題，當下楢林謙治肥胖的臉孔迅即閃過她的腦際。

「東京國税局十六日指出，位於港區青山區綠町二之一四五七號，楢林婦產科醫院院長楢林謙治（現年五十五歲），逃稅高達一億八千二百萬圓。根據調查，這些不當所得，來自該醫院過去三年將自費看病的收入不予記載或故意少報，以及虛報健保點數。該醫院有一三

○個病床，護士和助產士共十八人，是東京都內少數的私人醫院。向來醫生——尤其是外科、婦產科——和不動產業者，均是逃稅大戶，因而遭到社會的非難，這次又為大眾提供了新的話題。

楢林院長表示，這單純只是申報上的疏失，在收入的性質上與國稅局看法有些出入，絕不是故意逃稅。」

元子心想，楢林謙治終於被盯上，國稅局開始介入調查了。

楢林院長慌張的神情彷彿浮現在元子的眼前。也許他正氣得臉色通紅，眼睛佈滿血絲，像一頭戰敗的野獸狂吠不已。這個形象跟他在湯島賓館貪色的狂態疊合在一起。

三年內，逃稅一億八千萬圓，楢林謙治還真夠厲害啊！

不過，元子覺得事情沒這麼簡單。護理長中岡市子告訴過她，楢林謙治的人頭帳戶或無記名存款，分散在二十幾個銀行戶頭裡，共有三億二千萬圓。而且楢林婦產科已經開業二十年，跟三年內逃稅一億八千萬圓相比，二十年來只私存了三億二千萬圓未免太少？

問題是，國稅局追查逃稅僅追徵到過去三年，在這之前已失去時效，不在追查的範圍內。這樣推估起來，楢林二十年來逃稅所得的私房錢，不可能只有三億二千萬圓，說不定有十億圓之多呢。

楢林到底把其餘的私房錢藏在什麼地方呢？竟然連市子也不知道。

元子重複地看著那則報導。傳來土司烤焦的味道，烤箱正冒著白煙。就在她拿出烤焦的土司時，手部規律的動作宛如思考發條似地讓她有了新的聯想。她懷疑，中岡市子很可能沒把院長的私房錢向她和盤托出？

市子痛恨楢林是因為他琵琶別抱，儘管如此，她對楢林仍有眷念。也就是說，市子根本不可能向她說出楢林所有的私房錢。在怨恨與依戀之間擺盪的女人，儘管公開其男人的秘密，為了保護他又替他保守秘密。她應該就是這種心理？

元子想起了市子最後來公寓時丟下的那句話。

——原口小姐，妳一點也不瞭解身為女人的心情。

與市子激烈的語氣相反，那眼神正好說明一切。

不過，後來元子又聯想到其他事情。她猜想，楢林謙治很可能認為他之所以被國稅局查稅是她去密告的。

因為只有原口元子知道他用人頭帳戶或無記名的方式存款，而向國稅局電話檢舉或投書密告。用人頭帳戶和無記名存款會被稅捐單位認為涉及逃漏稅。

如果他那樣想真是豈有此理！國稅局對楢林婦產科醫院的秘密調查，不是始於昨天或今天，至少一年以前即已展開搜證作業，如此綿密的調查總是要花費時日。

這點常識楢林應該懂得，但是人一失去冷靜便談不上理性。被國稅局檢發逃稅，受到強烈打擊的楢林方寸大亂，難保他不會做這樣的聯想。

元子以楢林私藏密款為由，加以恐嚇拿走了五千萬圓，楢林很可能因此武斷地臆測元子就是向國稅局檢舉的密告者。

元子心想，楢林若這樣認為就麻煩了。她已經向楢林拿了五千萬圓，可說目的達成，雙方均有默契，她又何必沒事找事向國稅局密告呢？然而，楢林可能不這麼認為，而是一口咬定密告者就是原口元子這個壞女人！

看來中岡市子大概跟楢林恢復關係了。楢林和波子分手之後，市子似乎又跟楢林「重修舊好」，彷彿把過去的不如意忘得一乾二淨，這就是「女人心」嗎？說得也是，市子已經老大不小，除了依靠楢林之外，根本沒地方可去。她極可能又回去楢林婦產科當護理長了。

如果楢林臆測是她向國稅局告密因而懷恨在心，想必市子也會跟他同仇敵愾。之前，她聽了市子的抱怨後，說了許多楢林的壞話，如今絕對會惹來市子更狠毒的惡罵。市子向她告知楢林便用人頭帳戶和無記名存款，卻被她以此威脅楢林拿走了五千萬圓，這將令市子反感至極又恨之入骨。可是市子忘了是她自己提供資料的，卻只記得元子「恐嚇」的惡行。

真是理不盡的怨恨啊！這就是反被對方怨恨的下場。元子心想，你們兩個要恨就恨吧！我用不著辯解什麼。倘若你們要這樣認為，反倒是自尋麻煩。你們才是受害者。

元子覺得自己沒有閒工夫為這些事情悶悶不樂，隨手將報紙揉成一團，丟進了垃圾桶。

電話響了。

「我是澄江，早安！」

是「梅村」的女侍島崎澄江打來的。元子交待過澄江若有什麼消息要馬上聯絡。

「早安，澄江。」

「哎呀，我是不是把您給吵醒了啊？」澄江察覺到元子的聲音有異似地說道。

「我正想要起床呢。」

「對不起，媽媽桑。」

澄江稱呼「媽媽桑」的語調優雅，的確是高級料亭出身的女侍。

「沒關係。今天事情很多，讓我早點起床，反倒要感謝妳呢。」

話筒那端傳來車輛奔馳的聲音。

「我這電話是在外面打的。」

「在公共電話亭打的嗎？」

「是的。咖啡廳還沒開門，向香菸店借電話又怕別人聽到，所以我是在離『梅村』兩百公尺左右的電話亭打的。」

住在「梅村」的澄江若有秘密的話要談，只得到外面的電話亭。

「辛苦妳了。」

「媽媽桑，之前我曾告訴您『梅村』暫時不會歇業，很可能還會持續一陣子。」

「後來怎麼嗎？橋田先生有意接手的事情，有什麼進展？」

「橋田先生有意接手是不會錯的，不過，好像得等到五月份左右。」

看來連財力雄厚的橋田也無法立刻拿出一億多圓現金。

「因為這樣的緣故，我暫時沒辦法離開『梅村』。雖然我很想早點到媽媽桑的店上班，可是我不能說走就走，還得回報老闆娘的恩情。總之，我會儘快離開『梅村』，以後請多多指教！」

澄江為了確保辭掉「梅村」後仍有工作，語氣懇切地說道。這是一個怕找不到工作的三十幾歲女人的心聲。

「沒問題啦。我很希望妳來上班，等妳來喔。」

「謝謝您！」澄江握著話筒向元子施禮似地說道。

「碰到這樣的情形，在『梅村』工作的人員肯定也是心神不寧吧？」

「可不是嘛。無論是女侍或廚師都有些焦慮，而且大家都認為老闆娘因為社長往生而想把店關掉，退職金大概也會給得很少。」

「是啊，因為老闆娘今後要獨自生活，所以會儘可能少給吧。」

「這件事可非同小可。我年紀也不小了，得存點錢才行。今後若到媽媽桑的店上班，我一定會努力工作。即使拚命幹，我也……」澄江的語氣充滿著真誠的幹勁。
「我說澄江啊，妳最好不要說什麼拚命幹這樣的話，否則人家還以為我的店是應召站呢。」
「哎呀，對不起！我不是這個意思，因為我聽說酒店小姐都是為了將來自己開店或為了賺錢才去上班的。」
在包廂裡偷聽客人談論酒店小姐的流言蜚語，果真是料亭女侍常做的事。
「我也聽說銀座有這樣的店，可是我們『卡露內』絕不讓小姐做這檔事！」
「對不起！」
不過，元子可以充分感受到澄江極想存錢的心情。
「我不主動鼓勵妳們，但在酒店外面談情說愛是妳們的自由。我不便對妳們談情說愛的事說三道四。」
元子所說的「談情說愛的事」別有含義。
「我知道。」澄江安心似地回答道。
「我絕不會給媽媽桑您和店裡添麻煩的。」
「妳若能守這些原則，倒沒問題。談情說愛是妳的自由，只是要多加考慮。」
元子理解澄江很想賺錢的立場。

「是的，我不會逾越分寸的。」澄江直率地說道。

事實上，昨晚橋田常雄曾打電話到店裡。

「媽媽桑？妳答應明天傍晚五點跟我在Y飯店共進晚餐，沒問題吧？」

這通電話是來確認的。其混濁的怪腔彷彿不容拒絕似的，有著奇特的威迫之力。

「哎呀，您今晚不來店裡嗎？」

「不，今天晚上我忙得很呢。我很期待明天的約會。Y飯店的十五樓有間名叫『哥斯大黎加』的餐廳，我們先在旁邊的『哥倫布』酒吧見個面，知道了吧？」

「知道了。」

元子打從昨晚起就為了這件事煩惱。為了今晚的約會，元子試圖從店裡的小姐中找個適當人選，因為她必須想辦法回絕橋田常雄執拗的要求。

其實，要加以拒絕很簡單，但若如此這條管道就斷了。橋田常雄的存在非常重要。不，應該說，他是個非利用不可的重要人物！

難道沒有不犧牲身體，又能拉攏橋田的方法嗎？隨著約會的日期逼近，元子苦苦思索著，偏偏就是想不出妙策。

在沒有想出好辦法之前，只好先把今晚的「危機」延後一星期，至於向對方編造的理由有兩個。首先是以女人的生理期為由，這樣至少可以順延一個星期左右。

不過，這個說詞是酒店小姐常用的招數，元子擔心很容易就被對方看穿。或是在約會場所突然與朋友不期而遇，以此為藉口說當天不方便，要求順延到他日。Y飯店的一、二樓都是商店街，購物和閒逛的人相當多，這個藉口容易說得通。

這樣一來，就得找人客串製造「不期而遇」的假象，否則光是嘴巴說說，男人是不會相信的。

如此就得選個信得過的人來客串演出，絕不能走漏消息。元子心中的理想人選是里子或明美。她時常請她們吃飯，又私下借錢給她們，這就是「施以恩義」的做法，同時也是酒店媽媽桑為留住紅牌小姐跳槽的恩情術。雖說不知道這些受惠的酒店小姐意向如何，但至少表面上會回應媽媽桑的好意以示忠誠。

元子決定挑明美做為在Y飯店「不期而遇」的人選。她推想，由於橋田認識「卡露內」的明美，若被明美發現他跟媽媽桑結伴出現在飯店，很可能就會打消開房間的念頭。

然而，元子又想到這也有困難所在。因為要演出這齣戲碼，至少得向明美吐露某種程度的實情，就算明美當場保證守口如瓶，也難保日後不會洩露出去。確切地說，縱使平常對這些酒店小姐「施以恩義」，但以後若因經營策略改變，與旗下的小姐發生利益衝突，她們當初答應保守的「秘密」就會很快曝光。這樣一來，「這段時期媽媽桑只是在利用橋田」的傳言將傳進橋田的耳裡，計畫豈不見光死？

元子心想，既然受人恩義的小姐仍靠不住，只好打消製造「偶然目擊者」的計畫。看來只好用生理期充當緩兵之計。或許會被橋田看穿，但是她會巧妙應付的。假使被橋田看穿，他一個星期後還有機會。元子聽過這樣的說法——女人找許多理由逃避，男人仍會不死心地追求下去，最後就會落進女人編造的藉口中。橋田大概也是持這種想法，即便今晚無法燕好，也必定會耐心地等下去。他就是這種執拗難纏的人！

傍晚五點多，元子來到了Y飯店十五樓的酒吧「哥倫布」，由於昨天已事先「探查」過，很快地就找到了。

酒吧裡燈光暗淡，每張桌上點著細小而微弱的燭火。大半的客人都是情侶，尚未看到橋田的身影。

元子點了一杯杜松子酒，吸著香菸。牆上掛著哥倫布發現美洲大陸的巨幅圖畫，身穿十五世紀服裝的哥倫布和船員的背後，正是大海和礁岩以及數艘揚帆的海盜船。微弱的燭火或許正好能襯托出中世紀的氛圍，但那充滿浪漫的紅光更能增進男歡女愛的情趣。

就在元子用吸管啜飲一口杜松子酒的時候，矮胖的橋田常雄疾步走了進來。他先是賊頭賊腦地環視著陰暗的周遭，好不容易才找到元子。

「不好意思，讓妳久等了。」

他在元子的面前坐下，看到元子桌上的飲料，對著近旁的服務生說：「也給我一杯杜松子酒。」說完，用手帕擦拭著額頭。

他今天的穿著比平常要「高級許多」，可說是既時髦又闊氣。

「妳等很久了嗎？」

他探看著元子的臉孔，在蠟燭的映照之下，他的鼻子和眼睛周遭罩上黑圈，看起來令人覺得噁心。尤其額頭上的汗珠閃著看似發黏的油光，這樣的形象剛好吻合《枕草子》作者所說的「太髒的東西有蜒蚰」這句話。

「沒有，我也是剛到不久，正喝著杜松子酒呢。」元子露出笑臉。

「是嗎，太好了。哎，我簡直忙得分身乏術，又擔心遲到趕不來呢。」

「我不急啊，你可以慢慢來嘛。」

「不，我可不能遲到。我早就期待在這種場合跟妳見面呢。」橋田搓著雙手說道。

「我也是。」

「真的嗎？」

「那當然，否則我也不會在這裡等你呀。」

「啊，我太感動了。謝謝，謝謝！」

聽得出橋田常雄的語聲充滿歡喜。

橋田迅即朝光線暗淡的周遭打量一下，然後從口袋裡拿出一根細長的玻璃棒，前端掛著一把鑰匙。

「剛才，我已經到三樓的飯店櫃檯辦好了住房手續，這就是房間鑰匙。媽媽桑，這把鑰匙給妳，妳先到房間等我五分鐘。鑰匙上面有房號，是九二三號房。」

橋田拿出鑰匙壓低聲音說道，燭光把他的瞳孔映得灰濁。

「哎呀，你怎麼叫我先進房間呢？」元子出乎意外地問道。

「這樣比較好吧？對女性來說，到男人等待的房間總覺得難為情吧？」

「……」

「還是妳先進房間比較好。」

「橋田先生，這是你貫有的做法嗎？總是先叫女人拿鑰匙進房間？」

「嗯。」驀然，橋田露出複雜的微笑，然後冷笑道：「不，倒也不是這樣啦。我只不過是推測女人的心理反應，隨口說說而已。」

「妳趕快把鑰匙收下來吧，服務生就快來了。」橋田將繫著鑰匙的玻璃棒塞給了元子。

就在元子把鑰匙塞進手提包的同時，端著橋田點的杜松子酒的服務生悄聲走了過來。

元子站了起來。橋田抬起頭來像是要問：喔，妳現在就要去房間啊？只見元子搖搖頭，朝他笑了一下，默默地朝裡面走去，請服務生告訴她洗手間的位置。

元子回到座位的時候，橋田點的杜松子酒幾乎快喝光了。元子故做痛苦狀，慢吞吞地坐下來。

「妳怎麼了？」橋田露出驚訝的眼神問道。

由於橋田的目光過於銳利，使得她趕緊垂下眼睛。

「糟糕，我『那個』來了。剛才，我上洗手間的時候才知道的。」

橋田先是表情驚愕，然後轉而有點氣憤地說：「難道之前妳都沒感覺嗎？」

「這次比預定的日期提早了五天，所以我也不知道。」

元子羞怯地低下頭，縮著肩膀，上身又微微往前傾，更增添幾分嬌態。

「這麼說，今晚就不行了？」橋田失望地嘟囔著，直視著元子的眼睛。

「真的很對不起！女人若受到外界刺激或太過興奮，經期就會亂掉。今天，我想到要跟橋田先生見面，就非常興奮，大概是因為這樣經期才亂掉的。」元子紅著臉小聲說道。

「原來是這樣子啊。」

橋田立刻恢復了笑臉，似乎已經掃去心中的陰霾。

「真的很抱歉。我看到這樣子，自己也嚇了一跳。」

「這也是沒辦法的事啊。那什麼時候結束？」

「我的情況比較長，大概要一個星期。」

「一個星期？好吧，那麼下個星期，我在這裡等妳。這樣可以吧？」

橋田語氣肯定地說著，再次凝視著元子的臉龐，眼眸深處燃燒著熾熱的慾火。

那天晚上十點半左右，江口大輔參議員的秘書安島富夫步履微顛地來到「卡露內」。正在別桌坐檯的元子見狀，旋即起身迎上前去。

「哎呀，真是難得啊，今天怎麼一個人來？」元子挨近地帶安島來到座位。

安島在別處喝了不少，走起路來搖搖晃晃。他本是個非常注重儀容的人，整齊梳著三七分的西裝頭已有幾綹髮絲散落在額前。

安島試圖保持規矩的儀態。他跟橋田常雄和濱中議員的秘書村田俊彥結伴而來的時候，總是保持端正的儀態。

安島點了一杯冰鎮威士忌。

「您不要緊吧？」

「沒事。」

看到有點醉態的安島，元子突然想起現在正是證實島崎澄江所說的「梅村」和橋田關係的好機會。而且安島又在她跟橋田在Y飯店見面後來店裡，來的真是時候，彷彿今後面臨的困惑都將迎刃而解。

橋田在Y飯店沒跟元子共進晚餐就匆匆離開了。他推說，自己非常忙碌，下次見面時再請元子吃飯。他得知元子生理期來無法「辦事」，便拂袖而去，未免太現實了。

在橋田看來，自己想要的東西得不到，又要花錢請女人吃飯未免太得不償失，所以藉故說自己很忙，在「哥倫布」酒吧請她喝一杯杜松子酒就走人了。元子很想哈哈大笑，橋田正是《枕草子》作者所說的「最令人羞恥的是心懷貪色的男子」的典型代表，好色之徒看那裡有女人就往那裡追。

「以前您不都是跟橋田先生和村田先生一起來嗎？」

元子拿起自己那杯酒精成份不多的飲料對上安島的玻璃杯。

「我今晚是跟其他團體的人。最近，我很少跟橋田或村田碰面。」

「是因為太忙嗎？」

「也算是啦……」

安島說得支吾其詞，神態有點怪異，元子心想，也許是他們的關係鬧僵了。果真這樣的話，那就更容易打聽「梅村」和橋田之間的關係了。倘若他們失和，安島應該會毫不客氣地說出橋田的事情吧。

「今晚我的心情很糟。」

安島的表情很嚴肅。他平常笑起來時會露出深深的酒渦。

「發生什麼事了？說來聽聽吧，也許說幾句心情會舒服些。若是事關秘密，我就不強求了。」

「媽媽桑，妳不要說出去喔。現在說這些也許過早，但我知道媽媽是個守口如瓶的人。」

安島湊近元子的耳畔，悄聲說道：「我決定參選下一屆參議員了。」

一陣酒臭混雜著男人的體味撲向了元子的鼻端。其他坐檯小姐若無其事地看著他們。

「真的？」元子抬頭看著安島的臉龐。

「媽媽桑，老實告訴妳，我是之前去世的江口大輔參議員的秘書。」安島吐露心聲說道。

「是嗎？」元子故意露出驚訝的表情。安島跟江口參議員的關係，跟從島崎澄江處聽來的內容一樣。儘管如此，元子仍不得不做出深表意外的神情，還得適當地讚嘆他要角逐國會議員的雄心壯志。「真的嗎？」

「現在得開始做競選準備了。今天就是與支援我的同志聚會。」

國會議員的秘書通常都想接棒參選。想必安島是接收了已故江口大輔的地盤，才有此舉吧。

「不過，在這緊要關頭，江口的遺孀卻突然也表態要參選。」安島忿忿不平地說。

「那該怎麼辦呢？」

「她對政治一竅不通，卻禁不住別人的慫恿，以為騙取同情票就能當選。」

「這不是選舉慣有的招數嗎？比如，打出代夫出征的旗號，報紙常出現這類的報導。」

「那個鄉下死老太婆，也不掂量自己有多少斤兩！」

安島霎時悶悶不樂地大口喝著冰鎮威士忌。

「這次您很想出來參選吧？」

「我認為，一切得按順序來。為了江口議員和選區，我是多麼賣力地勤跑基層啊！可是，他的遺孀無論如何就是想出來參選，勸也勸不聽。」

「類似這種情況，好像頂多僅只一次吧。」

「是啊，媽媽妳蠻瞭解選舉的運作嘛。」

「平常我可是會看報紙的呢。」

「不簡單。妳說的沒錯。我們選區的重量級人士出來調解，最後敲定這屆由江口的遺孀參選，下一屆由我出馬角逐。雖然我有點等不及，可是又不能無視這項調解，所以只好勉強答應了。」

「安島先生還年輕嘛，等下一屆出來參選不正是時候嗎？」

「我也這樣覺得，所以這次決定幫他的遺孀抬轎。說來我也沒什麼損失，因為我這麼賣力做選民服務，下次選舉時就成了我的資源，也算是選前的暖身運動。」

「我贊成您的看法。」

「坦白告訴妳，選區的重要人士都知道，我非常努力地利用走後門的管道幫他們的子女送進大學裡就讀，或拜託各公司的高層人士代為安插工作。江口議員該拿的好處一項也沒少拿，但每到大學招生或應屆畢業生找工作的時節，不分晝夜為此奔波的是我耶！」

安島終於主動談到走後門入學的秘辛了。有一組客人先行離去，其他小姐都在招呼坐在角落的兩組客人，是談這秘辛的好機會。

「那麼橋田先生是怎麼樣的人呢？」

「妳說橋田嗎？他是個奇怪的傢伙，所以最近我很少跟他來往。」

「咦？為什麼？」元子露出驚訝的眼神問道。

「他這個人最現實無情了。江口議員生前跟大學關係非常密切，他便拍馬奉迎，得知他的遺孀沒這方面的關係，就急著拍拍屁股走人。現在，他經常出入其他派系中跟大學關係密切的議員陣營，而且居然是與江口議員對立的派系呢。這種人根本沒有品格可言！哎，對見錢眼開唯利是圖的橋田談品格，是我太抬舉他了。」

元子從橋田聽到她生理期來無法做愛隨即急著離開，也不花錢請頓飯的行徑，就深知道他是個吝嗇人。

「橋田先生是那樣的人嗎？」元子佯裝有點意外地說道。
「他是個生意人，專搞走後門入學的補習班，只懂得利用別人，完全不知道人情義理是何物，又性好漁色。」
元子知道橋田非常好色。
「橋田先生很好色嗎？」
「簡直是個色鬼。橋田好像對妳很有意思，妳最好提妨點比較妥當。」
「我會多加注意的，我頂多在店裡陪他打情罵俏而已。」
「妳應付得來倒不必擔心……」
「我畢竟是個女人。我對橋田先生是沒什麼感覺啦，可是對其他人嘛就不知道了。」元子看了安島一眼。
「是嗎？」
「橋田先生經營的醫科大補習班很有賺頭吧?最近，報紙經常有這類補習班的報導。」
「我想應該很有賺頭吧。」
「您說橋田先生性好漁色，他是那種會為女人撒錢的人嗎？」
「應該是吧。我不大想提他個人的事情，但是他賺了那麼多不義之財，對女人砸錢大概是毫不手軟吧。不過，他在其他方面就小氣多了，幾乎到了一毛不拔的地步。他是屬於那種沒有投資效益就一毛錢也不出的人。」

世上的確有這種吝嗇的男人。安島說橋田是個火坑孝子，又有唯利是圖的性格，這兩點足供元子做為參考。

安島對橋田在江口參議員死後已無利用價值便棄之不顧的現實做法多少有點反感，或許這就是他們失和的原因。

接下來，應該是打聽「梅村」後續處理的機會了。

「之前，我曾聽橋田先生說，赤坂的『梅村』是由江口議員的情婦經營。可現在議員先生已經死去，『梅村』怎麼維持下去？」

其實，橋田從未這樣說過，元子為了引出話題故意這樣說道。

「她要結束營業。」

「太可惜了。有人願意接手嗎？」

「橋田介入其中打算買下它，這一、兩個月內就會敲定。」

島崎澄江所言果然不假。

「橋田先生打算開餐廳嗎？」

「才不是呢。他只想便宜買進那家餐館，再轉賣狠狠賺上一筆。」

這個消息跟島崎澄江所說的一致。

「『梅村』的老闆娘沒有向您抱怨嗎？」

「問題是，比起我，『梅村』的老闆娘還更信任橋田呢。」

「是因為他能言善道？」

「也有這個因素。但這又牽涉到江口議員的遺孀和老闆娘之間的較勁。簡單地講，元配與情婦之間的爭戰。」

「原來如此。」

「總之，『梅村』的老闆娘始終認為我當過江口議員的秘書，因此是遺孀派的人馬。事實上，我的立場公正，從不偏袒哪一方，但這次我支持他的遺孀出來參選，因此她那樣認為我也無可奈何。」安島露出苦笑。

「所以，『梅村』的老闆娘才沒有把您的勸告聽進去嗎？」

「她在某方面是很固執的。總之，她已把我當成敵對陣營看待。我說橋田狡獪，她就說我在中傷橋田，她完全信任橋田的所做所為。因此橋田自然有可趁之機。」

「橋田先生跟『梅村』的老闆娘是不是有什麼曖昧關係？」

「怎麼可能。橋田再怎麼好色也不會對六十歲的老太婆感興趣。他喜歡的是三、四十歲的中年婦女。像媽媽桑妳就是他喜歡的這種年齡層的女人。」

「我算不上啦，不過，橋田先先的確喜歡那種年齡的女人。」

元子腦海中浮現出島崎澄江的面容來。

「那橋田先生喜歡哪種類型的女人呢?」

「他也有自己的品味,並不是照單全收。他因為身材矮胖,所以喜歡高䠷而苗條的女人。」

澄江就是這種身材。

「臉型和性格呢?」

「總的來說,他喜歡性情溫柔,有日本味道的女人。」

「是嗎……」

「媽媽桑,妳在想什麼?」安島看著元子的眼神問道。

「沒什麼。」

「妳怎麼全問些橋田的事啊?」

「沒有啦,我只是覺得這話題有趣,所以多問了些而已。話說回來,橋田先生現在可是春風得意呢。他賺進大把鈔票,又是醫科大補習班的理事長,頂著教育者的光環,光是這樣就足以贏得眾人的尊敬。」

「那種人算是教育者嗎?知道內情的人都要笑掉大牙呢。他只不過是抓住那些想讓自家子女進入醫科大就讀的有錢醫生的弱點,從中趁機大撈一筆的投機客而已。」

但是這麼說來，已故的江口議員不也是這共犯結構中的一員嗎？他主要的目的並不是為了錢，而是為了幫選區樁腳的子女走後門送進醫科大學就讀，才與橋田聯手合作。剛才，安島不經意地說出「江口議員該拿的好處一項也沒少拿」，但或許為自己抱怨「不分晝夜為此奔波的是我耶」的安島，很可能也從中「拿到該有的好處」。

想來也許正因為安島有此弱點，儘管在背後臭罵橋田無情無義又吝嗇，卻不敢與他正面衝突。

「橋田先生那麼會搞錢的話，醫科大先修班的校長豈不也存了不少錢？」

有關醫科大先修班校長江口虎雄的事情，是島崎澄江告訴元子的。

「不，校長是江口議員的叔父，做人非常清廉，絕不沾染這種黑心錢。原本橋田是為了拉攏江口議員才讓他掛個虛名。不過，他看不慣橋田專搞這種黑錢憤而辭掉校長的職務。校長叫做江口虎雄，現年七十三歲，性情頑固。他目前隱居在世田谷的代田，有趣的是，這個老先生與我很投緣。現在，我偶爾還會到他代田的住處串串門子。」

「這樣子啊？」

「橋田明著把這個老先生拱上當校長，其實是個不重要的職務，但這老人很不簡單，總是不動聲色，卻暗中調查橋田違法關說入學的事情，把它整理成冊。直到目前，橋田還不知道這事。我也是最近才聽老先生說到，大吃一驚呢。」

最後一組客人已經離去，店裡的小姐正準備下班。已經快深夜十二點了。

「媽媽桑，我送妳回家。」安島站起來說道。

「妳若怕我單獨送妳，找個小姐一起搭車吧。」

安島微笑著雙頰露出酒渦。

元子叫來簽約車行的轎車，自己和安島坐在後座，讓店裡的小姐美津子坐在前座。安島說，他住在新宿區下落合的公寓。

美津子的寓所在中野坂上，元子的住處在駒場，依路程遠近來說應當先送安島到下落合，但繞點遠路先送女性回家是送客的禮貌。

在前往中野坂上的途中，因為美津子坐在前座，安島顯得安靜，元子也不疾不徐地搭著話。美津子在銀行旁下了車。

「噢，妳家在這附近?住在這麼高級的地方啊!」安島朝窗外探望著。

已經過了深夜十二點，還有許多計程車奔馳著，但路燈照映的路上卻人影稀落。

「才不是呢，我住在這後面的巷子裡，又小又髒的房子。」

「我跟媽媽到妳的房間喝杯茶怎樣?」

「下次，我再招待兩位到我家裡來。媽媽桑，晚安!安島先生，媽媽桑拜託您了。」

車子從中野坂上正要駛向駒場的時候，元子叫司機先駛往下落合。因為她擔心先到自家寓所時，安島可能提出上門喝茶的要求，事情就麻煩了。

白天車流壅塞的環狀六號線，這時間卻出乎意外地通暢。車子開得很快，連停紅綠燈都覺得麻煩。

美津子下車之後，安島便把身體靠向元子。元子知道當沒有同伴隨行時便該多加注意。她將手提包放在膝上，司機從後視鏡朝他們看了一眼，她趕緊把被安島握住的手藏在下面。

元子很想詳細地詢問安島，當過「醫科大先修班」校長的江口虎雄暗中調查橋田替醫生子女違法關說進入醫科或牙科就讀的秘密資料。此刻，正是絕佳的機會。只剩他們兩人，安島又喝醉了，即使問得露骨些，在酒精催化之下，他也不會覺得有什麼奇怪。

「您剛才的話題好像很有趣嘛。」

「我說什麼來著？」

「您說在橋田先生的補習班當過校長的江口先生，手中握有關說入學的秘密資料。」

「嗯，那些資料的確很有意思。啊，哈哈哈……」安島兀自嘟囔似地笑了起來。

「江口先生沒有意思把那些資料公開嗎？」

「一旦公開，事情就不可收拾了。橋田很可能就這樣完蛋。不僅橋田吃不完兜著走，恐怕連涉及關說入學的私立醫科、牙科大學的大小教授們都要捲鋪蓋走路，大學當局更難逃社會的指責。不但如此，也會給花錢關說入學的家長們帶來莫大困擾。這些家長大都是醫生，他們出手這麼大方，肯定會被認為是來自見不得人的收入。」

——所謂見不得人的收入，就是逃稅！

「江口先生既然無意公開於世，為什麼還要保存這些資料呢？」

「到底是什麼原因，我也不知道。雖說他對橋田懷恨在心，卻也沒有藉此公報私仇的打算。總之，他手上擁有這顆炸彈，大概就心滿意足了吧。」

「安島先生看過那份秘密資料嗎？」

「我若開口，相信他隨時都會給我過目……。不過，這些關說入學的資料也牽涉到江口議員跟我，看了也沒什麼意思，所以我從來沒有看過。」

元子極想把那份資料弄到手，就算花錢雇用職業慣竊到江口虎雄家裡把它偷來也在所不辭。

「安島先生若開口的話，江口先生真的願意給您看嗎？」

「嗯，沒問題。剛才我已說過，這老先生跟我很投緣。」

「意思是說他很信任您。」

「他當然信任我，畢竟我曾當過江口議員的秘書。沒有人比我更能得到他的信任。所以，我若開口拜託，他絕對會把資料讓我看的。」

安島用力握著元子藏在手提包底下的手，夾到指間的戒指，痛得元子發出微微的叫聲。
「啊，對不起，對不起！」安島放開元子的手說道。
安島順手將手搭在元子的肩膀，濃重的鼻息輕輕吐向元子的耳朵。元子突然一陣心蕩神馳。
「我想看看那些資料。」元子彷彿要攆走那種感覺似地強烈說道。
「噢，媽媽桑想看那些資料？真是難得啊。」
「凡是人，對秘密的事情一定都很有興趣，我的好奇心可比別人來得強烈呢。」
——若能親眼看到那些資料該有多好啊！不但可以知道那些出錢關說入學的家長的詳細姓名和地址，還包括是否順利就學。
「是嗎。」
安島的手稍稍鬆開了，好像在思考些什麼。霎時，元子擔心自己的意圖是否被他看穿而感到一陣心驚。
在環狀六號線上奔馳的轎車，來到目白街的十字路口時向右拐去。
「好吧。」
安島明確說出這句話的同時重新把元子的手握得更緊了。
「咦？」

「既然媽媽桑那麼想看，我就為妳效勞吧。」

原來剛才安島在沉思，就是在為她設想辦法。

「真的？」元子的聲音變得歡快起來。

「我覺得妳應跟江口老先生見個面。」

「我跟他見面？可是……」

「當然，在這之前，我會先跟老先生協商的。」

想不到議員秘書平常的口頭禪，「協商」這句術語，也在這種場合脫口而出了。

「要怎麼做呢。」

「我會事先向老先生適當地說明，說有個女士想看這份資料，務必請借給她過目。」

「光是這樣，他願將資料借給我嗎？」

「所以，我說嘛，我會想辦法說服老先生。不過，妳要答應絕不可以將資料拿給第三者看。」

「那是當然……，只是，這樣江口先生還是不放心吧？」

「不會的，我得先把江口老先生的性格告訴妳才行。他在補習班當校長的時候，看不慣橋田的壞勾當，可說是個正義而頑固的鐵漢。但他有兩項嗜好，酒和女人。」

「哎呀。」

「他愛好漁色。不過，那方面已經不行了。」

「畢竟年紀也大了吧。」

「他已經七十三歲了，每次跟女人說話就會心花怒放，激動得身體都快顫抖起來。」

「真的嗎?好討厭喔。」

「我騙妳幹嘛。妳當面見到他就知道了。我會事先協商，妳再直接去江口先生家裡，他家的地址是代田二丁目八百二十八號。」

「代田二丁目八百二十八號?」

「從妳家所在的駒場去很近，搭井之頭線在新代田車站下車，徒步幾分鐘就到了。」

元子記下了這個地址。

元子的側臉被流瀉而來的燈光照亮，安島從旁探看著。

「媽媽桑，去江口老先生家裡，記得儘可能打扮得漂亮一點喔。這樣他老人家就會樂得瞇著眼睛，高興得直搖頭哩。」

「您說得太誇張了。」

「一點也不誇張，我是實話實說。可以的話，像這樣把他的手拿起來……」

「這點小事我倒可以服務。」

「至於那方面他已經不行了，所以妳不必擔心。」

「討厭！」

安島放開元子的手，正賊手賊腳要掀開元子的和服下襬。

「江口先生大概不會做出這種事吧？」

元子用手提包緊緊壓住膝蓋，輕輕抓住安島的手背。

「剛開始倒不會，見過兩、三次面後，就不知道了。」

「真令人噁心。」

「為了看到妳想看的資料，即使他行徑有點令人噁心，妳就體恤他是個可憐的老人吧。」

安島最後放棄沒把手伸進元子的膝內，改而隻手摟住元子的肩膀，拉向自己的懷裡。這一用力，加上此時減低速度，使得元子的上半身往前傾。安島從後面抱住了元子。

他的嘴唇吸著元子的後頸。充滿酒臭味，微溫發黏的口水弄濕了元子的頸部。頓時，元子感到中樞神經被針砭似的顫慄感直衝腦門，不由得挺起腰身，這回安島順勢親吻她的嘴唇。

「別這樣！」元子用手捂住自己的臉頰。

「司機在看呢。」元子抬起下巴對著後照鏡說道。

車子停了下來，司機從駕駛座輕聲地問道：「就是這棟公寓嗎？」

元子從窗外望去，看得出那是棟高級公寓。想不到安島辭去議員秘書後，依舊住在這麼高級的地方。

安島放開神情羞赧的元子，口氣鄭重地說：「媽媽桑，我跟對方取得許可之後，會打電話到妳家裡。這是我家的電話號碼，有什麼問題，隨時跟我聯絡。」

他把寫上電話號碼的紙條塞進元子的手裡。

「謝謝！」

元子探出上半身對著站在車外的安島送上笑臉。

「晚安！」

（待續）

原著書名／黑革の手帖・原出版社／新潮社・作者／松本清張・翻譯／邱振瑞・責任編輯／李季穎・發行人／凃玉雲・總經理／陳蕙慧・行銷業務部／尹子麟、林毓瑜・版權部／王淑儀・出版／獨步文化 城邦文化事業股份有限公司 台北市中正區信義路二段 213 號 11 樓 電話／(02) 2356-0933 傳真／(02) 2351-6320; 2351-9179・發行／英屬蓋曼群島商家庭傳媒股份有限公司城邦分公司 台北市中山區民生東路二段 141 號 2 樓・讀者服務專線／(02)2500-7718; 2500-7719・服務時間／週一至週五：09：30-12：00、13：30-17：00・24小時傳真服務／(02)2500-1990; 2500-1991・讀者服務信箱 E-mail／service@readingclub.com.tw・劃撥帳號／19863813 書虫股份有限公司・香港發行所／城邦（香港）出版集團有限公司 香港灣仔軒尼詩道 235 號 3 樓 電話／(852) 25086231 傳真／(852) 25789337 E-mail／hkcite@biznetvigator.com・馬新發行所／城邦（馬新）出版集團 Cite (M) Sdn. Bhd. (458372 U) 11, Jalan 30D/146, Desa Tasik, Sungai Besi, 57000 Kuala Lumpur, Malaysia 電話／(603) 9056 3833 傳真／(603) 9056 2833 E-mail／citecite@streamyx.com・封面設計／許立人・印刷／成陽印刷股份有限公司・排版／浩瀚電腦排版股份有限公司・總經銷／大和書報圖書股份有限公司 電話／(02) 8990-2588; 8990-2568　傳真／(02) 2290-1658; 2290-1628　2006 年（民 95）12 月初版・特價／280 元　ISBN 986-6954-41-2　ISBN 978-986-6954-41-2　Printed in Taiwan

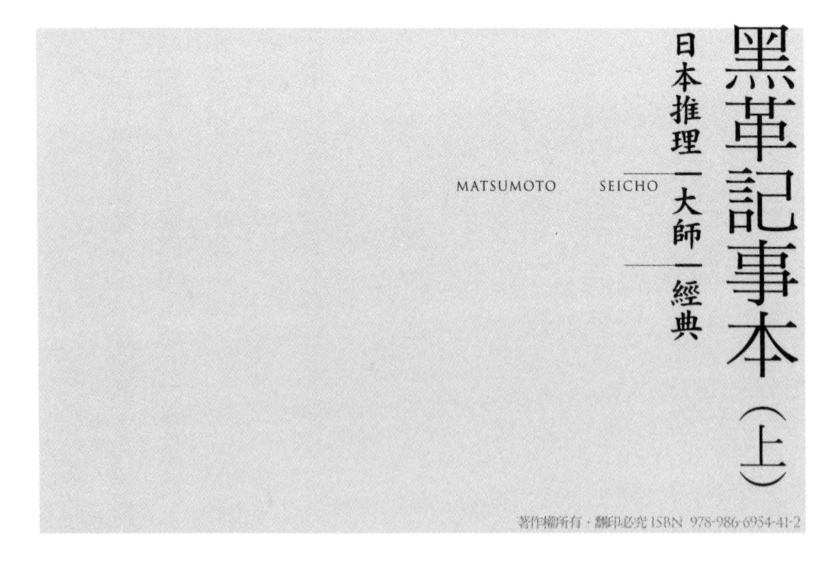

國家圖書館出版品預行編目資料

黑革記事本（上）／松本清張著；邱振瑞譯．初版．--
臺北市：獨步文化：家庭傳媒城邦分公司發行，2006
〔民 95〕
面；　公分．(日本推理大師經典；10)
譯自：黑革の手帖

ISBN 978-986-6954-41-2（平裝）

861.57　　95022127